夏至

Xiazhi

李 茂◎著

时代出版传媒股份有限公司
安徽文艺出版社

图书在版编目（ＣＩＰ）数据

夏至/李茂著. —合肥：安徽文艺出版社,2019.6（2024.11重印）
ISBN 978-7-5396-6614-3

Ⅰ．①夏… Ⅱ．①李… Ⅲ．①中国文学－当代文学－
作品综合集 Ⅳ．①I217.2

中国版本图书馆 CIP 数据核字(2019)第 042664 号

出 版 人：姚 巍
责任编辑：汪爱武　　　　　　　　　装帧设计：徐 睿
....
出版发行：安徽文艺出版社　 www.awpub.com
地　　址：合肥市翡翠路 1118 号　 邮政编码：230071
营 销 部：(0551)63533889
印　　制：三河市兴国印务有限公司
....
开本：880×1230　1/32　印张：10.375　字数：250 千字
版次：2019 年 6 月第 1 版
印次：2024 年 11 月第 2 次印刷
定价：59.80 元
....

序　言

经许国先生介绍,我阅读了《夏至》这本书稿,并欣然为序。

《夏至》的作者李茂,是一个曾用"沃若"的名字,在网络上寄存文字和文学梦的女子。她的小说和散文中飘浮着浓郁的乡土气息,这气息又随着时间散落到了她自身工作与生活的周边。有时候,我在想湘中那个叫羊镇的地方上的万物,至今仍在作者的记忆里生长。诸如在"故土"章节里,有这样一些描写是值得细细玩味的:"咸五娘子眉眼细细的,俨然是着笔涂在白瓷瓷的脸盘上,着实有几分姿色。""她是一个虔诚的佛教徒,小脚,沙喉咙,孑然一身,仅靠捡拾破烂为生。她原本已十分清贫了,却常常省下钱来买些小生灵去放生。""阿炳是外乡人,乞讨流落到小镇时约莫十岁。一天,镇东头的炭爷背煤,脚下生绊,煤撒了一地,他便跑去用手拢煤,炭爷瞧他黑黢黢的手脸,心下生出几许怜悯,就收了他做帮手。""坤匠暴目呵斥:'号丧吗?不就是废了只手。'而后,缓缓地耷拉了眼皮,静默得如同一疯子,他的风筝从此也静默起来。""萧坤爷不知哪时候已站在了我身后。他把手抚着胖嘟嘟的双下颏,眼睛弯成了缝问我:'那妹妹明天还来看做虎皮豆腐吗?'""旺财殒了的那天,她生日,十五岁。水妹站在人群后面听着街坊们的议论一言不发。街坊们和她打招呼,她也不理,只直直地盯着告示,突然走上前去,一把拽了,往回奔。""南丫穿一身天蓝色涤纶套装,伴着穿虽无徽章但依然挺括的军装的愚汉走在小镇上特别抢眼。"……咸五娘、萧坤爷、阿炳、南丫、夏四娘、水妹、坤匠都在作者的笔下,从羊镇走向了我们,带着淳朴的民风和善良的心地,栩栩如生。

另一个被喻为"灯影"的章节,其实是小说篇目,而其间又有分别。如"'春三爷,进了好茶没有?'镇东头的宣阿公双手抄在腰后,驼了背踱过来问。春三爷连忙端了竹椅:'宣爷,坐,坐。'又冲着铺子里喊春三娘:'兴嫚,沏两杯新茶来——'""屋子里两个女人端坐着,望着他。三宝只和她们对视了一眼,那个年长些的眼神让他浑身拘谨,他就望向正站起来的年轻些的女人。她穿着一件浅紫色的云纱外罩,一条藏青色的长裙微摆,若隐若现地露出一双青色的绣花鞋来。""我的外祖父见了画,足足三天不曾讲话,而后就去了韩家铺子,买了青色的漆皮箱回来,连同他一生的怀念与内疚同碧禾一同锁进了箱子里。"这些文字与其说是故土人物的染墨,不如说是小镇岁月的一幕幕回放,把人渐渐带入那些微澜有惊的时光。还有《中年》《白狐》《城市游走》《查账》等文章也一如既往地沿用了作者平铺直叙中剧情突变的写作手法,如"吴天明借酒发作的这一天,正是徐英子小产第七天。徐英子觉得她的心跟随着书一同被扫到了地上。她蹲在地上,分明地看到跌落在地的心'怦'地跳动了一下。""达子因为还钱,才知道嘎子喜欢自己的女人。嘎子捏着达子塞到他手掌心里的五张票子,急白了脸说:'真不要你还,当你媳妇多了一个亲哥,行不?'""'奇怪,背影僵硬,反衬得你更有味道了。'一个磁性的男声突然在若子的耳旁响起,吓了她一跳。若子略带愠怒地别过了头,看到一张嘴角噙着嘲弄意味的男士,冲着她说:'我叫吴竞,天达实业的。'""他摇头,又点头,只用手指敲打账本。我纳闷,望去,刹那间面红耳赤。账单上一发票收据上赫然写着:工作组检查,混饭800元。"

如此,我们再来读"碎片"章节的文章,就很容易看到作者在文字的天幕下行走的状态,总是带着无限期许的冲动,荡漾在和煦的风中。"回转吧,保持良好的心态,也需要一只不断审视自己的眼睛。愿我们都能用一只眼睛观察周围的世界,用另一只眼睛审视自己。""那是一个荒凉的山冈,我踩在地上的鞋早已被厚厚的尘土覆盖,几排竹篱笆房子被烈日炙烤着,蔫蔫地站着;一个单瘦的身影被暴日夸张地浓缩成团,立在一棵蝉鸣不已的树下。""她发觉这样的事实:她重于玄思,不知疲惫地向深处开掘,却令人们望而生畏,她在被远离。一个人禅定默想的时候自以为在超越人们,殊不知人们早已掉头而去。"……

应该肯定作者的语言功底,但在一些表述上,我以为还可以更为精练、简洁一些。所以,阅读《夏至》,无疑,需要静心。

季宇

二〇一五年七月

目　　录

灯影

碎片

故 土

　　故土的街邻,几乎人人都有故事。这些故事贯穿了我的童年,成为那时节我最为欢喜的听闻。

老　街

从嵋山上观望小镇,小镇极像一只耳朵。环镇而淌的滩河是耳郭,而咸五娘居住的老街就是鼓膜地带了。从滩河上掠过的风讯都会汩汩地灌进老街,匍匐着浸漫到纵横交错串连成老街的七十二个天井之畔的居家。咸五娘的豆腐店就坐落在第四十九个天井之畔。

咸五娘是二嫁。十七年前,她一手牵着不满三岁的伢崽亚飞,一手端着镶有一张怪模怪样石墓照片的黑镜框,进了咸五的豆腐店,依循老街相袭甚远的古风冠了夫家的名,做了咸五娘子。一时间,街坊多以念叨她的咸淡为茶余饭后的磨牙。

"早,咸五娘子。"习惯了咸五的豆腐店堂墙壁空落落的街坊,一边和正在拾掇豆腐磨盘的新嫁娘善意地打招呼,一边眼直直地瞄上了挂在原本空落落墙壁上的黑镜框,似自言自语地试问:"这不是我们这里的,是你屋里的——"明显地省去了一些"坟、死人"之类的字眼。

"是先夫。"咸五娘子接过话茬。于是,街坊们很快就知道了咸五娘子本名仙草,二十岁嫁了一个铁路郎,二十岁就守了寡。铁路郎在援外铁路建设中开铲运机。夜里坡塌方翻了车,关键时刻铁路郎把一个黑人推出了车,自己却被挤在了车里面。"哪条铁路?"有人问。说话的人得意地撇撇嘴:"你讲是哪条铁路? 不都在讲支援坦桑尼亚和赞比亚嘛，坦赞铁路呢。看看照片，那怪里怪气的石头墓，也晓得是在非洲了。"说话的人压低了嗓门，又说，"出事的晚上，咸五娘子带在肚子里的伢崽亚飞就哇哇哭着落了地，只怕有讲究。"

咸五娘子眉眼细细的，俨然是着笔涂在白瓷瓷的脸盘上，着实有几分姿色。咸五挑着豆腐挑子沿镇叫卖归来，总要买上几个火烧串或黄澄澄的油糍团，隔了天井就喊："亚飞，亚飞，爹给你带好吃的了。"亚飞就从店堂里跑出来欢叫："爹，给我，姆妈也吃。"说话间，咸五娘子笑着上前来接过咸五肩上的豆腐挑子。街坊每日里见此情景，免不了要兴叹一番："咸五也是前世修来的福分哟。"咸五面黑，小时候得天花，落了一脸的麻子，且木讷。街坊帮他提了不少亲，却都在和妹子家见了面之后亲事告吹。三十三岁上娶得咸五娘子，尽管是二嫁来的，街坊们还是觉得咸五定是前世修的缘。

"咸五，屋里的还没开怀吗？再养一个崽哟。"街坊看咸五搂着亚飞亲不够，善意地打趣。咸五神情一僵，抱了亚飞一声不吭地进了店堂。咸五娘子就看到了街坊的尴尬，她扯了扯平展的衣角，说："七婶娘，豆浆出来了，舀碗回去尝个新鲜吧。"夜里，咸五娘子和咸五起了争执，她执意要求咸五若再有人讲养崽的话题，就说是她生亚飞时落下了毛病，千万不能让人看出是咸五的身子骨闹名堂："男人是天呢。"咸五连掼了几把椅子后嗫嗫："要不得，这要不得，冤屈你呢。"眼泪从黑面上淌过。咸五娘子扶正椅子："亚飞就是你的崽，你供他吃穿，读书，不易。"很快，街坊们就知道了咸五娘子的不能再孕。这并非杜撰，是她和七婶娘聊天时亲口讲的。

滩河水年复一年地淌，滋养着小镇，岁月的流逝亦将新嫁娘的咸五娘子细细的眉眼文上了皱痕，街坊们也循了古风对不再年轻的新嫁娘的称谓省去了那个"子"字,咸五娘子成了咸五娘。亚飞不再奔出店堂了,他开始在家待业。有时望着悬挂十几年却一尘不染的黑镜框,他直觉自己长得像石墓里的爹,国字脸,直鼻梁,嘴角紧抿,透着倔强。但爹的真实只有落到店堂里黑面的咸五身上才显得生动,亲切。打小,咸五就告诉他很多石墓里的爹的故事。"援外修铁路,非得是单位里拔尖的人物呢。你姆妈讲你爹是烈士,就是英雄。""英雄"这样的字眼使得亚飞十分向往老街外面的世界。一天,亚飞在饭桌上一边扒饭粒,一边说:"爹、姆妈,我打听了,我大约是能去铁路上顶班的。"咸五娘的泪瞬时就像滩河里的水,只管静静地流淌。亚飞慌了神,不知如何安抚她。咸五冲亚飞摆摆手,示意他先出去,转而拽了面巾递给咸五娘:"仙草,莫哭,主见你拿嘛,哭得伢崽也难过。"

"就这一条根,他爹走得匆忙,搭帮你拉扯大,离得远了真怕有个闪失哩,"咸五娘啜泣,"老话讲,修铁路,走天涯,天光抹黑不归屋。修铁路的苦是可以想见的。他爹单位给的因公牺牲证书我一直藏着,也不晓得伢崽怎么就打听出可以顶班的事了。""那我讲讲伢崽。"咸五出得灶屋就看到亚飞站在店堂里,凝望黑镜框里的石墓。咸五蓦地感到伢崽长大了,他有自己的念头了。"亚飞,给你姆妈搓把面巾吧。"咸五只说了这一句。

老街被亚飞想去亲爹单位的消息愣了一把。街坊不似以往直来直去地各抒己见,而是踏进踏出咸五的豆腐店,单等咸五娘拿主见。咸五娘始终缄默,偶尔也勉强出来应承赶集来买豆腐的乡下客。亚飞争着挑了咸五的豆腐挑子和咸五一同沿镇叫卖。咸五娘直觉伢崽在避她。又一个集日傍晚,她拾掇完店堂,搬了高凳,十几年来第一次没有在忌日取下黑镜框擦拭,她的手特别地滞缓。

咸五和亚飞归来，愣在店门口，不敢惊动她。末了，咸五娘晃晃地浮出一个微笑："咸五，还是搭帮你把它挂好吧——"咸五娘扶了咸五，踩上高凳，又说："伢崽，你想去，姆妈不阻拦了。你带上证书，快去快回，铁路上留你，你就留；不留你了，你也别难为单位。你爹在世时从没有难为过单位，那时候我怀着你要临产了，单位让你爹援外修铁路，他二话没讲就走了。得咸五拉扯，日子过到现如今，做你爹不易。"咸五娘扭头，扶咸五从高凳上下来。

"伢崽，快进屋，你姆妈同意了呢。"咸五招呼仍在发愣的亚飞，嘿嘿笑。

亚飞乘筏子过滩河出小镇的那天，老街的街坊都来了，直叮咛伢崽到了铁路上，一定要先报个信回来。河面上的水，依然是静静地流淌着。

虎 皮 豆 腐

　　小镇的豆腐作坊呈"井"字形,一角一坊。作坊的布局是一样的,三间连环套的屋,里面两间一间用作堆放豆料、用具和店伙住宿,一间为点卤坊。外面这间即是门面,一排木扉清晨由店伙飞快地卸下,分两摞齐整地叠于墙脚,夜晚又一块块地上好,将作坊紧锁于风蚀雨淅日见斑驳的黄铜色门扉后,只露出吱吱呀呀的石磨豆浆的腔韵来。街邻们多在上午十点钟的样子,才踱到作坊来。店伙是早已熟稔了他们的脾性的,笑着招呼一声:"早啊,还是老样子,两块水豆腐,一张火烧?"

　　这火烧豆腐其实就是虎皮豆腐,一张半寸厚的豆腐皮呈长方形,架在竹篾的笼火罩上用谷糠火星子慢慢地熏,豆腐里的水耐不住热滴出来,滋在早已被熏黄的竹棱上,吱吱作响。这时候最需火候掌握得好,待那吱吱响声刚润竹而止时,就要翻面,而熏好的这一面因了笼火罩竹棱一格格的排布,微黄的底面上,深黄浅黄毗邻而隙,极似一张虎皮,小镇人就把这火烧豆腐谓之虎皮。而可为上乘佳品的只能数东南角的萧记作坊。故小镇人只去萧记作坊里买火烧豆腐时,才有板有眼地说:"来两张虎皮豆腐。"

　　萧记作坊的主人,街邻们称作萧坤爷。他的女儿带了同胞生的一双女儿早些年去了香港,只逢年过节寄些钱和日用品回来。小时候,我最爱去串萧坤爷的作坊,看店伙做虎皮豆腐。早上七点以后,作坊屋顶的琉璃瓦就会透过清朗朗的光,照得这虎皮的颜色纯正。这年在外修铁路的父母回来了。我端着瓷盘穿过南北走向的大街,右拐两道青石板路的巷子,跑到萧坤爷的门面上,模仿了街邻们的口气:"来两张虎皮豆腐。"

店伙就打趣:"姝姝的姨回来了吗?""不是,是我姆妈他们回来了。"我沉不住气,得意地拿眼横他,"要最好的两张。"

"哈哈哈,"店伙笑,"原来是姆妈,不是姨呀!"

我恍然明白,他是早已知道我的父母回来了,小镇巴掌大,父母在铁路上工作,就是挣大钱的好单位呢,一年回来一次自然备受关注。只是我在去年见到他们回来,仍不肯喊姆妈,只嗫嚅着叫姨,又让街邻们好生感叹了一番。

我着实有些恼了,端了瓷盘转身就走,却被一堵厚墩墩的身体挡住了道,萧坤爷不知哪时候已站在了我身后。他把手抚着胖嘟嘟的双下颏,眼睛弯成了缝问我:"那姝姝明天还来看做虎皮豆腐吗?"

我气冲冲地噘着嘴:"不来。我要和我姆妈转街。"萧坤爷挪了挪步子:"嗯,嗯,倒是应该陪姆妈的。"

萧坤爷的语调跟平常不一样,有些喑哑,我诧异地抬头望他,他正掉转头去看店外。再看店伙,他使劲眨着眼,给我打眼色。我并没懂得他的意思,但在跨出店门时,想平日里他们都是待我和善的,就扭转头说:"我明天先来看做虎皮豆腐。""嗯,好,好,那就好。"萧坤爷点头。

第二日,我如常去了萧记作坊,眼睛看着虎皮黄色的深浅变化,耳朵里也响着吱吱的声音,鼻子里还嗅着缕缕的豆香,但心神总是在跑。我瞅到坐在一角的萧坤爷,赫然发觉,他并不是在看豆腐,而是在看我,他的眼里竟噙着泪。我拿手捅店伙,店伙只眨眼睛,让我莫探问。但我毕竟忍不住,走过去拉萧坤爷:"萧阿公,你做么子要哭?"

"没呢,"萧坤爷拍拍我的头,"妹妹,你看虎皮豆腐的样子像极了我那两个外孙女呢,她们的姆妈小时候也这样看。"

"你想她们啦?"我认真地问。

"是呢,人一老就特别想。外孙女都成家了,不知哪时候能带细伢回来看看这虎皮豆腐。"萧坤爷嘘了一口气,步伐蹒跚地到店外与街邻打招呼。

而我在这年的秋季被父母带出了小镇。走之前,我到萧坤爷的作坊告别:"萧阿公,我要去外面念书了,以后我放假了就回来看您做虎皮豆腐。"

"嗯,嗯,好。妹妹,在外面你要好生念书啊。念好了,等你回来,萧阿公为你做虎皮豆腐。"他执意卷了十张虎皮豆腐给我,"这个,你拿着在路上吃。"

后来,我跟着父母漂泊而求学,辗转于浙赣、皖粤等地,多见过豆腐坊,却是不曾见到过像小镇的虎皮豆腐。考上初中那年,父母拗不过我,让我回了一趟小镇。小镇如故,一角一坊的布局仍在,萧记亦在,却已物是人非。萧坤爷在去年冬被绊了一跤,高血压引起中风病故。他的两个外孙女携手回来奔丧,为感谢小镇居委会的操持,将豆腐坊无偿让给了街道,只提出一点要求:仍挂萧记招牌。

我听了,静默了很久,泪潸然而下。当我再次离开小镇时,只将青石板上的足音轻轻地印在了巷子深处,而将关于虎皮豆腐的记忆留在了心里,细细品味。

五　娘

　　总觉得自己仍生活在这青石板的街巷,挎着泛白的军用书包,手中攥着刚刚向外婆讨来的五分银角子,匆匆地穿行在去往学校的街巷里,及至到了这座石板桥才顿步,把手中的银角子交付给炸油豆皮的五娘。五娘每每都要笑眯眯地说:"妹子,等下子啊,我炸这张豆子多些的给你。"

　　"谢谢五娘。"我乖巧地站在小小的煤炉前,看五娘手中圆勺舀起的豆浆白嫩嫩地浸入油中,吱吱作响,泛出蜜黄色来。"五娘,我要脆点。"这时候我就会叫嚷。

　　"晓得的,牙好呢。我家细毛小时候也是这样。"五娘也一成不变地说出这句话来。

　　细毛是五娘的幺崽,仿娘生,长得白瓷瓷的一张圆脸,眼睛如弯月儿镶在脸盘上,惹得街坊们都说要是个妹子,还要漂亮呢。

　　细毛却不以此暗喜,长至十五六岁,中学同班的男生们都拥在一起朦朦胧胧地谈女生时,总有一两个调皮的调侃细毛:"你怎么就不是一个女生呢?"

　　细毛脸涨得通红,狠狠地直瞪着讲话的人,一副"鸶"相。

　　音乐老师蒋的朋友来学校玩,无意中看到了细毛的"鸶"相,就感了兴趣,问细毛是否愿意到剧团去学唱戏。细毛问:"我唱什么角呢?"

"唱旦角绝对没问题。"蒋的朋友答道。

"不去。"细毛扭头就走。待细毛中学毕了业在街道待业,有街坊聊起这事仍啧啧叹息:"去唱戏不定就红了呢,比现如今窝在屋里强。"

五娘最怕街坊提这个话茬,但凡有这么个趋向,五娘就匆匆地回转屋里,不与人闲聊。五娘知道她被细毛记恨着让他长了一张妹子脸。她端了饭菜上桌,吃饭时见细毛脸色平和,才说:"崽,你幺叔公来电话,问你愿不愿意到他那儿去呢。"

"做什么?"细毛懒懒地问。

"没讲清楚,只说你要去,他派人来接。"五娘避开了正面回答。幺叔公来电话想叫细毛去他新开的一家茶楼当侍应生,主要就是陪客人们喝酒、饮茶。如今娱乐场所整顿治"黄"什么的特别多,幺叔公脑子灵光,想到招男服务生这个点子。五娘开始并不答应,但幺叔公讲只让细毛当领班,不必亲自端茶送水,况且还可以让细毛多接触接触人,说不定就找到个出路也难说。五娘就动了心,应承下来。

于是细毛拾掇了行李,投奔幺叔公。一去三年,只给五娘打过寥寥的几次电话。五娘问他可回来,细毛就收了线,任五娘的心一直悬在忐忑之中。"是我害了伢崽,不该生他个妹子相呢。"五娘夜里暗自啜泣,对着先夫的镜框喃喃自语。

我就是这时候开始到她的摊点前买油豆皮吃的。

五娘见了我,只说:"你这妹子长得好哩,白白净净的,一张大脸盘。我屋里细毛也这样。"

"丑死了,五娘,你莫夸我。"我特别忌讳人说我脸盘大,觉得丑。

"谁说的？细毛没你命好，生成个伢崽。他若是个妹子，现在该准备嫁妆了呢。"五娘拍拍我的头说。

我没有接话，拿了油豆皮，上学去了。

记忆里的五娘永远都是这样慈祥地坐在煤炉的后面，望着过往的行人。我外出求学后，大弟特意回到小镇，拍摄回来的照片却没了五娘的身影。

五娘三年前得了抑郁症，人到后期有些半痴，逢人只说一句话："我屋细毛记恨我呢，记恨我呢……"

街坊们就宽慰她，且有人悄悄打电话寻找幺叔公，找到了，让他带话给细毛，让他回来看望他娘。幺叔公淡淡地告诉问话的人："细毛崽去年就死了，自杀的。留下遗书不让他娘晓得，所以就没带话给五娘。"

街坊听了，急问："为什么?"幺叔公一语带过："也就是和客人争执了几句。客人逗他是个妹子家，他拿开水浇人，打起来，晚上不知怎么就上吊了。"

街坊放下话筒，给大伙传话。大伙你望我，我望你，最终望定了五娘。五娘痴痴地就笑："我屋细毛记恨我呢，记恨我呢……"

这话滞留在小镇街巷深处，很久很久，在我的记忆里也滞留至今。但愿五娘能明白，那真的不是她的错。

龙　骨

　　李湾的坤匠扎得一手好风筝。坤匠的手艺是祖传的,开春时节,全家就指望着他能挣上几个手艺钱,贴补上年的亏空。坤匠的家规也是祖辈定下的,每年三月间老少几辈人都要聚拢来放风筝,这风筝不是市面上贩卖的那种普通风筝,是坤匠家艺不外传的龙骨风筝。那是坤匠爷爷的爷爷的爷爷被召了当皇帝老儿的御匠,蒙皇上钦封的号,而坤匠家的家规也就是在感受到的皇恩浩荡中立下了。

　　“要讲那龙骨,倒也真是件奇物呢。”李湾的老辈人遥望冲上云霄的坤匠家的风筝,啧啧感叹。

　　龙骨遍体金黄,长六十八米零八,不多一分不少一分。自制的土纸黄烟折子一字儿顺着龙筋扭动,龙尾有个火药捻子,放飞时,燃着了,那烟折子的微光借了风势,浸漫开去。约莫升至百米高时,悬挂在龙颔下的两颗明珠,用微量土硝填实的,就会挨了烟折子的火星而噼啪爆炸,掀起的气浪使得龙身猝然挺立,将观望风筝的皇帝老儿惊了一跳,发作要砍了坤匠爷爷的爷爷的爷爷的头。坤匠爷爷的爷爷的爷爷听了,身子忍不住筛糠似的,但脑子还清醒,嘴里就大叫:“那有个说法的,有说法,是龙呈祥瑞。”话被传到平静下来后的皇帝耳里,竟然博得了龙颜大悦。皇帝令其为宫廷御匠,艺不出宫。

坤匠爷爷的爷爷的爷爷虽然拣回了一条命,却又不曾想到要因此断了祖传的绝艺,暗地里冒着满门抄斩之罪将龙骨工艺绘成图,乘告假归乡拜祭之机,将图与家规一并塞给幼子,令其携眷北上,不得折返故里。如此辗转,及至坤匠的爷爷辈才落定于李湾,讨得一个安身的地方,平日里只扒拉土坷垃,种些杂粮营生,唯三月间的放风筝是不变的。一时间,坤匠家的龙骨名声大噪,也没引得皇帝老儿来,毕竟改朝换代了,眼下已是一片闹哄哄的民国时期。坤匠的爷爷实在不想在兵荒马乱的地面上行艺谋生,就心甘情愿地留在李湾打长工,慢慢博得李湾人的同情,落户下来。

坤匠讨得婆娘,养了两个崽。李湾解放了,翻身做了主人的人们欢天喜地地加入合作社,寻思着要热闹一番,就与坤匠讲扎风筝搞庆典。坤匠二话没说应诺了,挑了二斤煤油熬通宵,欢欢喜喜地把三十个没重样的风筝送到了社里。社里的秦干部看了,问:"坤匠,没龙骨?"坤匠有一瞬间愣怔,随即拣出一张风筝,说:"秦干部,我这飞天蜈蚣也能冲上天呢。"秦干部摇头,挺失望的样子。坤匠佯装没看见,只顾蹲在墙脚闷头抽旱烟。

坤匠的婆姨怀三崽时,正是萝卜填肚的困难时期,连吃几天,那萝卜在肚里直刮油,闹得心发慌。五岁的二崽盯着娘捧在手里的一碗清水萝卜,怯生生地说:"娘不吃,宝宝吃。"坤匠闻言,眼泪差点砸下来,夜里不声不响地扎起风筝,逢集日,藏着掖着地卖了,割了二斤油花花的肥肉,回来清熬,皱着眉头望着婆姨和两个伢崽狼吞虎咽。他的婆姨和两个伢崽则以一种菜青色的脸庞染上红晕,而无声地对湾里的人们透露出生活的滋润,却终究无法分担坤匠与日俱增的担忧。私下里进行风筝买卖是破坏新社会的行为,要坐牢的。又一回集日,坤匠正与人交易,被逮着了,揪到公社责令写检查。秦干部翻老账:"你说,坤匠,用飞天蜈蚣代替龙骨,是不是早就对人民公社不满?"坤匠梗直了脖子:"不是。放龙骨我家有祖规,不典不卖。""嗬,当真是吃了肉有力气,不典不卖? 那你现在不是在卖风筝吗?"有人喊叫:"对,对,破他个丫的祖规,让他现在就扎龙骨。"坤匠想跑,一只麻袋从天而降,将他裹成一个沙袋,挨受好一阵拳击,最后一根木棒如刀般砍在坤匠护着头的手上,他清楚地听到右手腕"嘎"地响了一声,昏了过去。

坤匠的婆姨央人用板车将坤匠拖回李庄,哭哑了嗓子:"手断了,这可咋办呢,咋办呢?"

坤匠暴目呵斥:"号丧吗? 不就是废了只手。"而后,缓缓地耷拉了眼皮,静默得如同一疯子,他的风筝从此也静默起来。唯有光阴荏苒,坤匠家的三个崽在田埂间悄然长大。

二崽包了庄西坡的二亩七分地,精耕细作打下满仓粮食,张罗着娶亲。新娘子进门那天,大崽的婆姨养下二丫,三崽接到省城大学的录取通知书,坤匠家三喜临门。庄里有人就嚷嚷:"坤匠,扎个风筝吧,最好是龙骨,欢喜一下。""嗤,发昏呀,八月天,放什么风筝?"有人笑,眼睛却盯着坤匠不转。坤匠咂着旱烟,摇头:"季节倒无所谓,只是没得念头,过了年看看政策再说吧。"

过了年开春,有消息说秦干部殁了,在医院里带了话过来:"打坤匠真不是他的本意,但还是希望坤匠能原谅他。"坤匠听了,也只是长叹了一口气,说:"那年代早抖过去了。"

李庄的地形特别,半悬于黄土坡上,呈一个凹状。凹的最低处有两眼水井,滋润着庄上百余户人家的生活。庄四周另有十四眼井,随着年代的久逝而渐被风沙填充,田地里的用水平日里就要靠雨水。这年,天旱,包产到户的庄民们瞅着干巴巴青黄不接的麦茬犯愁。要是把那十四眼井疏通，冒上水来，再拉上电，把水扬上坡面的田地里，兴许能缓缓急。从乡上下来蹲点抗旱的干部采纳众议，火急火燎地奔回乡里，带着通电架线资金短缺的困窘又回转来。二崽跑到庄上的队长家，掏出一沓钱，说："发动大伙先给乡上垫着，有钱出钱，有力出力。要不，这旱可就要害了这季收成了。"

"爹，再过得一个星期，电就要通过来了，大伙想聚在一起闹腾闹腾搞庆典呢。"晚饭的时候，二崽说。坤匠不吱声，次日在庄子里转了一圈回来，喊长孙："把阿公的篾刀从灶屋顶拿下来，我们扎风筝。"

庆典日，坤匠立于庄西坡的高处，放风筝。乡长身后跟了一帮人跑过来，握着坤匠的左手，抖了又抖。坤匠把风筝的线轴塞进乡长手里，这时，乡长手里的风筝在空中发出清脆的两响，仰脖欢呼的庄民一瞬间全静默了，望定坤匠。坤匠正牵了长孙径直向庄口走去。

"阿公，你是要等伯和叔吗？他们捎话给我爹，要做生意，忙学问，下次才能回呢。"

"哦，哦，阿公老了，老了。"坤匠的眼褶子里有一股潮流暗浮。

"那你还扎风筝吗？"

"扎。知道刚放的风筝名吗？叫龙骨。刚才的明珠长吟，就是龙呈祥瑞哩。"坤匠用手搭了一个眼罩，向庄外眺望。

阿　炳

阿炳的煤球店贴出了一张招聘启事。

"阿炳,你招了帮手,就要歇手了吧?"

"阿炳,你屋里灰伢不现成是个帮手吗?你么子还要另招落岗的人?"

"阿炳——"看招聘启事的人多而不散,与倚在门板上的阿炳搭腔。

阿炳只一味地点头,并不言语。

阿炳是外乡人,乞讨流落到小镇时约莫十岁。一天,镇东头的炭爷背煤,脚下生绊,煤撒了一地,他便跑去用手拢煤,炭爷瞧他黑黢黢的手脸,心下生出几许怜悯,就收了他做帮手。两人相依过了十年,炭爷撒手西去,把个背煤的筐篓和镇东的这间狭窄门面留给了他。

镇子上走东串西的倪媒婆看好阿炳,将自己的麻面外甥女与阿炳牵了红线。成亲那天,阿炳牵着麻面婆姨给炭爷的灵位磕了头,又冲倪媒婆喊娘。

麻面婆姨踏进阿炳的煤球铺,四十岁上下开怀。年三十晚阵痛提前,就在屋里养得一伢,喜得阿炳炮仗放得冲天响,街坊过来贺喜,问伢名,阿炳望着灰落落的屋,顺口就说:"灰吧,叫灰伢。"

灰伢十六岁上考取了铁路技校，毕业分配到单位一年，闷闷不乐地回转来。阿炳开始以为是休假，并不在意，依然每日里为街坊们打制煤球。一日两日过去，日子晃得多了，灰伢没有回单位的迹象，就让阿炳着急起来。早晨他拉住又要外出的灰伢："灰，你不回去上班吗？"

灰伢拧着眉冲冲地答："当真不晓得？我落岗了。"挣脱阿炳的手，灰伢眼底闪过一丝惭愧，一溜烟似的跑了。

阿炳这天就被灰伢的话磨得难过，闷了一晌。晚饭时，阿炳对踩着点踏进屋的灰伢讲："要不，你帮我打煤球吧，虽说现在居民点都盖起了楼，有煤气烧，但许多街坊都还在烧煤球。我年龄大了，腿脚没有以前灵活了，你帮着送煤球到屋就行。"

灰伢不吭气，麻面婆姨把夹了菜的饭碗塞给灰伢，讲："好生答复你爹问话。"

灰伢就期期艾艾地开了口："首先申明我落岗是因为单位裁员，没得别的原因。这个我对姆妈讲过，不信可以去单位问。现在，我落了岗，也不至于要干这种只出死力的活吧。"

阿炳涌在嗓子尖上的温热水酒猛地就被呛着了，火气随着言语就冲了出来："你的意思是我这下死力的活低贱，矮人三分？"

"我没讲。"灰伢有点怵阿炳的火气，就拿眼望他娘，"再说，上街的张老板已请我帮他跑货，我是应承了人家的。"

麻面婆姨望了阿炳一眼，问话："灰伢，那张老板为哪般请你跑货？"

"他讲我是铁路上人，上个车，找个位子什么的方便。"灰伢斜着眼望阿炳。

阿炳气咻咻的，正逮着灰伢斜过来的眼神，就讲："街坊们对那张老板的蜚言蛮重,他经营的药材生意名堂横直多。我宁肯你闲在屋里,也不想你和这种人搅到一处。"

"这种人?什么人?我又不是细伢,跟着他无非是想边干边学,探探生意经。"灰伢被蜇了一样陡地提高了音量。他觉得阿炳已把他和张老板混为一谈,心下不乐意,就放下碗倔倔地出了屋子。

麻面婆姨一边收拾碗筷,一边劝阿炳:"伢大了,自有主张,你就放他去闯一闯,碰个壁回来,就晓得轻重了。"

阿炳着实有些恼,讲:"么子主张?倒惯出一副少爷脾气来。他是大了,反倒看不起我干了一辈子的活了。也是,明天我就招个落岗的人。"末了,阿炳叹出一口气,踏出门去,请隔壁的许教师写好了招聘启事,快快回转来。

阿炳的招聘启事贴出那天,灰伢已和张老板出了远门。

看招聘启事的街坊新鲜劲过去后,又各自忙碌开去。而经许教师介绍,阿炳收下了跛脚的高考落榜生。

日子晃晃地过着。艳红的招聘启事已褪色得厉害,映在冬季里瑟瑟作响。阿炳的煤球铺进出的人渐渐多了起来。

麻面婆姨赶制了棉衣给倪媒婆送去,却终以一声撕心裂肺的嗷叫告知街坊们倪媒婆躺在床上已经寿终。阿炳去张老板铺子里催问了几次,终不知灰伢跑货身在何方,就恨恨地骂了一声,披麻戴孝为倪媒婆出殡。

丧葬忙后,跛脚的落榜生来辞工。他乡下的父亲帮人做事闪了腰,需回去支讨生计。阿炳就多拿了两个月的工钱硬塞给落榜生,嘱他回家好生安顿,想回来就还来。

许教师不知怎的闻晓了此事,心下过意不去,偶尔抽了空过来相帮。阿炳推脱不过,也就任了他来。

这天傍晚忙下来,阿炳捶着酸胀的腿,望着饭桌上温热的水酒发愣。麻面婆姨用手捅了捅他,阿炳回过神来,却讲:"灰伢跟着那张老板跑货,我这心里总是悬着,你去探探,看他们这趟么子时候回来,我要和灰伢好生谈谈。"

麻面婆姨"唔"了一声,讲:"下午灰伢回来过,晚上是要回来的。"

正讲着,灰伢叫着"爹,姆妈"进了屋。

麻面婆姨一踽腿,去了厨房,端了碗筷进来:"伢,吃饭。"

灰伢就和阿炳面对面坐了。许久,灰伢终抗不过阿炳眼底交织着威严与关怀的期待,低了眉眼讲:"爹,我不去张老板那边了,我回来帮你做事。"

阿炳万没想到灰伢会这样讲,疑自己耳背,反问了一句:"么子?"

灰伢笑了:"真的,我回来做煤球送煤。"顿了顿,又讲,"这次张老板私下收购虎骨,我说这是违法的,反被他奚落一番,想想都气人,就把这底兜给工商所了,省得他再干这勾当。"

阿炳听了,眉头反挑了老高:"灰伢,这底可以兜。但做人要大气,按你讲的是受了奚落才赌气兜底,这显得小家子气了,做人讲原则,要讲在明里,尤其是要对事不对人,不能混淆了底线,轻重不分。"

灰伢张了嘴欲分辩,抬眼正看到阿炳眼底复杂又期待的一股子凛然,顿时泄了气,埋头吃饭。

阿炳端了酒杯望望麻面婆姨,又望望灰伢,将水酒尽数咽进肚里,水酒的温良习性便也尽数地在他的心底漫漾,暖暖地浸裹住他。于是,他再说话的时候,灰伢就觉得温和多了。

"那,铺面上的招聘启事你明天揭了?"

鲁 班 斧

　　滩河流经十镇二县,滋养着沿河的居民。滩河西源地杨镇的庆木匠和六木匠一年有三百天是乘筏子甩滩河走县串镇以打制木器为营生,且都娶得外镇的女子,两家毗邻而居。庆木匠只有一女,六木匠有子取名旺生。

　　邻镇的一家大户招婿,专程只请六木匠去打婚床。六木匠同东家商量喊庆木匠同做:"床檐雕花的手艺是庆木匠的绝活。"东家淡淡地应了:"你一个就行。我们本已是招婿,庆木匠屋里的只养得一女,晦气。"六木匠不便再言,闷头干了十天,怏怏而回。滩河口,庆木匠挑了营生物什,单等他,见面劈头就问:"六木匠,人家单请你手艺高也作罢,怎偏生又要作践我庆木匠断后,不可为人打婚床?""瞎话哩,我没讲你半个'不'字。"六木匠慌忙拱手。"算了,算了,以后各做各的活。"庆木匠拾掇了物什,甩滩河而下。

　　一晃十七年过去,六木匠要送子拜庆木匠为师。旺生纳闷:"爹,我跟着你学手艺不行吗?"六木匠摇头:"不,伢崽。你庆爷木刻雕花手艺是绝活,爹干了一辈子也赶不上他的几斧头。他那几斧头有名堂呢,叫鲁班斧,是借得木匠祖师鲁班之灵于木器打制中的。老辈人讲,凭得会使鲁班斧的木匠心术正邪,可使人兴,可使人衰。不过,你庆爷是个磊落人,从没听人讲过他使鲁班斧害人。那年闲人嚼舌传瞎话,弄得你庆爷一赌气,誓不为人打婚床,雕花的手艺不传人,绝活丢了可惜。爹想过了,解铃还须系铃人,送你拜庆爷为师,既是为化解沉积的怨气,也是让你庆爷莫湮没了绝艺。这些,爹都要跟你庆爷讲清楚的。"庆木匠听了六木匠的来意,沉吟半晌,眼皮耷了耷开了腔:"看旺生自己的主张吧。"旺生立时跪下,给庆木匠磕了三个响头。从此,滩河上庆木匠甩筏子时就有了帮衬。

一天,庆木匠正刨着一根方木,心里就慌起来,刨子几次卡了刀,旺生扶师傅到旁边歇息,庆木匠定了定神:"去给东家讲一声吧,木器晚些日子才能打了。屋里怕是你师娘出了事呢,我们连夜回去。"到镇上时,果然就有人急急地奔来:"谢天谢地,你们回来了。庆木匠娘子从台阶上摔下来,动弹不得了。"庆木匠守在屋里看候瘫了的娘子,并遂了娘子最后一个心愿:为女儿打制了一套嫁妆,体体面面地把女儿嫁到了滩河对岸的吴家。

旺生学徒三年,转眼要出师了。辞师那天,旺生恳请:"庆爷,这三年您老尽心教我手艺,且这后一年,您还允许我为人打婚床,我该知足。但我没跟您一起打过婚床,斗胆请求,徒弟今年底娶亲,还请师傅为我打床。"庆木匠万料不到旺生提出这个要求,眼眶霎时湿润了,和同样愣怔的六木匠对望了一眼,仰脖,喝下一杯酒,重重地掼下酒杯:"好,我就为你破次例。"

腊月的滩河,被沿河的居民备年货的繁忙酽酽裹着,溢满喜气。杨镇来了铁路上的人招工,明文有手艺的优先。旺生就去报了名等通知。庆木匠接了旺生备的四盒礼点,焚香净手,将一柄新斧在香上绕了三圈。庆木匠冲六木匠笑笑,吩咐:"旺生,为你打床,你不能动手,但你可以站在旁边看,看仔细了,就会看出门道。"旺生乐滋滋地应了。香燎了七日,床打好了,镇上的街坊齐拥到六木匠家争睹庆木匠的绝艺。四根麻扭状柱犹如龙盘,床檐鸟语花簇,神致细腻得让人觉得那鸟呼之欲出,那花嗅之则醇。众人自是啧啧赞叹一番,称慕旺生拜得名师,婚床喜气,来年定可养得好伢崽。

旧历年,滩河沿岸罕见地落了场雪。旺生的新娘英嫚踏着白皑皑的雪,红艳艳地嫁进了六木匠家。三天回门,英嫚娘备了饭菜,款待女婿,又给亲家回了礼,闹腾了一阵。三个月后,英嫚的肚皮不见动静,英嫚娘心里生疑:"莫非旺生有得罪庆爷的地方,庆爷打床时使鲁班斧,做了手脚?"踮着小脚,英嫚娘喊回女儿和接了通知正打点行装忙着过两日要去铁路上报到的女婿,细细盘问。旺生挠得头皮都麻了,仍想不出做下得罪庆爷的事体。他让英嫚在娘家住两日,自己回去问六木匠:"爹,英嫚娘讲庆爷为我们打床使了鲁班斧,害得英嫚不开怀。""不会,"六木匠打住旺生的话,"早讲过你庆爷是个磊落人。""可是,爹,那床的确有点怪呢,英嫚总说床中央有堵墙。"旺生涨红了脸,粗声粗气地辩解。六木匠不语,抽罢一袋烟,慢慢磕出烟灰,说:"旺生,你去备点酒菜,我请你庆爷来屋喝酒。"席间,六木匠举杯:"庆爷,旺生有得罪你的地方,你千万莫和他计较。"庆木匠一头雾水,只盯着六木匠,听他往下讲,"英嫚那妹子操持家务是没得讲的,就是——"六木匠喝下一杯酒,续满,接着说,"庆爷,有句话不知当问不当问?"庆木匠点头,"好,我就得罪了。庆爷,英嫚那妹子啥都好,就是不开怀。她讲是床怪怪的,中央有堵墙。你是不是记恨那年传瞎话得罪你的地方,使了鲁班斧?"庆木匠的脸立时铁青,手里的酒颤颤地洒在桌面上,好一阵才稳住手:"六爷,当初我学徒,出师时师傅传鲁班斧给我,只讲我磊落,其他什么也没讲。我做了几十年营生,现如今倒要在自己的徒弟身上使鲁班斧害人?"说完,起身拂袖而去。六木匠端杯,望着庆木匠的空席发愣。夜,六木匠走进旺生的屋子,端详婚床,心底不由得赞叹庆木匠的精湛手艺。他转至床西面时,赫然发觉外屋的灯光透过昏黄的窗纸漏进来,正将一根床柱影印在床上。他心一动,喊在外屋雕花的旺生将灯用绳子扯偏一点,床上的柱影倏地不见了。

英嫂回来,第二天即又奔回娘家,拉了娘的手到里屋说话:"娘,床好了哩,墙没有了,是旺生爹请了庆木匠破解的鲁班斧。"

六木匠拎了酒去赔不是。庆木匠直摆手:"算了,算了。旺生要去铁路上当公家人了,喊了他来,我有几句话对他讲。"旺生进来时,窘得耳根子滚烫。庆木匠示意他坐了,取了新斧给他:"旺生,你跟我学徒三年,我不曾对你讲过鲁班斧,是我没把握讲得清它的含义。我打了一辈子木器,到老才参透老辈人讲鲁班斧使人兴使人衰的道道——手艺精湛,为人磊落,使人兴是兴己呢;衰是讲粗糙手艺,含混人生罢了。你要去铁路上当公家人了,这斧就传给你,兴许你更能参透鲁班斧的含义。"

滩河的水年复一年地流。庆木匠自旺生走后又带了一个徒弟,三年后出师。他亦挂刀,不再乘筏子甩滩河外出打制木器。英嫂两年后开怀,大年初一生得一个白胖白胖的女伢。旺生每年腊月间都要回来休假,每每总要到庆木匠家坐坐。他告诉庆木匠:"庆爷,我单位上少有人知道鲁班斧,但都知道有个鲁班奖,就是修路建桥最高的质量奖,可以报到上级验评,评上了是要在国家的光荣册上留名的……"

泠泠水桐花

我往往是在春天的某个早晨被阵阵清幽的气息唤醒,推开窗子,满树水桐花就在视线里簇拥着盛开,枝丫上没有一片树叶,只有密密匝匝的花朵,一抹炫目的淡紫色在阳光的照耀下优美而柔弱。一阵短暂的风雨后,摇曳的水桐花结伴凋零,它们仰卧地上,却因了前世的盟约,身体都朝着同一个方向。落在地上的水桐花迅疾地枯萎,只在一个昼夜交替间,染了夜晚的黑色,消失于挺拔粗壮的树干下。

对一朵花的叹息,引得我不由自主地抬头仰望水桐树,那缀满树干的花已经完成了她的蜕变——新绿的枝叶,次第开放。水桐花,泠泠水桐花啊,带来一个季节轮回的消息:春天渐离,夏天即至。

住在五楼,但水桐花开在更高处。这使得我始终要以仰望的姿势,眯缝了眼看它。久了,才在不经意间发现,水桐花仿佛是在一夜间被某种哀伤侵蚀了,决然坠向地面,暗夜里,她的飘零是无法放弃的对哀伤的牵挂吗?

水妹被镇子里街坊从山上找回来的时候,身子已经显怀了。政府里的女干部刘中纹几乎每天都要到她屋里来,动员她去打胎。刘中纹是计生干部,她严肃地对水妹说:"尽管我们都知道你是受害者,但未婚怀孕毕竟还是违反国家政策的,你要支持政府和我的工作，莫影响了镇子里的声誉。"水妹缄默，水妹爹旺财端了茶碗给刘中纹，赔着笑脸说："刘干部，你先吃茶。我屋里妹子丢了这么大的脸，是我管教无方。但你等我找到那个混蛋，为水妹讨了公道回来，再打不迟啊。"刘中纹依然板着脸，但语气缓和了许多，说："旺财叔，这是两码事，水妹孕期多一天，打胎就难一天哩。再说了，你找不找得到那个混蛋还是个未知数。水妹耽误不起啊。你们好好想想吧，我明天还来。"旺财讪讪地站起身送刘中纹到了屋门口，转身进了自己的卧房。清晨，旺财依旧像往常一样走街串巷地叫卖青菜，但那悠长的叫卖声忽然少了许多生气。好心的街坊们也就拣了三两把青菜，数了钱递给旺财叔，说："今天的青菜新鲜呢，旺财你点点钱，看少不少？""只多不少呢，这是找你的两角钱。"旺财咧咧嘴，露出一丝笑意，捡好了盘秤，挑了菜筐，拐向另一条街巷。

水妹在屋子里闷了，倚到门槛上，呆呆地望着偶然路过的一两个人的背影消失在屋门口的路尽头，叹息着掉转头，又望向路的另一端。远远地见到爹爹回转来，她有丝惊慌，忙站直了，下意识地拽了拽衣角，回到屋里。

"爹，菜卖完了？"水妹端了茶水给刚进屋的旺财叔，没话找话地说。

旺财接过茶碗顺手放到桌子上，眼睛看了灶屋，说："称了点精肉，你自己中午做丸子吃吧。我到嵋山上去一趟，估计夜里才能回。"

"哦。"水妹暗淡地应了腔，蹲下身子从菜筐里拣了稻草系着的一挂精肉，进了灶屋。她知道爹爹去嵋山又是为了打探把她掠上山去的那个男人的消息。

我的记忆里，镇子里是没有水桐树的，多是街坊们院落里伸展出的一些果树,梁外婆家的柚子树,七阿公家的橘子树,还有咸五娘屋里的槟榔树。镇子的外围才有水桐树,进得四月,那满树淡紫间或夹杂着几株淡白色的水桐花会怒放开来,散发一阵阵清幽的味道,弥漫到镇子里。

旺财闻到水桐花的香味时,很响亮地打了一个喷嚏。他犹豫了一下,还是奔嵋山而去。他屋门口也有两株水桐树,但旺财从没有为它打过喷嚏。

旺财夜里从嵋山上往回赶,踏空了脚,摔到山崖下,殒了。当时正被嵋山上的齐天师看到,喊了道观里的门徒去山崖下找人,自己深一脚浅一脚地赶到镇子里,敲开了春三爷家的屋门。

水妹听到细崽的报信,当时就晕倒在屋门口了。脸重重地摔到地面的那一瞬间,她只记得有两朵水桐花落在她的眼睛里。

"就伐了旺财屋门口的两株水桐吧,我和徒弟连夜把棺材打起。"镇子里的六木匠听到消息,急匆匆地赶到已经聚集了很多街坊的春三爷家。"那就麻烦你们师徒了。你再喊几个帮手过去,莫伤了人。"春三爷蹙着眉头冲六木匠点头,看几个后生跟着六木匠出了门,又说:"那水妹呢? 有没有送到肖医师诊所里去?""送过去了,打了针,安定下来了的。"有街坊应承了,接着又问:"旺财殒得太突然了,那墓地还没有批下来,怎么看风水呢?""那也只能等到天光了,政府上班了才好找人。"春三爷的眉头蹙得更紧了,一道深深的"川"字形沟壑爬在他的额头上。前几天政府才召集了镇子里居委会和日常管事的人开了会,议的正是殡葬改革的事,要一改过去土葬为火葬呢,说是水土资源保护。春山爷心思缜密,他思量着天光了要怎样去和政府里管事的人说旺财这起意外。

水妹在肖医师的诊所里醒来,已经天光大亮了。她眼泪巴巴地望着看护她的肖医师和梁外婆,一言不发。"水妹,水妹,世事无常呢。你爹殒了,你千万往开里想,莫伤了胎气。就指望着这肚子里的种,为你和你爹讨个公道。"梁外婆亦眼泪婆娑地牵了水妹的手说。水妹听了,猛地抽回了手,闷声使劲往肚子上捶,慌得肖医师和梁外婆赶紧攥了她的手,连声说:"水妹,水妹,你莫这样。"

春三爷一早就到了政府找到管事的秦干部。秦干部虽然不是镇上的人,但老家离镇子五十里路不到。他对镇子里的人情世故、世事变迁多少了解一些。听了春三爷的来意,他也没有急着表态,而是端了暖瓶给春三爷的茶碗里续了一道水,商量着说:"春三爷,您看,政府的文件也是前些天才学习过的,上面也抓得紧。旺财叔殒得意外,屋里水妹的事又还没有处理完,事情都赶一起了。但若不让旺财叔入土为安也说不过去。春三爷,您看,是不是可以让水妹直接找到上面去要这墓地的批示更好些呢?"

春三爷明白这是秦干部最好的主意了,一方面推卸了自己处理不当的责任,一方面也多少是在暗地里帮忙出招,自然不好再勉强,他冲秦干部点点头说:"那就给你添麻烦了。"

六木匠已经把棺材打好了,还上了两遍清油,见到春三爷问:"谈拢了?"春三爷摇头,问:"旺财送回来了吗?""人找到了,正往回里来呢。"六木匠应答着,又问:"那墓地的事也耽搁不起啊,政府没有个说法吗?""有,"春三爷看着六木匠,说,"一会人回来了,您招呼着把人体面些入殓了,我和齐天师出镇子到上面的政府去一趟,估计下午就能赶回来。"

水妹一直淌着眼泪不出声。肖医师给梁外婆使了个眼色,说:"水妹,你莫这样憋屈,放声哭吧,哭出来心里就不难受了。"梁外婆倒先啜泣了起来,抓着水妹的手摇:"水妹,你莫吓到你梁外婆啊,哭吧,哭了就好了。"水妹终于痛哭起来,她的号啕声飘出肖医师的诊所,悠长悠长。

镇子外面的官道上,齐天师对春三爷说:"旺财屋里闹阴宅,我算过了,落土到他屋门口的水桐树下才好。""这个听你的。"春三爷站定,喘了口气,说。

春三爷是怎么说服上面政府的,秦干部一直很纳闷。但他不动声色,以街坊的身份凑了份子来吊唁,并淡淡地告诉春三爷一件事情:夜里,政府巡夜的人在镇子外火车站的废弃车皮里捉到了一个可疑人,交到派出所里,突击审问,竟然回应是来找女人的。"看样子,像是那个掠了水妹到山里的人。"春三爷愣了,望着秦干部,说:"那政府的意思是什么呢?"秦干部一笑,未置可否,眼角瞄了瞄跪在唁堂里的水妹,叹了一口气,说:"我暂时还不知道,但相信很快就会有准信了。"

那一年,我记得镇子外围的水桐花开得格外茂盛,满簇满簇的,只在一夜风雨中就都落到了地面上,孤寂而短暂地消失了。

旺财被安葬在他自己屋门口被伐掉了的水桐树下了。水妹也在刘中纹的安排下到镇子里的中心医院打了胎。

过得半年,政府贴出了告示,一个陌生人的名字下面赫然打着红色的大叉,是死刑犯了。街坊们拥在告示前,啧啧称快:"掠了水妹的混蛋终于得到惩罚了。"告示写着那混蛋把患有智障的未成年少女骗到山上实施强奸,并拘禁其人身自由长达五个月之久。

那未成年少女就是水妹了,旺财殒了的那天,她生日,十五岁。水妹站在人群后面听着街坊们的议论,一言不发。街坊们和她打招呼,她也不理,只直直地盯着告示,突然走上前去,一把拽了,往回奔。我和一帮孩子跟着跑,就看见了水妹把告示一点点撕碎了,拢在她屋门口的水桐树下，又在旁边用手挖了个洞，把碎了的告示狠狠地埋了。而后，她就开始嘤嘤地哭，嘤嘤地哭，直到号啕不止。

春三爷叹息着，口里念叨："造孽造孽啊，旺财那两块单薄的水桐板又如何承得起水妹的这番号哭？"他打发人喊了镇子里日常管事的街坊聚拢来，说，"这水妹一个人放在她屋里，只怕迟早还要出事呢，看在她娘殒得早，旺财又殒得突然的可怜上，大家商议商议能否把她安排到街道的鞋厂做小工？"这自然得到众街坊的应和。刘中纹还主动出面找了街道鞋厂的刘厂长，把事情办妥当了。街坊们答谢她时，她急急地说："不要谢，不要谢，这不是我和刘厂长屋里沾了远亲嘛，好说话点。"只有中心医院的吕医师知道她是借了这件事，要还自己一个踏实。那天带水妹去打胎，水妹给她下跪了，嘤嘤地哭着说她想生这个孽种，她一个人住在屋子里没有人讲话。但刘中纹还是把心底那一刹那间的柔软打消了，看了看吕医师，对水妹说："以后会有很多人跟你讲话的。"

我离开镇子的时候忍不住问春三爷，他是怎么跟镇子上面的政府谈拢默许了土葬旺财？春三爷笑着说他只跟上面政府管事的人说，那水桐树通人性的，许得旺财落土水桐树下，也好照顾那智障的水妹。我当时十分相信春三爷的话。但若干年后，我开始怀疑他的话。小镇的殡葬改革直到春三爷去世也没有推行下去。新建的殡仪馆距离镇子很远，要甩河滩绕峭山再走上二十里地才能到，太远太不合适。当初早在政府召集镇子里的人们开会的时候选址就定了，没有人说出它不合适。春三爷留了遗嘱，他希望屋里的亲人能够按政府的要求火化他，还他当年为旺财的事对政府的一个许诺。那时节，是四月，我在远离镇子的异乡求学，听到这个消息，亦只能站在校园满树满树的水桐花下，仰望天空，任一片片氤氲淡紫色的水桐花落在我的眼底。

　　年复一年的四月天,我依旧被满树的水桐花唤醒,听泠泠花语,行切切文字,为一个季节与另一个季节的交替。

缺 席 判 决

不知老贤二十岁以前大伙是怎样称呼他的,反正他二十岁入路的时候,大伙就喊他老贤。直到在法庭上读他立下的遗嘱时,人们才知道他的大名。"左括弧,文得贤,右括弧。"老贤的侄儿面部僵硬一字不漏严丝合缝地念。而陪同老队长来到小镇上办理老贤后事的江声,还是第一次听到老贤的大名。

"嗬,一条人命就这样算啦? 老贤吃错药了吧?"炮筒张接过老贤侄儿的话音道。

"莫瞎讲,人都殒了,吃错么子药?"打煤饼的王胜一扯炮筒张的衣角。

江声只能根据他们的表情揣测小镇街坊们听完遗嘱后的心态,但他最关注的还是被告席上的培成。培成一直垂着头,这会儿听到炮筒张的话,耷着的眼皮飞快地掀起,眼底掠过一丝惊慌与愧疚,他的身子开始些微地战栗。

"肃静,肃静。"区法院刘法官的普通话更多地掺了小镇口音。江声歪头看老队长,看见了淌在老队长眼窝里的泪痕子。老队长努嘴:"早知道老贤会这样。瞧他说得跟在队上没退休前一样,'安全生产,幸福万家,认真改过,不究其咎'。"老队长说后半句时突然模仿了老贤的腔调,江声的心神被慑住了,他甚至产生一种幻觉,以为是躺在棺木中的老贤徐徐站起来，不紧不慢地在说。这时，被告席上的培成将头猛地磕在护栏角上，嘶喊："抓我坐牢吧，抓我坐牢吧，是我打死老贤叔的。"他的额头的血顺着抽搐的脸颊滑动，人很快被法警摁住。

王胜一掏出一方分辨不出原色的方巾塞给炮筒张，向前推："快，让培成捂住伤口止血，刘法官就要宣判了。"炮筒张跨了两步，把方巾搭在护栏上。果然，刘法官清了清嗓子，用半生不熟的普通话宣读："经法医鉴定，原告老贤，不，原告文得贤，因支气管炎并发症及心脏病死亡，非被殴打导致直接死亡。又鉴于文得贤立下遗嘱，被告培成，诉讼期间确有改过之诚，则不究其咎。现本庭宣判：对被告培成撤诉……"庭上有些骚动，老贤的侄儿几乎是在吼叫了："没有公道，没有公道。"

炮筒张走出法院，看到江声和老队长，便走过去："老贤好歹是单位的人，他侄儿帮忙打官司不赢，你们怎么也不说句话，让培成那横小子脱了干系？"江声不知所措，望老队长，老队长冲炮筒张笑笑："老贤自然有老贤的做法，他立下遗嘱就表明他心底自有公道。"

江声在老贤的丧事第二天，仍没见到培成。他跟老队长说了一声后，便三转两弯地到了小镇造纸厂，培成果然待在麦秆垛下，散乱的麦秆几乎超过了培成的胸部。两个男人无言地对视一阵，江声才低下头，去搬垒在培成身上的麦秆，培成对着麦秆自语："那天，老贤叔打这儿经过，看见我们垒麦秆，就吼：'培成，要出事的，离电线太近。'我不理睬他，招呼大伙继续干。他又吼，我就笑他：'你在单位当安全员上了瘾，退了休还管闲事。'老贤叔火了，冲过来，从麦垛中间一下抽出三四捆麦秆，害得我们几个全掉了下来。当时他还打出一个饱饱的酒嗝。我心底猛地就蹿了火，说：'巴掌大个堆料场不码高行吗？吃醉了酒偏生来管闲事。'说着说着就揉了他一把,老贤叔抬手给了我一巴掌,我昏了头,就挥拳打了他,真不是要往死里打老贤叔啊。"

静默良久,"啊——"培成兀地嘶叫了一声,把江声吓了一跳,江声定眼看他,三十几的汉子毫无生气,脸呈死灰色,眼里噙着泪,仿佛要将他整个人浸没。江声定了定神,安慰他:"老贤是病故的,培成你别太往心里揽事。""话是这么讲,可毕竟老贤叔挨了我的打。"培成倒在麦堆上,泪就随身体一同跌了下来。

炮筒张始终没有搭理培成,尽管他们抬同一根龙杠送老贤出殡。倒是王胜一看不得培成的悲戚,从墓地回来,傍着培成走了一段,说:"这下子无论如何心底都欠着一份债了,揪心呢。不过,也别太挂扯,活人总还是要顺意些活着的。"培成的泪就又在揉搓酸涩的鼻子时滚了下来。

归队的路上,江声告诉老队长培成说的话,老队长反问:"你知道老贤为什么没人称他大名吗?"江声猜度:"大约是面相老成吧。"老队长摇晃着见底的茶杯,用手指挑了茶叶塞进嘴里咂巴,说出一段往事。老贤入路就干安全员,自然是沾了指导员的光。当时那指导员看他能倒背老三篇,认定是个好苗子。老贤对指导员更是言听计从,大伙就觉得他这人不实在,尤其是指导员问话,他都将他知道的如实汇报,讨人嫌,就暗地里称他"老嫌",左右与他的名谐音。但真正叫开的,是有一次他抹了指导员的面子。指导员的一名近老乡进峒被石头砸了头,要报工伤。老贤逮着没戴安全帽的事实,据理办事:"这安全的事马虎不得,处理更得按章循规。你不是常教育我,安全生产,幸福万家,认真改过,不究其咎吗?"指导员黑着脸半响无语,末了一笑,甩出一句:"你还真是个老嫌。""当然,这以后大伙喊他老贤,就都是贤德的贤了,也是他本名。"老队长眯着眼强调。

　　江声无语,他突然想到,法律程序上只存在对被告缺席判决,而小镇上的人们却顺理成章地接受了老贤的原告缺席,莫不就是对老贤打心底的敬重?

曦 光 似 火

　　南丫嫁给愚汉时，愚汉刚从部队转业回来，被安排在街道塑料厂上班。南丫穿一身天蓝色涤纶套装，伴着穿虽无徽章但依然挺括的军装的愚汉走在小镇上特别抢眼。从中撮合这门婚事的四婶娘尤其得意，对到小镇上来看望女儿的南丫娘说："我们到底是拐了弯的亲戚呢，我帮南丫选的人没错吧？"

　　塑料厂并不景气，生产出来的一成不变的黑色与酱色春秋鞋让小镇人评定为"天热端窝水，天凉硬笋壳"。愚汉做了业务厂长，望着仓库里满当当的积压品，鼻翼旁鼓着的脓包总也消不下去。南丫专拣合愚汉口味的菜精致地做了，搛菜的当儿软软地说："可别急坏了身子，办法慢慢想。"

　　厂里的小回来找愚汉，说在镇上幼儿园上班的对象巧娟放出话来要和他吹，主要是他的家底原本就薄，偏厂子也穷得没指望。问能不能从厂里先赊两百双鞋，他自己出去找销路……愚汉把碗一搡，一口拒绝："小回，你既然能自己找到销路，就莫如让给厂子。"小回磨蹭许久，愚汉始终不松口。末了，小回怨愤地瞪着愚汉，一言不发地走了。

　　南丫夜里闭上眼睛仍能看到小回的眼神，就对愚汉说："小回怨着你呢，你就赊给他吧，能销出去一双是一双。"

愚汉翻转身子,说:"女人家头发长见识短的,任着他们白条子赊鞋,卖了钱厂里收不回,又没得工资扣,怎么办?"

南丫就不吭声,睡梦中晃晃地看见巧娟嗷嗷地哭。

小回在厂里有两日没露面,第三日,他腰里暗缠了一圈雷管,满镇子里找巧娟,巧娟已被她的家里人严加看管了起来,不让她与小回见面。于是,这天傍晚,小回在极度的绝望中,引爆了雷管,血肉横飞,偏头是完整的,颤悠悠地落在了小镇幼儿园的院子里。

愚汉非要自己去捡拾小回的头颅,就看到小回的眼睛忽然眨了一下,又睁开来,望着他,他倒也不怕,偏就一口气呛在嗓子里,闷了半天,顺转来,人已是痴了,镇里人都说他得了失心疯。

南丫照顾愚汉,还要照料嗷嗷待哺的一对双胞胎伢儿,日子就短促而紧巴起来。四婶娘不时地过来搭帮,嘴里念叨:"造孽哟,这是哪辈子造的孽哟!"一天,她就对南丫娘讲出一桩人托人的事情来。

邻镇的罗满生,在铁路上工作,是公家人。转年他婆姨难产,撇下一个女伢自顾去了。满生娘托人让物色个贤惠的女子。"你看,我们到底是亲戚,我看南丫这女子挺遭罪的,莫如带着两个伢儿,再走一家。"这里面有个讲究,也无从考证,左右小镇上的人们是继传下来了——但凡有女子再走一家,就是两户可怜见的人家经过中间人的穿梭,连成一家,但求一个双方都有照应,合则到政府办证,不合则散,镇子里的人们是万万不会耻笑的。四婶娘的舌头翻搅,把她的诚心与南丫的困窘霎时就拌到了一块儿:"就像这屋子,能让人真真实实地感到结实牢固,而过日子不就是图个安稳吗?"南丫娘心下也是这么寻思,但又恐愚汉往后的日子更难,迟迟疑疑地说出一句话来:"不知南丫的主意呢?"

"我去讲。"四婶娘讨得南丫娘松口，拔脚就去南丫家，拖着南丫的手，把个事理比成一条鱼，用手指在南丫的手心里剖，五脏六腑的利弊全呈了出来，让南丫嗅到了空气里的腥味，只埋了头不吭声。末了，四婶娘又说出一句话将南丫撞到了墙上，让她半天缓不过气来。四婶娘说："女子，你欢喜着愚汉，这个婶娘知道，但你拗得过命吗？能指望愚汉这癫子拉扯大伢儿吗？也能担保着不让伢儿日子久了沾了疯癫的习气？"偏生这时候愚汉莽撞地闯进屋来，嚷嚷着要和伢儿玩，弄得满屋子哭声。南丫叹出一口气，说："但凭四婶娘做主罢。"其实，四婶娘心底亦不松快，顺手拿起一粒糖哄愚汉："你千万莫怪我把你婆姨带着再走一家，实在是这日子太困倦了，有缘，等你病好了，再去接她母子三人回转吧。"愚汉只拿了糖放进嘴里呵呵笑。南丫见了，一把搂过两伢儿，放声痛哭。

南丫在四婶娘张罗下与满生见了一次面，划下聘礼，全留给了愚汉。二十八天后，她牵着两伢儿，随满生踏入了邻镇。夜，满生待南丫安顿好三个伢，就招呼她也该安歇了。南丫心下顿然生出满怀的愧意，怯怯地望了满生一眼，推托说她习惯和伢儿一道睡。满生不言语，回堂屋自顾歇下。

满生的女儿已有岁半，成日里病快快的，像一棵打蔫的豆芽。南丫每日里撮了半升米，酽酽地磨成粉，打成米糕，精心照料，全然无视两伢儿守在身边唫手指。渐渐地，这女伢脸面上就见了红润，人也欢快起来，而满生的假期也快到了。是夜，满生拦住又来屋里挟被子的南丫，不吭声，用沉默抗议她和伢们搭床。南丫开始挺慌，看满生只是执拗地堵住门，紧绷的弦立时就断了，泪先泛了上来，抽泣："我屋里还有一个冤家呢，四婶娘没和你讲清楚吗？我再走一家，只是为伢们讨生计。"

满生顿时像被人当街抽了一巴掌,颜面全丢没了,只听得从嗓子眼里吼出一声怪异又压抑的声音:"滚——"自己却冲出屋子,脚步踉跄起来。第二日,他给娘辞行:"姆妈,伢们就靠你老人家费心照看了。"

满生娘问:"南丫要跟你去单位吗?"

"不,单位里腾不出屋子来。"满生硬邦邦地回答,挎起包就走了。

满生娘目送满生在巷子口没了影子,才扭转头问攀在西厢房门框上的南丫:"夜里你们吵架了?"

南丫掩饰地遮了遮发乌的眼睑,勉强地笑:"没,他不让送。"

满生寄回来汇款,满生娘嘱咐南丫回信写上可以少寄二十元钱,在外做事要吃好点,养壮身体才是本钱。南丫一一写上,叠好套入信封里,想想,又抽出来,在落款后添上一笔:真的可以少寄点钱,最要紧的是先顾好自己的身子。

满生只是按期寄钱,没得多半个字眼。年关了,才回来住上十天半月,多半也是带了伢门串亲走友。南丫呢,收到钱,每花一笔都仔细地记了账,她很想拿给满生看看。于是,一天夜里,她就去了满生的屋里,满生接过本子也就看,一笔开销一笔开销地看,横直就是不抬头、不吭声。闹钟就越发地响,响得南丫最后都听不到闹钟声,却听到了满生的心跳声渐渐地与自己的心跳踏到了同一个节拍上,她顿时惶恐,豁地站起来,说:"完了吗? 我要回伢们屋里了。"

满生把本子还给她,看她跨出门槛,心底不免十分懊恼,心想,刚才自己要是说没看完,肯定就留下她了。

而满生娘也就在这夜里发现了满生与南丫分居的事实。她近来闹心慌病,整夜整夜地睡不着,隔了窗子看屋外,就看见南丫出了满生的屋子进了伢们的屋。心下纳闷,喊了满生来问,满生苦笑笑,对娘说:"您老就莫管这事吧,南丫待屋里,女伢好就行。"满生娘再三问缘故,得到的都是这句话,顿然就十分烦躁,要喊南丫来问,被满生拦下:"她心底还有那癫子愚汉,她又怎生回复你呢?"满生娘发愣,暗恼起南丫来。往后满生寄了钱来,都要经她的手掌管。南丫需讨钱过生活,也就把日子更精细地掐算了过,回小镇探望愚汉的次数也尽量减了,怕与满生娘有冲突,惹人笑话。

过得五年,愚汉的失心疯逐渐好转,神色也清醒过来,竟记得去南丫娘家要接回南丫母子三人。南丫娘慌忙搭信喊四婶娘来。四婶娘踌躇了好半天,才拉扯愚汉并排在竹凳上坐下,拢了拢花白的鬓角,开门见山地说:"愚汉,以往你病得厉害,南丫既要照顾你又要照顾两个伢儿,生活没得个来源,我们就劝她又走了一户人家。呃。"四婶娘故意地打了个嗝,看愚汉的反应。愚汉呢,拧着眉,梗着脖子自言自语:"又走了一户人家? 什么是又走了一户人家?"一时竟没有意会过来。南丫娘捅了捅四婶娘,怕愚汉又犯疯病。四婶娘点头,打断愚汉的自言自语,说:"就是外出做工呢。你先回去吧,过得两日我搭话给南丫,担保她回来看你。"

愚汉听了,抬转头:"真的? 那我回去了。"

南丫从菜地里回来时,见到满生娘正端了脸把四婶娘晾在堂屋里,羞愧得很,觉得四婶娘体味了自己的日常窘迫,她硬着头皮与满生娘打了一个照面,说:"娘,地里的菜都拾掇过了。"而后径直去堂屋招呼四婶娘,揣测着她来有什么事体。四婶娘顾不得数落满生娘的不是,反倒拖了南丫直奔西厢房,压低了嗓子说:"愚汉好了呢,他去你娘家找你,你娘怕刺激他再犯病,没敢说实话,你看现如今怎么办好?"

"我能怎么办?"南丫听了,泪就沿着脸颊淌下来:"满生每月每月地寄钱回来,现在伢们都供着读书了,他那冤家倒好了,我能怎么办?"

"你和愚汉不是没办离婚吗?当初,满生娘讲要看手续,被我挡下了。"四婶娘的意思是想南丫看到两伢儿可怜,没挨过亲爹疼的分上,回愚汉那边。

南丫把自己关在屋子里闷了两日。傍晚,愚汉闯进院子来,问挡道的满生娘:"南丫呢?"

满生娘直觉这男人就是南丫常去探望的癫子,心下奇怪着他的清醒,反问:"你是哪个?"

"我是她男人。"愚汉粗声粗气地挑起了高腔。

满生娘霎时脸色铁青,一字一腔地说:"你讲清楚,南丫可是我屋满生的婆姨。"

这时,三个伢儿散了学踏进家门,愚汉一把拽住了大伢的手臂,说:"这不是我伢儿吗?那,还有一个。"他伸手指向惊恐地藏到满生娘身后,转而又跑向西厢房用劲擂门喊叫着"姆妈,姆妈,快出来啦"的细伢儿。愚汉听到喊声,人有如梦魇了,双眼直勾勾地盯着西厢房,大伢儿趁机挣脱他的手,跑向满生娘。

南丫只得硬着头皮开了房门,一把搂过还在擂门的伢儿,冲愚汉说:"来了。"又掉转头,望满生娘,"娘,他真是两伢儿的爹。"

"满生啊——"满生娘牵过孙女伢的手,又喊,"满生啊——"眼睛却盯牢了南丫。

南丫受不住,想了想,嘱咐两伢儿去满生娘屋里做功课,招呼愚汉在堂屋里坐了,又无语,就盯着地上的一只蚂蚁迂回地翻爬一个又一个微微鼓起的小土包出神。

愚汉开口:"我又回厂里上班了,你和伢儿回来吧。"

南丫仍不吭声,看看天色,示意愚汉该走了,送到巷子口时才说了句:"愚汉,你容我想想。"

满生娘托人发电报喊了满生回来。满生刚进屋,就被她拖了去她自己的屋里,怄了气,一字一句地讲了新近发生的事,然后说:"满生,你养大了人家的伢儿,可得守住婆姨才好啊。"

满生只说头疼,想静一静,就在满生娘的屋里躺了大半天。晚间,喊了南丫到他自己的屋里,语调生硬地说:"你走吧,这么些年,你帮我抚养小的,伺候老的,也不易。再说,也怪我糊涂,竟未能落实清你没办理手续呢。这是触犯法律的。"南丫的脑子早如眼皮子被泪浸泡得昏沉沉的,满生话音刚落地,她就再也支撑不住,身子随着眼皮子一耷,人往前栽下。满生慌忙地去搀了,一抹温温的女人身体自然散发出的汗味儿就淡淡地飘到了他的鼻子下。"要是那癫子没好,噢,不,不。"满生立时被自己心底升起的这股子邪劲而引发的羞愧攥住,人愈加地燥热,他冲着屋外高喊:"来个人搭把手。"

南丫领了两伢儿,给满生娘磕了三个响头,又要给满生下跪,被满生拦下了。满生娘泪眼婆娑地在屋门口牵住了南丫的手:"千万莫记恨娘这几年为难你的地方,我还是那句话,有难处,就回来。"

满生在巷子口没见到愚汉,南丫轻声说:"我没同意他来接。"

愚汉下班回来,见南丫又没做饭,只是怔怔地看伢们做功课,眉头就蹙了起来,说:"又想什么呢? 你不饿,伢儿也不饿吗?"

南丫晃晃地笑笑,进到灶间淘米择菜。

夜,愚汉扳住南丫光滑的肩头,问:"还想着那家?"南丫不语,要背转身,偏愚汉更紧地扳住了她的肩,仍问。南丫忍着疼,低低地说:"你要听到怎样的回复才肯不问呢? 天天如此,我都快要癫了。""讲来,你还是嫌弃我。"愚汉颓然地松了手。

南丫的呜咽就落在了枕上。漏过窗棂的一抹曦光猛然间在她的眼底跳跃起来,挟了几丝血色,似火,摇晃着热流回旋,裹着片片黑色的灰烬,飘散,而后,新的一轮热流又俯过来……南丫突然间十分强烈地想知道满生和满生娘及满生的女伢现在的情形如何了。

大 外 婆

母亲去了一趟老家,回来,总是感慨:"你大外婆八十多岁的人了,还在受罪呢。"我的眼前就浮现出一个满头零乱白发,双眼都盲了的干瘪老人,在两间低矮的土墙屋里穿行,从铺着稻草的卧床的枕头下掏出几粒冰糖来,塞给候在门口的小崽,说:"好孙伢,散学了就快回屋去吧,明天再来,奶奶还帮你把糖收好。"

小崽口里吃了糖,言辞就有些含混,说:"奶奶你夜饭吃什么呢?""还有剩饭呢,你快些回屋做功课。"老人催促着,脸上浮现满足的笑容。

大外婆是母亲的亲姨娘。她嫁到夫家五年就守寡,独自一人拉扯大一双儿女。大外婆生性乐观,夫亡后,她每年都要领了儿女到娘家的几个兄妹家走动,但接济是决然不肯要的。她说:"我不愁穷苦,就怕这两个伢儿没了爹,天天跟了我一人,感觉无依靠。"

大外婆的女儿十七岁时,就有了媒人来提亲。男家是镇子上刘府,其时,刘府家境已破落,但仍供了家中排行第三的少爷读了书。大外婆冲了读书人知书达理这一条,没有要聘礼,唯与媒人商议,想让刘府雇了花轿来迎亲,好让女儿风风光光地出嫁。

媒人自然是满口应承下来,但有了文化的刘府三少爷却不屑于此,说:"我纵然没有娶回来新女性,但终不能还要用旧礼教来成婚吧?"

大外婆听了传话,自言自语:"什么是新女性?但凡新女性都不乘轿子的吗?"她的女儿是十分心仪刘府三少爷的,看着母亲的神情,就羞涩地表示没有花轿亦无妨。大外婆有一瞬间的愣怔,她望着女儿,嘴角嗫动,欲言又止。

但女儿最终还是坐了花轿嫁进刘府。刘府的老太爷因着大外婆没有索要聘礼心下已然惭愧,闻听刘三少爷的言语,大怒,呵斥:"读书是为了这般不通人情世故吗?"刘三少爷不敢顶撞,只能板了脸和坐花轿而来的新嫁娘拜堂。所幸的是在以后的日子里,大外婆的女儿除了不识字,温良恭俭谦均是有口皆碑的,这桩让大外婆欲言又止的婚姻倒也平平淡淡地持续到了现在。

转眼,大外婆的儿子亦到了娶亲的年纪,却囿于家境贫困,一年年被耽搁下来。儿子的脾气日渐沉闷起来,每日里只在田间劳作,即使雨天,也要戴了斗笠去田间转悠。大外婆看在眼里,急在心底,就托了媒人从山区带回来一个消瘦的女子,儿子从鼻腔里"嗯"了一声,与女子成了亲。却不承想,这女子是刻薄人。这年,大外婆生了一场大病,双眼盲了。她的儿媳妇提出分家,大外婆的儿子开始不依,但终拗不过她的吵闹,态度缓下来。大外婆就招呼他们,说:"这些年,你们成家养伢,没过上几天舒展的日子,现在,又要加上我这瞎眼老婆子的拖累,日子只怕更闹心。我这里多多少少积攒了一点钱,你们拿去,到镇子上,我跟你们的姐姐讲好了,帮你们租赁下一间铺面,做个小本生意。"

"娘!"大外婆的儿子拾掇了铺盖,走时,只低低地喊了一声,嗓子里就透出一丝哽咽的味道来。

大外婆慈祥地笑着,冲着镇子的方向摆手,示意他们上路。

大外婆的儿子在镇子上做生意挺着道,三四年间手头就有了一些积蓄,如此,他就生出回乡下起屋盖楼的念头。他的女人不肯,讲要起屋也要到镇子上才好。但大外婆的儿子这次竟然十分执拗,甩了脸子回乡下,选了与大外婆的老屋一路之隔的田间,划地基,请帮工,干了起来。他的女人就赌气,直到新屋落成才回来。大外婆赶忙扭了面巾,让儿媳妇擦把脸。儿媳妇打量了她一眼,原本就不痛快的心又生出几许嫌弃来。大外婆比几年前越发地苍老干瘪了,衣襟上斑斑点点的污渍泛了光。而大外婆的笑容在她满脸的皱褶里赫然还散发出些许讨好的意味来。这让她的儿媳妇既生愧又生恼,她接了面巾径直甩到脸盆里,说:"您老人家这些年应该习惯了住老屋吧?"

大外婆的神情立时黯淡了,她一手端了脸盆,一手拄了木杖,穿过公路,回转老屋。

她儿子知道了,气恨交加,竟私下盘掉了镇子上的铺面,攒了资金与乡邻结伴到外地做倒买倒卖的淘金生意。偶有乡邻回来,就给大外婆捎带些钱与糕点。大外婆每次都要将钱紧紧地捏在手掌里,央人到代销店买几样糕点,送到新屋去。儿媳妇是经常围坐在麻将牌局上的,当了牌友的面,说:"钱,他要养伢,我就收下了。糕点是你伢孝敬你的,我不敢收。"

大外婆只得又拎了糕点回转来,碰到散学回来的孙伢,就招呼了他来老屋吃糕点。

"我特意去了你大外婆家,看上去,她的身子还是蛮硬朗的,只是屋子更破旧,东西堆得更零乱,气味更浑浊了。"母亲说。

"她的女儿早些年不是举家去了新加坡吗?何不接了她同去呢?"我纳闷。

"你大外婆不肯。自从她女儿去了新加坡,镇子对她而言都有了一种远离故土的感觉。她说自己是早已在树上飘荡的叶子了,只等着有一天安安静静地落到地里呢。"母亲的眼睛已然湿润了。

孰料,次年炎夏的某一天,母亲流着泪特意打电话告诉我:"你的大外婆走了呢,可能是到菜地里去摘菜,栽倒在地里,硬生生地被晒了一天,才被人看见……"

道公祠的数学李

道公祠是我的中学校名,数学李,顾名思义就是数学李老师——李国庆了。那时节,我寄居在外婆家读书。

"春三爷,开学了,让细妹子转到我们学校来读书吧。每天上下学,我都可以顺道把伊带回来。"暑假里,数学李在街巷口看见我外公,恭敬地垂了双手打招呼。

"我看要得,道公祠的教学质量比镇公所的中学要好些。"外公满口应承了下来。我却冲数学李翻了一个白眼,城子里的同学都去镇中学上学,他这一番好事,我肯定要落单了。我快快地跟在外公后面回转屋来,发呆。

外公大抵是看出我的情绪了,他喊了我坐到他身边:"今天我们讲薛仁贵征西。"

"不要,我要听穆桂英挂帅。"我望着外公,笑起来。

道公祠是城子里菜农和城子周边乡下孩子就读的中学,学生们多寄宿。每日早读后,他们用搪瓷茶缸把自带的米淘好了,量好了水,放一张学校总务室里兑换出来的煤火票在茶缸里漂着,送到学校厨房的大笼屉上,只等着上午第四节课散学了,就飞也似的冲向厨房屋檐下的两排笼屉上,寻找自己的中餐。偶尔也会有找不到自己茶缸的,多只有两个可能:一则是没有放煤火票,厨房里的人把缸子拿出来,不给蒸米,同学只要到厨房里间的灶台上就可以找到。一则是缸子里只放了红薯或土豆类的吃食,蒸了,被第四节课上体育的同学,打了"埋伏",偷着吃了,而缸子一般都会在厨房旁的洗碗池里被找到。过了半个学期后,我向外公讨了两块钱,兑换了煤火票,中午开始在学校厨房里搭餐。

数学李也就是从这个学期担任了我们45班的班主任。

那天,他见班上六子哭丧着脸,一问,是饭丢了。数学李原本苍白的脸顿然绯红起来,他从裤袋里摸出一张饭票给六子:"赶紧去打饭,我来找缸子。"

"数学李动了真火了,你没看到他刚才的脸色吗?气得绯红。这往往是他要发火的前兆。"庄子咂着舌头,冲数学李的背影一边做鬼脸,一边说,"我得跟47班的哥们报个信,他们明天第四节体育课。"

"你断定明天数学李会蹲点抓偷饭的?"

"肯定。他只要发火了,就保准有行动。"庄子瞪圆了眼睛说。

然而,第二天,数学李并没有行动,甚至都没有来上课。下午,班上就爆出数学李住院的消息。"他得的是肺结核呢!""不对,是肝炎,会传染的。"同学们小声地议论着。

班长周是个女生,她站到讲台上,示意大家安静:"不管怎样,散学后,班委会的同学留下来,一起去医院看李老师。"

"我不去,我爸说了,他真的是肝炎,正是传染期最强的时候。"阿虹娇滴滴地说。她是这个学期转来的女生,伊的父亲是城子里中心医院的副院长。

"那我去,我不怕。我爸是正院长,管治病。"肖军从教室后面猛地蹿过来,斜睨了阿虹一眼,说。

班长周冲肖军说："那就这么定了,散学后你带我们去。"

数学李躺在病床上,脸色蜡黄。英语课的女代课老师守在他的病床前,不停地向我们摇手,让我们尽量不要弄出声响来。阿虹还是跟着我们一起进了病房,只是一直站在最靠门口的地方。

"完了,数学李不会没得救了吧? 我们待了那么长时间,他都没有醒。"肖军嘟囔着。

"莫乱讲。"班长周有些不高兴,她看着肖军,问,"你回去问问你爸,李老师的病到底严不严重?"

第二天一早,肖军就向全班宣布了数学李的病情:"肝炎三期,终生吃药。"

大家的情绪都十分低落,教室里透着隐隐的不安。数学李还会回来教学吗?

两个月后,数学李回来了。那天,他特意穿了一身没有领章的绿军装。"同学们,我好了,今天起回来正式上课。"数学李停顿了一会,接着说,"我要特别说明的是,大家不要害怕我的病会传染。医生讲了,不在犯病期间,说话是不会传染的。"

有掌声响起,单调,但十分有节奏感,是班长周。瞬间,教室里掌声一片。

数学李转身在黑板上,书写下一道几何题。

又一个学期过去了。

数学李是部队转业回来的。"不是复员,复员是讲在部队里没有提干的兵。"外公跟我讲数学李的事情,"他娘'走'得早,他爹爹也没有续弦,拉扯他长到十七岁,到镇公所讨了一个参军的指标,送去部队里锻炼呢。没想到,伢子争气,被挑到国旗班,每天在天安门前升国旗。"

这个,我在课堂上听数学李讲过。缘于"第二课堂"刚刚兴起,来学校实习的美术老师让大家画天安门。数学李作为班主任,被邀请听美术课。看了大家的作业后,他征询了美术老师的意见,占用了十分钟时间,给我们讲起了护卫国旗的事,还走了几个军步。"如此,你们大抵就会把那飘扬的国旗画得好些了吧?心里要对国旗存一份神圣感,这个十分重要。"至今,我仍记得数学李说这番话时的样子。

数学李在新学年第二周,逮住了四个偷饭的同学,有两个是47班庄子的哥们。"早跟他们说过,肯定会栽在数学李手上,就是不信。"庄子摇头晃脑地说,"不过,这样一来,数学李这学期带47班的课,估计也有麻烦。"

庄子的话不幸成了谶语。数学李在47班上课时,栽倒在讲台上了。

当时,学校里一片混乱。庄子被六子紧紧地拉着手,气咻咻地问:"是不是你那几个哥们把数学李气得犯病了?是不是?"

"我怎么知道?"庄子使劲挣脱六子的手,揉着手腕冲我们吼。

数学李再次住院了。阿虹和肖军轮流给我们带来最新情况。"47班的那几个家伙,几乎每天都去医院。我爸说这样不好,影响数学李休息不说,传染的概率也提高了好几倍呢。好像要让校长去劝那几个同学,不要再去病房了。"阿虹说。

"李老师没有原谅他们吗?"班长周问。

"早原谅了。话都到这份上了,我学给你们听听啊。"肖军抢着答。"要真怪,也要先怪老师我没有好好跟你们交流思想,害你们心里存了坨坨。要不再怎么着,也不会给老师茶缸里倒上尿啊。"数学李歪在病床上,努力轻松地说。

"不是,是我们错了。您一定莫要记恨我们啊。我爹爹说了,您不好利索了,他就不认我这个儿子。"几个家伙中的"顽主"拖着哭腔说。

"不会的。等我出院了,第一个到你屋里做家访。"数学李认真地说。代课的英语老师紧张起来,她觉得数学李这模样,又会耗费很多的精力,于是就说:"你们几个还是早些回去吧,把功课好生做了,比来看老师要好得多。"

数学李听了,也轻轻地点头,目送了几个家伙出得病房去。

这天,我散学回来,外公问:"李老师去上课了吗?"

"还没有呢。"我望着外公,纳闷,反问,"您是讲他好了吗?"

"不是,也就顺口问问。"外公说完,陷入一阵沉思。我开始做作业。校长什么时候来的,我不知道,但他和外公的一段对话,引起了我的注意。

"春三爷,您是城子里的尊者,我们道公祠的李老师今天喊了我去医院,讲他娘亲老早'走'了,爹爹自把他送到部队里,也'走'了,一直是城子里的街坊帮着他。他想请您老人家再帮他一个忙,把英语老师劝回她自己屋里去。"

外公清了清嗓子,说:"这件事只怕难得劝。感情生得来,抹不去。莫如劝了李老师不要辜负了人家一番情意,只是暂时不能成亲,才是正事。"

校长半晌叹出一口气,说:"那就依了您老人家的意思,我再回去跟李老师讲讲。"

原来同学们说英语老师喜欢数学李是真的啊。朦胧间,我还记得班长周说过英语老师和乡下的一个木匠是订了婚的。

再到医院,见到英语老师,我就有了些不自然。

"怎么了?"伊问。

"没什么。"我低了眉眼,细微地应答。

"细妹,今天功课多吗? 我过一个星期就要回去上课了。"数学李岔开了英语老师的话。

但学校没有再让数学李讲课,校长安排他干总务室的工作。"同学们,学校照顾我的身体,给我换工作了。我希望你们每一个人努力学习,争取都考上高中。"数学李来班级和我们告别,又说,"我这病,耽误了你们一些学业,还要请同学们原谅啊。请记得,做任何事,我们都要心装神圣。我在这里保证,学校以后再也不会发生偷饭的事情。"

我在这学年结束后,被父母接到他们工作的城市上学。走时,正是假期,没有见到数学李。外公说他自始至终只肯认代课的英语老师当妹妹,这个假期他送她回家完婚去了。

一晃,我离开道公祠已经二十多年了。

去年,我回到城子里。外公辞世已经若干年了,物是人非的感觉时刻盘旋于心。夜晚,几个同学小聚,问到数学李,说他一味强调自己养了个会害人的病,推了好几个媒人的牵线,终身未娶。五年前在道公祠的操场上走着、走着,就"走"了。城子里的街坊,还有学校里的学生排起了长龙,一路送他"上了山"。

道 光 老 师

　　道光老师姓刘,在立新小学教数学。立新小学是村办学校,村子挨着城子,村里的人和城子里的街坊及沿城而居的菜农户多有往来,修缮立新小学的时候,街坊和菜农户在镇公所的组织下,都捐了钱。所以,立新小学也接受城子里和菜农户屋里的伢子就读。渐渐地,立新小学教学的名气跟城子里镇公所中心小学齐名起来,而对老师的称谓也遵循了城子里街坊多以名字相称的习惯,刘老师就成了道光老师。

　　但无论是在学校,还是在路上,同学们背地里都喊他——道光萝卜。"萝卜"在城子里被冠以人名后面,就带了贬义,大体是讲这被安了绰号的人脑壳里少根筋。道光老师的这个绰号,跟他的爹娘有直接关系。他的爹爹读过两年私塾,而后就在城子里毛家的商铺,谋了一个当伙计的差事,在沿城而过的河滩上跑漕运,买卖一些盐货。他娘在屋里生养下他,带了口信到船上讨名字,他的父亲张口就说了道光,道光年间漕运和盐业都昌盛,就喊道光,刘道光。而到了道光十岁光景,城子里闹饥荒,街坊们多以煮萝卜为生计,他娘肚子里正怀着又一个毛陀,每日里咽着萝卜,他娘肠子里都要沤出酸来。那日见道光嚷嚷着还要吃,他娘眉头就蹙紧了,呵斥:"吃吃吃,吃成个道光萝卜。"少年道光就瘪了嘴,哭丧了脸出得门来,到河滩上大声地吼："我不是道光萝卜,不是道光萝卜……"稚嫩的声音越传越远,仿佛风弥漫过河滩水面,城子里老一辈的街坊就笑了,再看到道光,就喊"道光萝卜",而后看着少年道光一副窘迫的样子,哈哈乐开来。

青年道光先是打算去参军的,但不晓得什么缘故,他被卡在那个来带兵的小军官手里,硬是没通过。镇公所武装部的邓武装就拍着他的肩膀头,说:"横直你读了书,莫要一条道走到底也是对的。回转屋里去,和你爹爹讲一声,名额让出来了,让公社给你屋里记十个工分。"

青年道光偏着脑壳,看着邓武装,一字一字咬碎了问:"那我这个名额是要让给你屋里那个蠢材侄子吧?"

"这个问题就不是你我能够关心到的事了,部队里招兵的人讲了算。"邓武装丝毫不动声色,仍拍着青年道光的肩膀头。

青年道光鼻子里嗤出了声,掉头就走。"当真是个萝卜,寡味得很。"邓武装冲他的背影摇摇头,转身和别的人说事儿。

城子里最后招了十七个兵,青年道光站在"参军光荣"的军车下,仰着脑壳对傻呵呵笑的蠢材侄子喊:"你趁早在部队里学清白点回来,是顶了我去的呢,莫丢脸丢大了。"

"晓得了。我叔爷嘱咐我还要争取提干呢。"蠢材侄子俯下身子,又对青年道光说,"我保准能提干回来,我叔爷讲了,听话是最紧要的事体。"

青年道光拳头握得咯吱响,他冲蠢材侄子说:"那最好不过。"

军车扬起的灰尘,盖了青年道光满头满脸。他站在原地,没有动,半晌,回转来,和喜滋滋进屋的娘碰个正面。

"道光,道光,娘跟你讲啊,有个民办老师的空缺呢,村支书刚才讲保荐了你。"娘跟在阴沉着脸的青年道光身后转。

青年道光猛地站住了，回转身看着娘，说："又是您去央求支书了吧?"

"没有，没有。娘也认为是老天开眼了呢，支书刚才捎了口信过来，让我到他屋里告诉我的。"娘迎着青年道光的眼睛，有丝诚恐。偶尔，娘也会望着青年道光的身影，暗暗地想一些她自己的感受——在飞快衰老的日子里，她明显地添增了对儿子的依赖，并因此生发出阵阵惴惴不安。

"那为么子?"青年道光将信将疑地看着娘，声音已然柔和了很多。

唉——娘轻微地叹出一口气，说："你爹爹和我一起去的呢，他还在支书屋里吃酒。等他回来，再问吧。"

青年道光的爹爹略微有些醉，村支书家里酿的米酒是城子里酿酒的夏四娘屋里专供的，要比一般屋里的老一些，后劲十分足。爹爹吐着酒气，冲青年道光说："伢子你走运了，走运了呢，支书屋里的二嫂相中你了，讲是非你莫嫁。"

青年道光瞬间无语。他和支书屋里的二嫂偷偷谈恋爱已经有大半年了。青年道光要去参军，她固执地说："你要是到部队里干得好，提了干部，肯定就不要我了。我不管，我们现在就讲好，你自己要能走成当兵，我也没得话讲。要是走不成，我等你一天，你不请媒人来我屋里提亲，我就自己跟我爹爹说要嫁到你屋里去。"两个人不欢而散。

青年道光在这一刻第一次清晰地感受到了命运的安排，一切就是这么注定的。他耷拉着脑壳，说："那你们就请了媒人去吧。"

洞房夜，二嫂坐在床沿上，抚摸着烂醉如泥的青年道光的背，说:"我娘帮我们到嵋山上去合过八字了,八字先生讲我们两个命合,家运行好五十年都不止呢。"

我没有见过少年道光,也没有见过青年道光,我见到他的时候,他已经是道光老师了,他带我们三年级的算术课。

"啪",课桌上猛的一声响,我惊得抬起了头。是道光老师,他把手里拿着的课本掷在我的面前,而几乎同时,我在课桌抽屉里藏着的《少年文艺》被他拿到了手里。"上课就看这样的书?仗着学习成绩好,是不是?听别的老师也讲过你上课看课外书,还半信半疑的,果真是这样。"道光老师咄咄逼人的眼神让我害怕,"我看,这次地区数学竞赛,你就不要参加了。我不要只依仗成绩好就可以不遵守纪律的学生。"我不吭声,眼泪却漫过眼眶,流了下来。《少年文艺》总是在上午第二节课课间操的时候被邮递员送到学校来,班主任青梅老师的女儿咏娇也就能够在第一时间拿到书。她每次都肯把书借我,但先讲好了上午散学就要还她。"嗨,这期杂志上的异想天开,有你写的。"咏娇隔我两排坐,她刚才传过来一张字条。

"嗯,怎么不说话?你给我一个理由啊。"道光老师语气缓和了下来。我的嘴唇紧紧地抿着,但眼泪还是渗进了嘴里,有丝咸,有丝涩。下课的铃声响了。

我的地区数学竞赛资格真被取消了,我很久不和道光老师说话,但我的算术课的作业和测试比任何时候都好。

"春三爷,你屋里妹子有股子拗劲呢,是个读书的料子,就是脾性要再改些才好。"道光老师来家访,跟外公直言。

"道光老师啊,莫怪我屋里妹子,取消了她参加竞赛的资格,她在屋子里已经偷着哭了好几次呢,这伤了妹子的自尊了。"我的外婆抢先接了道光老师的话回复。

"她可以解释的嘛,拗到那里,什么也不说。尽管青梅老师后来跟我讲了经过,但我还是认为,上课不遵守纪律是不对的。"道光老师平静地看着我的外婆,又说,"春三娘,每个人都有给自己屋里的伢子护短的时候,但这次不行,妹子的性格要引导。"

"爷"和"娘"在城子里是对年长的老人的称呼。

"我哪里是护短哦,实在是妹子哭得可怜,问她,她又不说。近些日子才觉得她心情好些起来了。她是个要强的命,只怕将来更苦呢。"外婆叹息着说。

"道光老师,你看我们要怎样做,才好引导妹子呢?"沉吟半天的外公开了腔。

"读书,大量地读书,但要告诉她读的过程中要学会思考。至于平时嘛,我会从这次的事情,给她一些教训。"道光老师说,"眼下就是要我们双方多沟通些情况才好。刚才讲妹子哭得可怜,我都不晓得呢。现在想想,我也有不对。还有两家要去,我就先走了。"

我一直低着头站在外公身边,听道光老师说要走,我没有动,只是抬起了头,我的视线里道光老师笔直的背影透出来的耿直和严慈,深深地印在了我的心底,直到今天仍让我记忆犹新。

但当时,道光老师的耿直和严慈并不为我们理解,同学们背地里流传着他的绰号。直到一天,道光老师家的二嫂,也就是被我们称为道光娘子的二嫂喊了我到她屋里。

"妹子,你帮我一个忙,跟同学们私下里讲讲,莫传道光老师的绰号了。你们不晓得他心里有多苦。"道光娘子从瓮坛里端了烘糕出来,放在桌上,让我吃。又说,"昨天夜里,道光吃闷酒,讲了很多话,我听了,都是些你们学习上的事,反倒落得你们不理解,他讲这是做老师的悲哀,一片好心掉到水里了。"

我的脸绯红，道光娘子的话句句进了我耳朵里，钻进心里，加快了我的心跳。我呼吸有些不畅，两只手不知不觉握到了一起，我低声应了她的话，说："同学们就是觉得道光老师严厉，也没有别的意思。我回转去，跟大家讲讲。"

咏娇第一个冲我翻了白眼，小声嘀咕："又不是我们捏造的绰号，学校里都还有老师喊他道光萝卜呢。"

"那我不管。道光娘子讲了，我们就管住自己的嘴不喊吧。"我对咏娇笑了笑。为什么笑，我不知道。

小学时光很快就过去了。升学考试后，道光老师到我外公家做了最后一次家访。外婆特意割了一斤五花肉回来，款待他在屋里吃夜饭。那晚，道光老师和外公说古道今至深夜。我待在外公身边，看着道光老师平静的模样，怎么也想象不出他苦闷的情形。

"悟性，对一个学生来讲，无异是天赐，妹子有了。"道光老师微笑地看看我，又看看外公，说，"但我还是那话，读书最终的要义还是思考。人要从书本中汲取修身养性的东西，才会受用无穷。"

"我记得了，谢谢道光老师。"我站起来，一边给他续茶，一边说。

"不要谢，这是做老师的责任。"道光老师点头，而后，他和外公谈起了城子里的一些事情。我记得最清楚的是他们说到邓武装那蠢材侄子。"还真提干了呢，部队真是锻炼人啊。"道光老师说。

"环境也会造就人的。那侄子脑壳开窍慢了些，但老话说得好，勤能补拙。邓武装没有少费心，每次信都是嘱咐他要好好听话好好干。"外公端了茶杯，吹动漂在杯面的茶叶，说。

"是这个理。"道光老师笑，把杯子里的水轻轻荡了，和着茶叶一起咽到嘴里。喝完茶，他便告辞了回转去。

三年后，我从初中转学到父母工作的赣南的一所农村重点高中读书。高三时，外公病逝。高考在即，我没有能够回到城子里。那段时间，母亲上班之余，回转屋里来，常常有些精神恍惚。一个星期天，父亲喊了我，一起陪母亲到高中学校旁的茶场散步。茶场里随地蔓延的茉莉花舒展着枝叶，散发出清香。

"青梅老师还好吗？我接到咏娇的信了，她说她考不上大学，就打算找工作了。"我说。青梅老师和母亲是初中同学。

"还好的。"母亲看着我，说，"你外公过世，道光老师来了，里里外外地帮衬。他现在是立新小学的校长了，但我听二嫂讲，道光老师向上面保荐了一位年轻老师当校长，他自己打算开铺子，做文体用具生意。"

"道光老师要经商了？"我有些意外。夜晚给咏娇回信，我问她情况是否属实。很快地，我接到了她的回信，一并还有道光老师的一张简短的信笺附在她的来信中。

道光老师写着：对于中国的教育，我们并不要完全禁锢于形式。当老师是育人，当商人也是育人。社会文明发展程度更在于人的行为表现是否对我们存在的空间起到净化的作用。

道光老师的信笺，令我久久回味。这一年，他的文体铺子在城子里最繁华的地段开张了。

希望有一天，我能够回到城子里，用 DV 记录下道光老师的生意经。因为，这么多年来，道光老师的文体铺子闪烁着一道美丽风景——拒绝盗版，拒绝暴利。

乔　舅　舅

星期天,乔舅舅殒了。意外,帮人家做屋,被电打到了。

乔舅舅是我们的五服亲戚,他的父亲和我的外公是亲兄弟。

外公家在镇子上是旺族,有八兄弟和两姊妹,邓姓。他们兄弟间的名字是依排行起的,我的外公排行第三,就叫春三,乔舅舅的父亲是老四,自然就叫春四了。小镇上的人们尊称年长的人叫"爷",而对少年人则以"少爷"尾缀,但通常又会简称"少"。但妇人和妹子没有这份礼遇,新嫁娘进了镇子就没了自己的名字,随了夫名被称呼,就像我的外婆开始被人喊"春三娘子",渐渐被唤作"春三娘",直到她仙逝后留在街坊们的记忆里。唯有我的外公在外婆六十岁的时候,还会喊着她出嫁时的名字"兴嫚"。

乔舅舅十分得我外婆疼爱。"现在有璋少,全然要归功乔少做得好。"璋少是我的舅舅。外婆生养了九个孩子,仅存我的母亲、我的姨和我的舅舅。"我四十八岁开怀,生养到璋少,自然看重些。"外婆不喊舅舅的名字,反随了街坊称呼,足见她多么珍视晚来得子。外婆生养的其他孩子都缘了种种原因夭折了。母亲记得她排行第二,上头的姐姐十六岁订了婚的,单等开了春嫁到镇子里的何家去,但突然间得了猩红热,也病殒了。我姨十岁时,外婆操持着在家里办了十桌生日酒,街坊们都来"贺生"。在镇上,如果说女人能记得自己一生中除了婚嫁和做母亲,那么还能记住的其他重大事项,也只有这一件了——十岁办酒。这是小镇习俗,借着办酒向街坊们传递有女初长成的讯息。但就过生日的妹子而言,她还不懂办酒意味着可以接纳上门提亲的事情,只管穿了新缝制的衣裳,在人们接连不断的夸赞和祝福中笑着和一群妹子说着她们之间才懂的话。

当时,三岁的舅舅原本在摇篮里睡觉,没有人注意到他掉到了地上,但他不哭。不断接受街坊道喜的外婆待大家落了座,折回到里屋,不见了舅舅,顿时慌了神,拖着哭腔说:"璋少呢? 璋少不见了。"

"慌什么,肯定在屋里,到处找找看。"一直在堂屋里招呼街坊的外公一边往里屋走,一边说,"春四,你帮忙招呼一下场面,我去去就来。"

"我也去。"七岁的乔舅舅跟着外公走。

里屋,摇篮纹丝不动地看着寻找舅舅的人们,这里有个讲究——孩子没有在摇篮里,不能摇晃,否则孩子会"闹觉"。乔舅舅站在摇篮边,突然说:"要不要看看地灶?"

"要的,要的。"外婆急急忙忙地掀开了地灶通道上的几块木板盖子,烧过的煤渣散发出的闷热气味迎面而来。舅舅窝在里面,脸已经憋得通红。

"我的璋少啊。"外婆顿时跌坐在地上哭喊。外公喊乔舅舅扶住外婆,他把舅舅从通道里抱出来,放到摇篮里,"醒转来,醒转来哎——"外公摇动着摇篮。

"三叔公,我听教书先生说过,碰到这种情况,要做人工呼吸才醒转得快。"乔舅舅掉转了头,跟外公说。

"啊,是的,是的,我有些糊涂了。"外公如梦初醒。

舅舅呼吸着外公的气息,醒转来。外婆仍然坐在地上,听见她的璋少的哭声,缓过神来,一把搂了乔舅舅,嘴里不停地说:"是个好少,好少,讨三婶娘疼。"

舅舅从地灶里被寻到,并经乔舅舅提醒,得我外公做人工呼吸捡回来一条命。这以后,外婆就把乔舅舅当成了自己屋里的伢崽,乃至和乔舅舅的母亲,我称呼为四外婆的之间的芥蒂也缓和舒展了起来。仿佛绕镇而淌的涟水河,粼粼灿灿的波澜不惊。过了几年,舅舅满了八岁。

"三嫂,你屋里璋少是去河对岸读朱夫子的私塾,还是读镇上的公学啊?"四外婆十分消瘦,一袭青黑色的土布衣裳,晃得她越发地干瘪。这天傍晚,她手里抓了一把南瓜子,边嗑边抬脚跨过了外婆家的门槛,干干地问。

"这路事情要等你三哥回来才好定,璋少读书是件大事,我搭了信到园艺场去,喊你三哥晚上回来商议。"外婆端了凳子放在四外婆面前,又说,"你坐,你屋里的乔少,讲起来只大了我屋里璋少四岁,但要机敏得多呢。他在私塾读书,讲那朱夫子书教得好不好呢?"

"好不好,天晓得。我那伢崽不是读书的料,我和春四讲了,至多再送一年学,就要跟了我娘家的堂兄去学徒,做个泥瓦匠。手艺学到手了,总好过读些没用的书,帮衬一下屋里也是好的。"四外婆摊开了手掌,把南瓜子送到外婆眼底。那黄灿灿的南瓜子一粒粒静静地躺在四外婆干枯的青筋暴凸的手掌上,给我留下了深刻的印象。若干年后,我见到乔舅舅迎娶的新娘子,那个要被我喊作乔舅母的女子时,我立刻注意到了她的手。

"多送书,总强过做工匠。乔少自己若读得进,学资我和你三哥讲,我们出吧。"我的外婆轻微地皱了皱眉头,在四外婆的手掌里拈了几粒南瓜子,又说,"夜饭你三哥就回来了,你喊了乔少来,在我屋里吃夜饭。"

"也不晓得这伢崽在哪里厮混呢,我去喊转来。"四外婆吐出最后一粒南瓜子皮,起身把凳子往身后移了移,拽了拽衣角,熨帖了,说:"书还是不送了,学手艺也要耗费很长时间。"

外婆冲她的背影摇了摇头,只说:"夜饭等你们啊。"

乔舅舅和舅舅窝在镇子后面宣阿公屋门口,对泡桐树下的一堆蚂蚁产生了浓厚的兴趣,两个人顺手捡了树下的枯枝,趴在蚂蚁穿行的路径上,硬生生地划出了两道槽子,把蚂蚁搬运的虫子拨拉了,跌落槽子,看蚂蚁忙忙碌碌地慌作一团。

宣阿公自他的伢崽猛子打鬼子殒了就很少说话。他坐在堂屋里,身子和他的思绪一同深深地陷入过往,目光却是落在屋门口的两个伢崽身上的,浑浊的眼底有着一颗清冽的泪珠。镇子里的些许响动,他都仿佛先知。这会儿,他挺了挺腰杆,抬高了声音喊:"两个少年崽啊,莫贪耍了,你们的娘在喊你们回转了。"

乔舅舅闻声先站了起来,回头应声:"晓得了,宣阿公。您老人家夜饭吃什么呢? 要我们回转去给您送些过来吗?"

"好伢崽,我晚些时刻把中午的剩饭热热就好了。快带了璋少回转吧,省得屋里大人急。"宣阿公已走到了屋门口,笑微微地说。

夜饭时,四外婆说:"三哥,我听街坊说宣阿公屋里有些作怪,夜半总有些不干净的响动,很少有人愿意去他屋里照看一下呢。"

外公细细地咽下口里的饭,放下筷子,说:"四弟嫂,街坊讲归街坊讲,我们还是要经常去看看的。宣爷屋里的猛子打鬼子咽气时,拜托过我们这要照顾好他爹爹。"顿了顿,又说,"屋子里作怪,怕是宣爷自己整出的声响。一会我过去看看,探问一下。你,你们莫要跟着别人起哄。"外公的声音不高,但总是给人一种威严的感觉。

"我也去,下午忘了喊宣阿公讲古了。"舅舅把饭碗放了,说。

"我们只顾得看蚂蚁搬家了。"乔舅舅面对外婆望向他的眼光,低了头,解释。

"你个冒失崽,是这样带璋少的吗? 我——"四外婆伸直了筷子,隔了桌子上的饭菜,要敲打到乔舅舅脑壳上去。

"那你也是没有听的了,就和他们一起去啊。"外婆赶忙拉住了四外婆的手臂,对乔舅舅说,"碗筷放在这里就好,跟着伢三伯赶紧去吧。"

我后来听外婆说,这天镇子里的街道十分安静,静到能听到针掉在地上的声响。这样,也才让街坊们都听到了乔舅舅的哭喊声:"来人啊,快来人啊,宣阿公殁了,殁了啊。"

宣阿公看见夜饭后进屋来的外公,只跟他说了一件事:"春三爷,我整夜整夜地困不着,猛子那伢崽殁得太早了,连个婆姨都没有讨,我就给他在河对岸嵋公祠'请'了个阴婚回来,还没来得及掐个日子送亲。现如今怕是赶不上办理这事了,就只能拜托你了。"话讲完了,嘴里也只留得进气,没有了出的声。

乔舅舅又读了一年书,还是被送去当学徒了。我认识他的时候,他已经是镇子里小有名气的泥瓦匠了。

"三嫂,我娘家远房兄弟屋里有个妹子,相貌脾气都蛮好,我想请个人去说媒,说给我屋里伢崽,你看镇子里哪个合适些?"四外婆前两年患了肺痨病,天天守着地灶煎中药,熬得满身都是药味,她下意识地抬手挡了嘴巴,对外婆说。

"就托上街的梁婶子去,她也是你娘家屋里那边的人吧?"外婆想了想,说。

"想到一起了呢,还要麻烦你去和她开口讲才好。"四外婆心喜得放下了手,笑意染到了她耷拉着的眼皮上。印象里,这是四外婆留给我的最慈祥的模样了。

眼看着定在了来年开春的喜日子越发近了,偏生四外婆的病情严重起来,肺痨使得她彻夜彻夜地咳嗽,咯出了血丝。"新房看来是不能放在这屋里了,你去和三哥屋里商议,租他们屋里的一间房子,看合不合适吧。"四外婆打发了四外公来问外公外婆。

"哪里有不合适的,更莫说租房子的事,乔少也就是我屋里的伢崽,就在二楼上住吧。"外婆抢先回复四外公,把事情定了。

乔舅舅的新娘子低垂着头,走路十分轻巧,被媒人梁婶子牵着,给四外公四外婆奉茶。我立刻就看到了端着茶杯的那双纤瘦的手,它和四外婆的手多么相似啊,骨节突兀。这让我以后见到乔舅母,都忍不住要先看她的手。

"我和你四外婆长了一双一样的手,很奇怪,是不是?"有一天,乔舅母突然说,"虽然是远亲,但我们还没出五服呢。这个就不显得重要了,我只担心我怀着的伢崽会不会有问题。"我并不懂她说的话,点点头,又摇头。

夜晚,乔舅舅收工回来,我听到乔舅母的啜泣声,外婆站在堂屋里喊:"乔少,你下来一下,有事。"

乔舅舅从楼上下来,被外婆喊进厢房:"女人怀孕了,你要晓得疼,莫总是惹得她哭,对伢崽不好。"

"三婶娘，不是我欺负她。因为是我娘屋里的亲戚，她担心伢崽畸形。"

"瞎担心。容得三婶娘上去劝劝她，左右哭解决不了问题。"外婆低声说，示意乔舅舅在厢房里等了，径直上了楼。

我不知道外婆跟乔舅母说了什么，但那天以后，乔舅母没有再哭，而是挺着日渐显怀的肚子，开始跟着外婆翻腾出一些老布衣服，裁剪了，缝制婴儿衣裤。

入冬，乔舅母生得一个女伢儿，眉眼儿十分像乔舅舅。梁婶子来探望，手背蹭着女伢儿稚嫩的面颊，说："反像里长，这女伢儿命里有福呢。"

"我只要她周周正正地长就好。"半倚在床沿上的乔舅母微微笑着，又说，"我看了，她的手和我的不一样。"

乔舅舅在一旁只顾呵呵地笑，他给女伢儿起了一个好听的名字"玉汝"。玉汝十七岁时已经出落得楚楚动人，带着两个妹妹，轻盈地走在镇子里，成为一道风景。那年，她的大妹妹执拗地辍学，进了镇子里自办的纸盒厂拿计件工资。这令玉汝惶恐不安，夜间，她和乔舅母说："娘，屋里就只有爹爹一个人做工养家，大妹妹学业比我好，却先看到屋里困窘，不肯读书了。她脾性自小就倔强，我们自是劝不动她再返回学校读书。但她最听爹爹的话，你就让爹爹劝劝她吧，换了我到纸盒厂去做事。"

乔舅母摇头，说："你爹爹早就劝过你妹妹了，她铁了心呢。你就莫做其他想法，好生把书读了，明年能考学出去，我们是一定要供的。这也是你爹爹的主意。"

玉汝落了泪，转身出了乔舅母的卧房。这时节，他们已经搬回了四外公家。四外婆在玉汝五岁的时候病入膏肓，弥留之际，断断续续地对围拢她一圈的人说："要供书,供玉汝她们读书。"

乔舅舅到河滩外六十几里路的外镇扛工,半个月后回来,听乔舅母讲了玉汝的话,叹息了,说："都是懂事的女伢啊,哪个不供书我都心里不安生。今年辍学了,明年还是要劝了回去复学的。"顿了顿,又说,"这次出去扛工,认得一个包工老板,他邀我出镇子做事,工钱会赚得多些,屋里你就更要多操劳些了。"

"出镇子? 怕你照顾不到自己呢,还是再议吧。"乔舅母端了茶给乔舅舅,说,"镇公所把宣阿公那间屋估了价,要卖呢,你爹爹的主意是我们屋里没有生养得伢崽,他贴补点钱让我们买下,这老屋迟早是要留给他大伯屋里的伢崽。要不,按族里分家,我们也只能得这屋后面的三分宅基地。你看呢?"

"那还要借钱才办得下来。我——"乔舅舅话说了一半,戛然而止,他看见放学回来的玉汝站在门口,眼泪巴巴的,一声不响。

"么子事?"乔舅母也被玉汝的样子吓了一跳,慌张地问。

"街坊都讲宣阿公那间屋子闹鬼呢,你们莫要买,我和妹妹一起做事,至多赶在大伯家的伢崽娶亲前,我们在宅基地上盖起屋来就是。"玉汝抹了一下眼角,说。

"唉,"乔舅舅松了一口气,说,"买不买屋是我和你娘的事,你们好生读书才是。"

玉汝不吭声,转身走了。望着她的背影,乔舅舅又望了望乔舅母,说:"买屋的事就先放下吧,莫让玉汝当成了心事。我过两天就回复包工老板,和他一起出去做事。"

"也只好先这样了,吃饭的时候你跟爹爹讲一声。"乔舅母拍了拍衣襟,去了灶房。

乔舅舅出镇子那天,外婆特意做了香艾糯米糍粑装在他的荷包里,一路叮嘱到镇子口:"乔少,在外扛工不比在屋门口,要时常搭信回来,有个疼痒的要先看医师……"

玉汝一直自责,觉得是自己迫使爹爹出了镇子谋生。夜晚,她走进乔舅母的卧房,和衣在母亲床上睡了。

乔舅母半夜辗转难眠,望着映照着月光的屋顶琉璃瓦,说:"你爹爹就是想让你们多读书,女伢子全部倚赖了嫁个好人家,不是蛮有把握的事。"

"我们晓得,但爹爹在外面,我们也牵挂。"玉汝低低地应了母亲的话,又说,"大妹好像谈对象了,你晓得吗?"

"莫乱讲。大妹才多大?晓得么子事物。"乔舅母急了,一个翻身坐了起来,扳了玉汝的肩膀问。

"我也是隐隐约约感觉,不敢直接问。"玉汝肩膀生疼,就把手从被窝里拿出来,推乔舅母的手,说:"你是娘,你问要好些。要是大妹否认,你也莫和她急,要慢慢来看。依她的个性,讲不好就要生气吵架,惹人笑话。"

"真要谈了,我要赶紧搭信喊你爹爹回来才好。你早先怎么不讲呢,你爹爹在屋里的时候讲,也省得他来回跑。"乔舅母略有些责备地说。

"也是这两天才感觉到的,先问了再讲吧。"玉汝迟疑了一下说,侧过身子,假装睡了。

十六岁的大妹不是谈对象,而是怀孕了。纸盒厂钱厂长屋里的伢崽在某个夜晚给了大妹不娶她就不得好死的承诺,就形成了这样的事实。乔舅母捂着嘴痛哭,干枯的手一直抖着,落不到大妹的头上。第二天,她红肿了眼睛,到外婆家,央请外公替大妹的事拿个主意。外公静默了很久，说："乔少那里你先莫慌着搭信喊他回转来，先让你三婶娘去一趟钱厂长屋里，看看伢崽是不是真心要讨大妹。"

钱厂长闻言，直说自己管教不严，败了门风。带了伢崽见到乔舅母，踢了伢崽跪下，应承先订婚，但要再过得两年才可以把大妹娶回去，"国家的政策摆在这里呢，两个伢崽都没到规定年龄。亲家母，只有你大人大量，饶了伢崽的愚蠢，莫声张，我屋里出钱，把大妹安排到镇子外的医院走一趟。"

乔舅母暗啜不已，也只好依了钱厂长的话。乔舅舅还是听到了风声，气急回来，黑着脸坐了订婚酒席的上座，而后说："我在外面扛工的场所还要些人手，大妹就跟了我去吧。"

玉汝和大妹哭成一团，泪眼婆娑地说："跟了爹爹去外面扛工，记得常搭信回来，我和娘，还有细妹都牵挂你们呢。"

乔舅舅就是在这一次出镇子出了事。大妹抽噎着告诉玉汝，"当时，新屋起梁，谁也不知道屋上怎么就有了电线，爹爹被弹落下来，都吓傻了，完全慌了手脚。我只看到爹爹满脸都是血，都是血。"

钱厂长带了他的伢崽来吊唁，祭了两丈长的上好青布，大妹望了他们一眼，又哭。玉汝紧紧地抱着大妹，眼泪扑簌簌地浸在她的肩头。乔舅母一直歪歪地倒在屋里的竹椅上，见了钱厂长他们，要爬起来，但只动弹得一下，就被钱厂长摇摆着手拦下了，说："亲家母，您莫要起身了，节哀顺变，日子还要过啊。"

落葬那天，钱厂长屋里的伢崽披麻戴孝，端了乔舅舅的相框，扶棺绕镇子一圈。

"意外，帮人家做屋，被电打到了。"姨家表妹寥寥的几句话，把乔舅舅殒了的事电话告知了我。

"玉汝和大妹,还有乔舅母他们现在怎样了?"

"具体有什么打算,要等我娘他们回来才晓得。"表妹停顿了一会,说:"但我想他们是不会再做新屋了,钱厂长屋里的伢崽既然尽了孝道,估计大妹很快就要被娶回去。玉汝蛮会读书,考取学堂应是可以的,但要筹措学费就会有些难处。"

表妹还告诉我,乔舅母娘家那边做茶和豆腐都是有名的,乔舅母几年前也尝试做过,但最终还是因为销路不畅,作罢了。"按他们的思路,就是发狠要让玉汝她们读书。哪晓得会生出这多变故来呢。"

是的,变故。我亦只能叹息一声,遥寄:走好,乔舅舅。

风雨放生桥

　　离开故乡二十多年了,故乡的幽谧小巷,故乡的石板长街,故乡的孩提好友……那个湘西小镇上的一切,只要我一闭上眼睛,就会一幕幕萦回脑海,而其中最清晰、最动人的要算那座放生桥了。

　　五百年前的明万历年间,一个在外云游的僧人回到了镇上,用他化缘而来的钱财,造起了这座五孔石板桥,一直被河水一分为二相隔的小镇,从此紧密连在了一起。

　　和尚把石桥取名"放生",是奉劝世人要多行善事。自此,便常有些善男信女买了鱼虾龟鳖来到桥头放生。不过,我在放生桥上见过的放生人却只有扈四娘。她是一个虔诚的佛教徒,小脚,沙喉咙,孤子一身,仅靠捡拾破烂为生。她原本已十分清贫了,却常常省下钱来买些小生灵去放生。

　　我问外祖父:"为什么我没有看见更多的人呢?"

　　外祖父微微一笑,说积善行德并非都要去放生的。就说那位萧镇长,那放生桥几百年来人踩物踏,石阶早已磨得精光,雨天常会有滑行伤人。于是,他请来了石匠,把石阶重新打凿了一遍。

　　我又问外祖父:"那放生桥上的石阶到底有多少,我怎么总是数不清?"

　　外祖父有些迟疑,说放生桥每边有六十多个石阶,拢共一百多吧,从来没有人数清过。传说是因为造桥的是个高僧,几百年来桥上放生的生灵又这么多,此桥早已得道成仙,天机不可知呀。说着,他把灯捻子的火花剪了剪,就催促我快去睡觉。

那唯一坚持在放生桥上放生的扈四娘,突然有一天欣喜若狂,她扭动着小脚在街头逢人便讲她看见了云霄里的天堂,那里有人在向她招手,她是能够进入天堂的人了……她说啊,笑啊,人们第一次发现她的喉咙一点也不沙。她一路走来,后面不知道跟了多少人。有人信,说她一直放生行善,终善有善报;有人怀疑,说她想入天堂想入魔了,沸沸扬扬的,好不热闹。而当她扭动着脚走上放生桥头,突然纵身往下一跳的时候,信与不信、看热闹的人都大惊失色地呆愣在那里了。等到有人省悟过来,大喊"救人"时,桥下的水面已经恢复了平静,扈四娘击水而起的涟漪,竟消失得如此之快。

外祖父和小镇的人一同为扈四娘搭了一个无棺的灵棚。那位萧镇长也送来了一丈蓝布作祭奠,并在扈四娘的灵牌前深深鞠了三躬。他拉着外祖父的手,叹息道:"扈四娘怎么就选了这条路子走呢? 太可惜——"他哪里会想到日后他的死比扈四娘还要可悲得多!

这以后,小镇闹起了"文革"。萧镇长被揪斗为"伪镇长",死于狱中。外祖父叹息着跟我讲述着小镇人们的故事。

我揣了小镇这些往事,作别故乡,一晃二十多年。我原以为,死于狱中的"伪镇长"的死与扈四娘的死是不能相提并论的。夏四娘死于愚昧,也可以说是她献身于自己的信念,她毕竟是一个受苦人,一生不曾受累于他人。所以她的死还能激起涟漪,尽管消失得如此之快。而萧镇长就大相径庭了,他的善举当归于"伪装",所以他的死是一连涟漪都不会有的。多少年来,我一直这么认为。然而,镇上人最近给我带来了传奇般的新闻："伪镇长"是受了冤枉的。他的孙子在翻修老屋时，从墙缝里翻出了一包用油纸裹了又裹的东西，竟是印有苏维埃字样的机密文件，里面还有一张字迹歪斜而简短的证明书，记录着他的祖父曾收藏过一位红军。这位红军曾整夜与他的祖父交谈，但终因伤势过重，不得不客居此处，魂归异地了。

"伪镇长"的真实面目，天下大白了！我没有料到"伪镇长"的死不但激起过涟漪，而且延续了二十多年，当然，那不是在河面上，而是在人们的心海里。那故事显得奇特，但，我信。放生桥上的石阶自那位"伪镇长"凿过后，至今又有几十年了，这几十年来，人踩物踏的，是否又磨得精光了呢？是否雨天又会滑倒行人呢？是否又有哪个人出面凿新呢？

镇上的人告诉我：如今，在放生桥不远的河面上，又架起了一座钢筋水泥大桥。去年十月，我终于回了一趟小镇，在风雨桥上静静地坐了三四个小时，物是人非的感慨和故乡变迁的欣喜都如同桥下的水，清澈缓慢地流溢在心底了……

灯　　影

　　一旦记忆的闸门被打开,所有的事物都穿过他们的季节,鲜活起来。

小 镇 旧 事

小镇,街道如巷,铺面林立。

春三爷的茶铺就开在镇中心,铺面两丈余宽,茶坛一字儿排开,茶香清幽。但凡有人赞叹这铺面阔绰,春三爷就要感叹:"这还是我花了五十块大洋买的呢。当初省城里的一间小铺子不到丈宽,起价就是八十大洋,还有战乱,到处吵嚷着鬼子要打进来了。我想想,没买,到底还是镇上的好。"春三爷的满崽璋少嘟嘟囔囔地反驳:"哪里的山水不养人哟。您老人家看看现如今省城不知比这角落要强上几百倍呢!单就嚷嚷着要修路过来,换了那早年修的小铁路,都半年了,还没见到动静。"春三爷威严地咳两声:"铁路,新中国成立前都修了,现在还能不修? 去看书,看书。"撵了璋少回铺子里。

夏日收茶时节,春三爷常常穿了一件白衬衣,扎在灰色的直筒裤里,着了麻笋壳草鞋,戴了顶棕丝斗笠,到镇子附近的园艺场里去看新茶的收成和制茶的成色,傍晚的时候,才踏着夕阳归来。"春三爷,进了好茶没有?"镇东头的宣阿公双手抄在腰后,驼了背踱过来问。春三爷连忙端了竹椅:"宣爷,坐,坐。"又冲着铺子里喊春三娘:"兴嫂,沏两杯新茶来——"三个老人围坐在铺子口,品茶。过不了一会儿,就又有几位老人坐拢来,说到镇上肖二娘二十四岁守寡扯巴大四个伢崽,个个供学出去工作体面得很。二娘仙去,伢崽们操办丧事却不甚体面,只在手臂上箍了个黑袖章,守了三天灵下了葬,连个灵屋都没烧呢,不免对上下几十年的事兴叹一番……

宣阿公一直闷了头呷茶,见璋少提了水壶来续茶,就抬起眼对春三爷讲:"璋少懂事理呢,天天都帮我担满水缸子的水。"春三爷瞥了满崽一眼,含笑着讲:"街坊邻舍的,少年人学着多帮助人才对。"转而对了璋少盼咐:"去把铺子里的灯扭亮吧,买家好看茶。"宣阿公看璋少回转身,似不经意地开口:"镇上又都在讲铁路要修了,小铁路要换,那猛子的坟是不是也要迁了?"春三爷一怔,望了望同样一怔的春三娘和其他几位老人,斟酌着讲:"宣爷,猛子的坟,大约政府会考虑不迁的吧。"春三娘亦接了话茬,说:"是呢。猛子是打鬼子走的,虽然没得个正式的名分,但镇上的人都晓得,不是猛子,那年鬼子肯定会打进镇上来,大家都要遭殃哟。"宣阿公宽慰地笑了笑,浑浊的眼睛里一滴淡黄的泪水沿着皱皱的脸颊跌下,在铺子的灯光里,映出一段小镇人不忘的往事。

猛子是宣阿公的独子,浓眉大眼,性情暴烈,疾恶如仇。他拜了小镇河对岸嵋山上的如松道长为师,练得一身好拳脚,且学会了打枪。有一年,县里派来了戴眼镜的白面书生,召了镇长商议了两天,贴出告示,镇上的居家人丁抽一修铁路。小铁轨铺来时,着实让小镇稀罕了一回。然而,鬼子攻陷省城的消息也就沿着铁路一节节地传到了小镇。传闻中的鬼子兵的行径更引起了镇上居民的恐慌。他们想毁了小铁路,阻挠鬼子进镇。镇长带着民意进县城请示,反被训斥并责令无论如何要保小铁路。猛子是护了镇长一同去的,跺着脚回来闷了一天,眼里喷着火,径直找到镇长:"你把库里的枪发给我,舍了这条命护铁路。不为别的,一为街坊邻舍出工出力修的铁路不易,二为会会鬼子兵,灭灭他们的嚣张气焰。"

一天,鬼子乘了两节小火车逼近小镇,沿途逃难的人们将消息带进了镇子。猛子挎了一挺机枪,且为他的猎枪备足了铁砂,领着自发组织起来的百十号护卫队员,到了镇西头蛤蟆湾,将铁轨上堆满了圆木和石头,埋伏起来。半夜时分,鬼子的小火车进了猛子的防卫线。车被迫停下,猛子放了一枪,和鬼子接上了火。霎时,枪声激烈,把守在镇上的父母姐妹们的心提到了嗓子眼。宣阿公几次冲到堂屋,都被两名壮伢子拦住,他发火:"我去看猛子,让开——"

"是猛子特意交代守护您老呢。宣爷,猛子讲,您老人家守在屋里就行,莫让他分心。"宣阿公重重地坐在板凳上,一言不发。

凌晨,枪声稀落,鬼子兵弃了小火车仓皇退却。猛子的肩头被射进去两颗子弹,血汩汩地流,有人将半瓶子云南白药敷上伤口,立时又被血冲散了开去。猛子昏沉中强硬着要大伙抬他往镇子里挪。终于到了小镇口的铁路线上,猛子的呼吸突然急促起来,他示意大伙放他下来,只说了一句:"我爹还望各位多加照顾——"就再无声息。

猛子的爹是宣阿公,宣阿公就是镇长。

小镇的日子原本平淡,外来的音讯使得平铺直叙的小镇鼓胀起来,修大铁路的信息再一次冷寂后又沸扬起来。在一天品茶的当儿,春三爷对宣阿公说想让璋少去镇上参加铁路临时招工处报名,宣阿公"嗯"了一声,算是赞同了。入冬,宣阿公突然病得厉害,卧床不起,不能再似往常一般走来春三爷的茶铺品茶。春三爷请了镇上的老中医李跛子给宣阿公诊治,跛医师神情凝重地把脉,开了药方,悄声告诉春三爷:"宣爷恐怕熬不过这个冬呢。"果然到了冬至,宣阿公神志忽然清醒了很多,问守在床头的春三爷进了新茶没有。春三爷从口袋里掏出两袋绿茶:"进了点,我沏给你品品。"宣阿公细细地抿尽最后一口茶,咀嚼着茶叶,啧啧地点头:"好,好。以后镇上的人聚到一起就要谈我走了呢。"他抬起手拍拍欲言又止的春三爷:"帮我写个条子,交给政府,等到修大铁路了,猛子的坟不必迁,就让他守在他睡了四十年的地方吧。猛子性情暴,却也懂得'义理'两字,他不会见怪我的。"

春三爷研墨拭笔。宣阿公说着说着合上眼睛"仙"去了。

开春,修铁路的大军终于浩浩荡荡地开拔到小镇。春三爷在猛子的坟前摆了几碟瓜果,燃上三炷香,郑重地将宣阿公的条子交给有着浓厚外地口音的施工队长。而璋少听着外地口音宣读宣阿公遗言,蓦然觉得,这角落小镇的确是最好的。

夏 至 舞 娘

上部

夏至,聒噪的"莲花"风讯正从遥远的海面升腾,被穿梭于大街小巷的的士车载广播弥漫到城市的各个角落。但燠热似乎丝毫没有为其所动,依旧静默地瞭望着众生。我从街上乘车回来的时候,无意间注意到大院里的木槿已经次第绽放,朵朵浅紫荡漾枝头。"伊们是莲花,我只是木槿。比不得,比不得的。"一个微弱的声息氤氲而来,又迅疾地散去了。是舞娘,那个在夏至溘然而逝的卑微女子。

城子里下巷的伍阿公见到我,都要问:"细妹你看见伊了吗?"恰巧我的身边有人,都会拽了我的手说:"细妹你还不回去吗?你还有很多功课没有做完的吧?"手掌间暗暗加了劲,示意我赶紧走,不要搭理他。每每于此,伍阿公浑浊的眼眶里噙着的眼泪就要滚落下来了,我心底有些害怕,一边搭腔说:"伍阿公你莫要又哭吧,等我看见伊了就告诉你。"一边转身跑远了。

这天,伍阿公在我散学的校门口见到我了,说:"细妹你看见伊了吗?"我摇头,说:"伍阿公我不认得你讲的伊,哪里会看见呢?"伍阿公清冽的泪水顿时从他的眼底涌上来,他抽噎着说:"细妹你莫哄瞒伍阿公啊,你哪里就不晓得伊呢? 你跟伊生得肖模肖样,肖模肖样。"

伍阿公的行径引得散学的同学围拢了过来,同年级的扈三起哄:"细妹你看见伊了吗? 看见了吗?"我狠狠地剜了他一眼,说:"伍阿公,我当真没有看见伊呢,我送您回屋吧。"说着,伸了手去扶他。

"就是这样,就是这样,你连伸手的样子都肖像呢。"伍阿公越发地顿足哭起来。我窘得脸通红,不知所措。扈三倒不计较我的白眼,喊:"伍阿公,细妹要送您老人家回去呢,走吧,快走吧,要不她就先走了。"伍阿公止了哭,望着我,愣愣地说:"细妹你莫先走吧,我跟你回转去。"扈三搓了搓手,说:"细妹,我跟你们一起吧,伍阿公脑壳有些不清楚。"

"伍阿公,我跟伊当真肖像吗? 伊是做什么的? 我从来没有听城子里的人提过伊。"走在伍阿公的身边,我忍不住好奇地问。"伊是舞娘,在城子里住了大半年,不见了。"伍阿公的声音含混不清,说说停停,"城子里的楚秀才讲伊养私生子去了,鬼才信。楚秀才打伊的主意也不是一天两天的事了。"

楚秀才是城子里的文人,但家道中落,秀才娘子要靠买些扎纸做成冥钱卖补贴家用。"惟楚有材,于斯为盛。"楚秀才捻着消瘦的下巴颏上的胡须,摇头晃脑地冲来央请他写家书、喜帖什么的街坊说,"你们晓得岳麓学院的气派吗? 那里的夫子讲经论学好生了得。我当年也只是讨得一个边角的位置,坐了,听了一堂课,现在都记忆犹新啊!"

街坊呵呵地笑,说:"秀才肚子里墨水多,我们都是晓得的。以后还少不了要麻烦到你啊。"秀才娘子淡淡地挂了笑,接腔:"你们莫要理会他那么多,还不晓得是哪时间的风光了。"

这日,三婶娘进得楚秀才的屋里来。秀才娘子慌忙放下手里的扎纸,笑着,端了凳子过来,说:"三婶娘,您屋里收儿媳妇,我们也是要去讨杯喜酒吃的。今天专门来写喜帖,是要送给在镇公所做事的舅老倌屋里那边的亲戚吧?"又扭了头,说,"秀才,你莫要总在那里啰唆了,上心写工整了才好,莫让三婶娘这边失了体面。"

"不慌,不慌,帖子要明天才送过去。"三婶娘也笑着,落了座,把要写帖子的名单递给了楚秀才。说着转了身,顺手拿了一张蓝色的扎纸一边折,一边和秀才娘子讲话。

楚秀才见了,知三婶娘是等着要把帖子拿走的,也不好懈怠,就把名单仔细地看了,又问准了两个名字中的字,起身去厢屋净手研墨出来,工整地写起帖子来。

前天宣爷那边的屋里搬来一户外地人,三男两女,深居简出。但城子就只有这么大,环城子流淌的涟水,清晨传出洗衣的棒槌声,都能惊醒了城子里最深的梦。三五天不到,街坊们就探听到了那三个男人都是雇工,却也和那两个女人沾亲带故。反倒是那两个女人,成了街坊们的心思。

两个女人单从相貌上看,有几分挂像似姐妹,但揣测她们的举止又不似血缘牵系的人。宣爷屋里的长侄媳一来二去地到租赁出去了的屋里讨家用的零碎东西,就带出来消息。说每次见到那年纪略长些的女人和那越发俏丽些的女人说话,嗓子里总是带出来一种乞求:"不晓得是她哪辈子欠了那妹妹的呢。"

"你凭了么子就说她们一定是姊妹了？昨天那个在街市口愣屠匠摊子上称精肉的男人，不是漏了半句他们只有一个当家的吗？"有街坊疑惑了，诘问。

"那我就不晓得了，也不至于要直通通地就去询问了来吧？左右她们写了租赁的条子，好像要在这里住很长时间的架势。等以后熟悉了，就自然晓得。"宣爷屋里的长侄媳有丝悻悻然，勉强地笑了，说着，要走。

另一个街坊就喊住了她，说："你来来回回地也去了几趟了，总晓得她们的称号了吧？也不至于我们喊她们大女人、小女人，失了街坊邻舍的礼数。"

宣爷屋里的长侄媳"呃"了一声，说："当真忽视了这个事体呢，似乎记得那大女人喊过舞娘的名字，只怕就是小女人的称号了。"说完，她的眼睛微微眯缝起来，他咳嗽着清了清嗓子，压低了声音，又说："不如你们到愣屠匠那里去问问，或许他和到摊子上买精肉的那屋里的雇工扯聊过，晓得的情况比我多。"

街坊们听了，闲闲地扯开了话题，散了。

夜幕罩了下来，城子里的门户漏出的光，斑驳地落在青石板的街道上了。

楚秀才写喜帖的时候，才记起三婶娘的三宝大号是齐家贤。一个"贤"字，当真是应了命理的。他心底这般想着，手里的笔就停了下来，对沉静下来一起扎冥钱的两个女人说："三宝的大号起得好，还要扶摇了他的前程，取了功名回来，光宗耀祖。"

三婶娘连忙起身，对楚秀才笑着，说："借得秀才吉言，我代三宝先谢过了。"

秀才娘子也站了起来,挨着三婶娘的话音一落,就扯了她的衣衫角,说:"哪里就值当着一个'谢'字了呢,实在是你屋里的三宝给城子里的伢崽们做了典范,出人头地也就是顺理成章的事。"

楚秀才不满意秀才娘子的话,刚要张口,就被秀才娘子斜斜横过来的目光制住了,把到了嘴边的话和着一口茶水,"咕"的一声,吞进嗓子里。

三婶娘也是见到了秀才娘子的横眼的,她不作声色,掉转了头,说:"秀才,帖子剩不了几张没有写好了吧?"

"是呢,是呢,你再吃杯茶,这工夫间就好了的。"楚秀才说着,端起了笔,在砚台里酽酽地沾了墨,安心写帖子。

秀才娘子是何等人物,哪里又看不出三婶娘的心思? 平日里,她耳朵里灌进去的都是楚秀才的夫子伦理纲常,久了,多少也沉浸了一些到心底,做了行为处事的规矩。但她又是要做些手头这样的小本买卖补贴家用的,只说那些给屋里有白喜丧事的街坊帮忙的人,来买黄泉路上的开销用品,虽然多是匆忙慌张的举动,却也不耽误言语。于是乎,那白喜人家屋里鲜为人知的纠结纷争荣华富贵都因为丧事操办的排场、礼数,甚或是棺木加袍的样式,都流淌到了秀才娘子的铺面上,仿佛那些冥钱扎纸,进进出出,浑然阴阳两界,不过一把灰烬联系起来。死者为大,自是不能刻薄冲撞的了,也省得夜半走路,被听到了妄语的魂魄转回来要个明正说法而惊了心,徒增一丝愧疚惶恐。

但,生者是要永远被议论和关注着的。三婶娘屋里的三宝就处于这么一个视角里。

中部

三婶娘屋里的三宝是个跛子。那年,城子里的十几个伢崽崽在涟水里打水仗。哪晓得水性最好的旺生就潜到老桥的石墩旁,被旋涡卷了起来,只看到人影子打横里在水涡里挣扎。三宝想也没想,就一个猛子扎了过去。他抓到了旺生的手,但脚底下却踩不到水,使不出劲来。他只得松动了一个手指,抠旺生的掌心。旺生瞬间清醒了,他从嘴里吐出几个泡泡,松懈了身子,和三宝一起任由旋涡转。

老桥石墩旁的水草最是碧绿茂密,因了有水涡子的缘故,放排甩河滩的水运工,轻易都不到这旁边来打水草上岸炖熟了做猪食。

去年涟水放排,河滩里货船顿时拥挤起来,到城子里歇脚转货的水运工和东家也多起来。夜晚,伍阿公经营的两片旅店格外热闹,每年他都是要依靠了春夏之交这个放排时节,好生做些生意,以维持全年的开销。

愣屠匠也过来帮忙,在厨房里把砧板剁得山响,做好了下酒的菜,和伍阿公一起端到铺面堂屋里的几张桌子上,招呼了客人用餐。

“再来两坛子米酒呢,付现。”伍阿公穿梭在酒桌间,偶尔站到铺面口,喊上这么一声。

屋里开了酒铺的三婶娘微微笑了,打发三宝提了两坛子用草绳兜了的米酒,紧巴巴地送了过来。

“三宝,这是酒钱。兜好了,先回转去交给你娘,再来听客人说古。”伍阿公早早捏了几个银角子,放到三宝的手里。

三宝乐陶陶地再来到伍阿公的铺面时,是和旺生一起的。两个人倚在门角边,听歇脚的客人讲城子里不曾见过的奇闻怪事:"你们这里老桥下有水鬼的事也是确凿的,上年和我们一起放排的老曹说他亲眼得见了,要不是那天他放松身心,任凭身子顺着旋涡打转,一定捡不回来这条命。今年放排再喊他,说是涟水的货路,他就硬生不肯来了。"

"客官,当真只要放松了身子顺着打漂就不会沉下去吗?"旺生壮起胆子,向前跨了一步,大声问。

"旺生,你个莽撞的宝崽,大人讲话你莫打横,好生听着就是。"伍阿公扯了旺生的衣袖,一起后退回到门角边。

"当然是当真的,那老曹和我们一起放排三十年光景了,就没有听他打过诳语。"歇脚的客人瞥了门角边的三个人,清清楚楚地说。

旺生就拿了手指抠三宝的手掌心,轻声说:"三宝,那你要记得了,万一我们以后要遇到旋涡,就打这个手势提醒对方顺着水打漂。"

三宝点头,也拿了手指在旺生掌心里抠了抠,说:"记得了。"

少年郎自是不信邪性。这不,打水仗就打出这无端的灾害来。三宝拽着旺生打漂,旋涡的水势逐渐慢下来,突然,仿佛水底下有巨大的手掌托了他们一把一样,两个人蹿出了旋涡。三宝的脚碰到了桥墩上,疼得他"嗷"的一声大喊后,就任由惊魂未定的旺生和几个凫在河里的少年郎扯上了岸。

"脚踝骨碎了,伤筋动骨一百天,配些药就在屋里静养好了。不过即使好了,也是要影响到走路,会很明显地打跛。"城子里镇公所医院的毛医师摇着头,惋惜地对三婶娘说。三婶娘身子就往地下赖,被赶过来的愣屠匠一把扶住了,喊:"三婶娘,你莫急。我把旺生带来了,你先处置了这个惹祸的伢崽再说。"

"添乱。"毛医师鼻子里重重地哼了一声,说,"还是赶紧把人扶到那边椅子上坐下才好。"

愣屠匠慌忙搀扶了三婶娘在椅子上坐下,又看着面色凝重的毛医师,放低了嗓门,说:"都是街坊,也都晓得我愣屠匠的脾性,今天是我屋里旺生闯了祸,是打是罚任凭三婶娘处置。"掉转了头,又呵斥道,"你个莽撞崽,还不滚进来。"

旺生满脸的惊慌,踏进门来,挨在三婶娘身边,要往地下跪。

"担不起,担不起哩,千万莫难为了我。"三婶娘直摆手,挡住了旺生,说,"都是些少年郎不晓得那旋涡子的厉害,也不全怪旺生。能把一条命捡回来,已经万幸了。只是我屋里三宝,也是这个劫数,躲不过。屠匠,你就莫要再责备旺生了吧。"

愣屠匠猛捶了自己脑壳一拳,说:"毛医师,今天我请你做个见证,若三婶娘不嫌弃,我屋里旺生也就是她屋里半个崽,以后屋里的重活蛮活只管喊了旺生去做就是。"

"我看愣屠匠这句话在理。"毛医师表情严峻地清了清喉咙,端出日常在城子里说话的十足分量,走拢来,看看愣屠匠,又看看三婶娘和旺生,接着说:"三宝救人一命,又添了个兄弟,定有后福。"

几个人说着话,拐去病房。三宝见到旺生,两个少年郎顿时有说不完的话,渐渐把刚才大人们之间沉重的话题和担忧冲淡了些。

城子里的街坊是从三宝的嘴里首先晓得宣爷屋里来的那两个女人的名字的。

三宝到愣屠匠摊子上买精肉,正看到宣爷屋里新来的那户人家的雇工提了两斤精肉回转,围拢来的街坊就向愣屠匠打听消息,七言八嘴,说着说着就有些不堪起来。三宝硬把铜钱塞到了愣屠匠的皮围裙里,忍不住轻声说:"他们自己讲是大户人家落了难,来城子里暂时落脚一阵子。年长的名号凰娘,年轻的名号舞娘。我们莫要菲薄人家。"三宝留下一圈子惊愕,一跛一跛地走了。

三宝去私塾,路过宣爷的屋子。这天,他被屋里的人喊住了。"喂,那个少年郎,你先停一下,我家主人有事相请。"三宝有些紧张,脚就越发地跛起来,跟着雇工进了屋子。

屋子里两个女人端坐着,望着他。三宝只和她们对视了一眼,那个年长些的眼神让他浑身拘谨,他就望向正站起来的年轻些的女人。她穿着一件浅紫色的云纱外罩,一条藏青色的长裙微摆,若隐若现地露出一双青色的绣花鞋来。她嘴角抿着笑,走到三宝身边,说:"你是齐家的三宝,名号家贤吧。我曾和你的舅父大人有过一面之缘,所以才晓得有你们这个城子呢。"她说话的声音十分柔和,有一丝丝的胭脂气味飘过来,让十五岁的三宝呼吸急促起来。他抬起脸,在面前这个年轻女人的注视下,答非所问地说:"街坊们都还不晓得你们的名号呢。"

"我是凰娘,伊是舞娘。"年长些的女人也走了过来,抢先了说,"今天喊你来,就是想问你的看法,那个伍阿公的铺子会不会租赁了一半给我们住?你是个读书郎,也看到了的,这间屋子,我们住得紧巴了些。以前在省城住惯了宽敞,现在实在不适应。"

三宝看了凰娘一眼,又迅速移开了目光,看着舞娘说:"我不晓得。伍阿公的铺子都是要留给放排的客官歇脚用的。"

"我们住不到那个时候了,过了这个冬天,我们就还要转往省城去。"舞娘笑吟吟地说。

"那你们去和楚秀才说吧,请他做个中间人,恐怕伍阿公会应承。"三宝说完,停了一下,问,"我可以走了吗?晚了,私塾的朱夫子是要尺诚的。"

"哦,好,那好。我们这就去寻楚秀才,也劳烦你先莫要对街坊们讲出我们的打算吧。"凰娘抬高了声音,一边示意雇工送三宝出门,一边搂了舞娘的腰肢,回转屋里。

"也是奇了怪了,那斯斯文文的三宝,从哪里就晓得了城子里来的那户人家的名字呢?"秀才娘子手里不停打冥钱印子的活计,一边纳闷着自问。店铺门口没有人,屋子里楚秀才"咕"地吞下一口茶,搭腔:"总是要有人先晓得的。倒是你这个语气让人煽起一些猜测,不是妇道人家要循的章法。"

秀才娘子放下手里的楦子,眼神斜斜地横过来,说:"依了三婶娘屋里的家教,断然不会让三宝去陌生人家。何况那户人家多少有些蹊跷,两个女人家不主不仆的身份总是让人生疑得多。"说着话,秀才娘子转进屋来,给楚秀才续上茶,又说,"听宣爷屋里长偃媳说,她那天去探望那户人家,也多少感觉到一些蹊跷。那大女人看小女人的眼神总是让人感觉怪怪的,但又说不出个名堂来。"

"现在也晓得了人家的名号,莫要张口大女人,闭口小女人的了,有辱斯文。"楚秀才蹙了眉头,"咕"地又吞下一口茶,说,"倒是那户人家打发了人送来帖子,说是有事相请,你倒是准不准人家登门拜访?端架势,也有些日子了。"

秀才娘子的眼神又斜斜地打横过来,沉吟了一会,说:"也不晓得他们要讲个么子事。不如我们明天径直去他们那边,走动一下,也莫让他们误会我们这几日忙乱,是在端架势呢。"

楚秀才嗓子眼里咕了一声,顺手拿起一本皇历翻起来。秀才娘子紧走了几步,和前来买扎纸和冥钱的客人闲散地说话:"是河对岸的秦爷殒了？那是个好人啊，一辈子都没有对哪个人说过一句重话。过一下，城子里主事的蒲四过来收份子，我们秀才是一定要去个祭仗礼的。"

"那我先替主人家谢过了。有楚秀才的祭仗，秦爷屋里的哀痛也会平添一份安慰。"客人诚恳地答了，捧了扎纸和冥钱而去。

伍阿公匆忙从巷子口转过来，和秀才娘子打了招呼，进到屋子里，说："楚秀才，有桩事还要请你拿个主意。"

下部

两个女人衣着光鲜地踏进了伍阿公的铺面。坐在门角边打量着街巷里行人往来的伍阿公慌忙站了起来，脚钩到板凳的横杠，板凳倒在地上，发出"嗵"的一响。

"是伍老板吧？我们是借住在宣爷屋里的。"凤娘似笑非笑地瞥了一眼倒在地上的板凳，看着伍阿公，又说，"我们来城子里也有些时日了，晓得你的铺子是这里最空闲、最便宜的。今天来，是要和你商谈个事情。"说话间，两个人已经走到了铺子正中，在一条板凳上坐下。

伍阿公万万想不到面前这两个衣着光鲜的女人会说出要租赁他一半铺子的话来，只说："这个事情，我要好生考虑一下，麻烦你们先回去吧，到时候，我登门给你们答复。"

"那当真要麻烦伍老板早些给答复，我们也不是要住到夏天的。晓得你这间铺子是要留给那些放排的人歇脚用，我们不得勉强你。"舞娘略略地向伍阿公弯了弯身子，说。

伍阿公听到她的声音，一直惴惴不安的慌乱顿时平息下来，只抬了眼睛望向舞娘。

"伍老板,记得我们的请求,尽快答复我们吧,先走一步了。"凰娘看着神色有些恍惚的伍阿公,眼睛里闪过一丝怨毒,搂了舞娘的腰肢,一边说着一边就走出了铺子。

楚秀才随手拖了身后的椅子放到面前,招呼伍阿公落座,说:"别慌张,有事情慢慢讲。"

"不过那舞娘讲了,不会住到夏天,耽误不了我招呼那些放排的客官。"伍阿公咽了一口口水,端起秀才娘子沏好的茶,猛吞了一口,又看了楚秀才一眼,把杯子里的茶水荡了荡,连同茶叶一并送进嘴里,嚼起来。

楚秀才没有想到那户人家等不及他的答复,径直去找了伍阿公。他强横地打了一个手势,挡住了秀才娘子要说的话,只看着伍阿公的腮帮子出神。好一会,他才站起来,说:"请神容易送神难,既然是落难的大户人家,想要住得宽敞些倒也合乎情理。但就怕到了夏天放排的时候,她们要还是不能搬走,就对不住那些放排的客官了。"

"那舞娘讲了,住不到那个时候。"伍阿公急急地解释。

楚秀才点头,说:"也是,那你答复人家的时候要声明把赁房的期限写好了。"

"那我这就去吧,赁房的契据还是要烦劳你写的。"伍阿公说着,往外走。

秀才娘子一俟伍阿公出去,就转进屋里来,说:"街坊们说得没有错吧,那户人家蹊跷得很。有好屋不住,偏生要住铺面。这是哪家子的大户风范? 还这么迫不及待,莫是看中了伍老板的铺子,打了歪主意?"

"莫乱讲。"楚秀才看着秀才娘子,说,"估计要不了半个时辰,那户人家的人就要和伍老板一起回转来的,你收拾一下这个台面,莫让人家见了笑话去。"

果然,和伍阿公一同来到楚秀才屋子里来的,还有凰娘和舞娘。两个女人见了秀才娘子,微微一笑,进到屋子里。楚秀才也不多言,只听了伍阿公一个字一个字地讲着契据的条款,末了,说:"伍老板,这契据只怕还要请个见证人才好。"

"有劳楚秀才,可以吗?"凰娘开口。

楚秀才直视着她,心底却想起刚才秀才娘子的揣测来,轻轻弹了弹契据,说:"我至多也就是个书香人家,不及城子里毛医师那般德高望重,不如,去请了他来做个见证吧。"

"就是临时赁房的这点子小事,不要惊动毛医师吧。"伍阿公接腔,抬眼看到三婶娘正从屋前走过,就喊:"那个,那个三婶娘,慢步,慢步,我有事相请。"

三婶娘是第一次见到凰娘和舞娘,她冲她们微微笑了笑,站到了秀才娘子身边,说:"楚秀才,伍老板,喊我有么子事?"但听了伍阿公的一番呈请,伊连连摆手,"这怕是不好呢。我一个女人家,哪里担当得起见证这等大事,还是请毛医师来吧,若你们这边人手行走不方便,我去跑一趟是可以的。"

"想来你就是三宝的娘亲了,舞娘拜见过。"进到楚秀才屋里来,一直没有出声的舞娘突然开口说话,并走到三婶娘面前,弯了弯腰,又说,"那就有劳您了。我们也就是暂时赁了伍老板的铺面,图个住得宽敞些。毕竟屋子里那些雇工都是男的,不分了院子住,多有不便。"

三婶娘睁大了眼睛看舞娘，碰到她笑吟吟的眼眸，赶忙收了神，说："三宝前些日子散学回来，说你们喊了他到屋子里说话。我还责备他少年郎不晓得深浅，怕说错了话。没想到，你们说的是当真的。也算是我们有缘，我就去毛医师那边跑一趟，你们稍等。"

　　"我和你一道去吧。"秀才娘子说，但她被三婶娘拦下了："我很快回转来。"

　　毛医师来时，看过契据，也没有多说，拿了印油，准备摁手印。一直沉默的凤娘开了腔："有个问题我想当面先问清楚了，毛医师再做见证人不迟。"

　　一屋人的眼光都聚到她身上。凤娘也不怯场，说："我们赁了伍老板的铺面暂住，碰上梅雨季节，若是漏雨渗水，我们带来的雇工相帮着修整了，是不是可以呢？"

　　"这是帮衬我伍家的铺面啊，哪里又有不准的理由？凤娘不要担心，若当真漏雨了，我自会喊了人来修整。退一步又说，你们屋里的雇工修整了，我也是要给工钱的，哪里还要什么问清楚了？"伍阿公笑着答。

　　毛医师看看伍阿公，又看看凤娘，把个红红的拇指印摁在楚秀才清秀的一行楷书小字上。

　　这年入冬，城子里下了一场浩大的雪，半尺深的雪把街巷封得寂静无痕。但一声凄厉的号叫，把整个城子惊醒了，楚秀才的屋子被雪压塌了。

　　伍阿公打扫了一间屋子，接了楚秀才和秀才娘子过来住。雪渐至开化，春天来了。

　　秀才娘子在天井里晾被单，见到舞娘开门出来，主动打招呼：

"舞娘,有两天没有见到凰娘出屋,不舒服了吗?"

舞娘挂着笑的面庞上,不经意地闪过一丝不安,说:"她只是厌烦这种季节,懒得动弹,就少有出屋呢。"

伍阿公从外面进来,接了舞娘的话,说:"那你就多出来走动走动,和我们讲讲你们大户人家在省城的生活也是好的。"

舞娘轻移脚步,到了天井旁,只顾和秀才娘子说话,并不搭理伍阿公。秀才娘子眼神斜斜地横过来,瞥了眼伍阿公,嘴角浮现一丝莫名的惬意的微笑。她在这里住了一冬,嗅到一些比屋子塌了还严重的气息,比如伍老板对舞娘的爱慕之意越来越清晰,比如那凰娘从来都喜欢搂了舞娘的腰肢在屋里转,还比如舞娘家的雇工虽说还住在宣爷屋里,但白天几乎全部都要到这边来候着,又有自己屋里的楚秀才似乎也蛮欢喜和舞娘搭腔。这个叫舞娘的小女人比那个大女人凰娘身上明显多了许多令人怜爱的味道,她的眼眸好像能说话,男人见了,自是心猿意马,就是女人家见了,也少有嫉恨。但这些,仿佛一股浊气,总是堵在秀才娘子的心口,令她呼吸不十分顺畅,尤其是夜晚被梦魇着了,醒来,也还是白昼里堵在心口的那些个事情。而楚秀才自住到这里来以后,变了个人似的,并不仔细听秀才娘子的疑惑和揣测,总是直接打断了她的话:"莫生是非,莫生是非。"

三婶娘过来,问秀才娘子:"塌了的屋子是不是要赶在梅雨前修整起来? 这是毛医师提议,蒲四跑腿,去挨家挨户地讲了,街坊们凑了一些份子礼,还有河对岸秦家出了雇工,来相帮,就看你们屋里意思呢。"

秀才娘子的眼泪顿时就落下来,她握了三婶娘的手,说:"要问秀才，我怕他是想等到入夏才肯呢。那个时候，舞娘她们就搬走了，秀才也就没得个念想了。"

"呸呸呸，你晓得你都讲了些么子浑话。城子里已经在传伍老板和舞娘的不是了，你可不能再添乱。"三婶娘打断了秀才娘子的话，心底惊吓：当真是无风不起浪。城子里传言楚秀才和伍老板同时喜欢上舞娘，那情节有板有眼，现在听秀才娘子这么一说，只怕也不尽是捕风捉影。只是那舞娘和凤娘的关系也是被渲染得不堪入耳，说是同衾共眠，乱了常伦。

"三婶娘，你没事吧？"秀才娘子被三婶娘越来越凝重的面色怔住了，轻声问。

"哦，没事，没事。楚秀才那边你若觉得没把握说，不如就请了毛医师来讲吧，只是街坊们的心意微薄了些，怕有损毛医师的声望。"三婶娘回了神，仔细说。

"我刚才也是口无遮拦，胡乱说话了，你莫要担忧。"秀才娘子这会笑了，又说，"有街坊相帮，我屋里秀才没有道理要辜负大家的心意啊。我这就回转去跟他说，三婶娘你也进屋来坐会吧。"

"如此，我就不进屋里了，挨你们拿定了主意，就和蒲四说一声，秦家也好把雇工打发了过来。"三婶娘踌躇了一下，和秀才娘子摆摆手，走了。

秦家的雇工用了十四个工，把楚秀才的屋子修整好了，并把屋子前端的老瓦换成了琉璃瓦，采光更好。秀才娘子欢喜着谢过伍阿公，搬回去住。楚秀才坐在琉璃瓦下，又恢复了往日的神态。

舞娘家的雇工在梅雨来时，开始修整伍阿公的铺面。

城子里的日子和街坊们的闲谈一样，波澜不惊地过了一天又一天。

夏至快到了。

毛医师从省城回来，带回来一个人心惶惶的消息："鬼子兵打进了省城，有人说很快就要打到城子里来了。"

三宝的舅舅特地回到城子里，召集了毛医师、蒲四几个管事的人，商议抵挡鬼子兵打进来的事宜。

愣屠匠第一个表态："那些鬼子兵要当真打进来，我们屋里就是父子兵，定然要和他们拼上一场。"楚秀才点头，说："关键是城子里没有护卫队，也没有像样的枪支，怕抵挡不住呢。省城号称固若金汤，都被攻破了啊。"

大伙你一言，他一语的，没有个笼统的意见。毛医师摆了摆手，说："你们还记得城子里出去的翁漆匠吗？我在省城遇到他了，他说他安置好了省城屋里的人，就要回转来，和我们一起抗敌。他说我们可以先组织起来一个护卫队，枪械和子弹的事他想办法。"

"翁漆匠？就是那个莫名其妙发了财，举家搬到省城里去的翁漆匠吗？"伍阿公说，"他留在城子里的屋子正挨着我的铺面呢，有一堵墙我们两家还共垛。"

"如此，就这么定了。镇公所从县上也领取了一些费用回来，我就全部给了你们，先赶紧把人员组织起来。城子失守，就意味着鬼子兵进攻南边的缺口就要从我们这里打开了。"毛医师说。

"那好，我那铺面可以给征集来的人暂住。"

伍阿公回转去，见到舞娘站在屋子门口发呆，十分意外，说："可能要打仗了，你们要随时收拾好东西，准备换地方住呢。"

舞娘不作声，良久，叹息着说："正要跟你说呢，我们明天一早就要搬走了，省城眼看着是回不去了，我们准备到城子南边去。"

伍阿公呆了，语气急促起来："我不是要赶你们走，是讲收拾好一些细软，等一旦真打起仗来，你们可以跟着街坊一起躲的。城子里要组织护卫队了，从这里出去的翁漆匠也要回来，并带来大批的枪支，我们会保住这里的。你们，你们完全没有必要因为害怕，而自行去南边。"

舞娘再度缄默，末了，说："伍老板，我留了封信给你，但你要发誓，等我们走了以后，你才能去找楚秀才，或者三宝，让他们相帮着读给你听。"

伍阿公立刻起誓，而后说："那，信呢？你放在哪里了？"

"一个我走了以后，你就会想到的地方。"舞娘笑了一下，正要再说，凰娘出得屋来，一把搂了她，冲伍阿公板着脸说："你尽量少来撩拨她，否则，莫怪我不讲道理。"两个人回转屋里，留下还未醒过神来的伍阿公站在原地。

舞娘她们连夜出了城子，雇工驾来的三轮车，显然是经过改装改良了的，后面拖着的包厢，十分舒适。伍阿公没有看到她们什么时候走，翌日清晨，见到敞开的屋门，才慌张地跑进去，喊："舞娘，舞娘。"空寂的屋子只给了他空寂的回音。他开始冷静下来，寻找舞娘说的留给他的信件。

傍晚时分，翁漆匠带了四个雇工回到城子里，见了毛医师，一同前往自己的老屋。打开落满灰尘的铜锁，进得屋来，翁漆匠猛然低低地吼了一声，稳住了神，说："毛公，我这屋子的共垛是隔壁伍老板修整的吗？"

毛医师一怔，迟疑地说："这个，我不晓得呢，要喊了伍老板来问才好。"

伍阿公从屋子里转出来,看到天井,脑子突然灵光了,想起冬日里天井的周壁有些石头和砖块松动了,自己拌了小桶灰修整。当时舞娘站在门口,轻声轻气地说:"不如就特意留一两处松动的地方吧,也好有个宝贝什么的可以藏。"他快步蹿到天井里,真从西壁的砖缝里找到舞娘留下的信。听到毛医师打发的来人讲明意图,赶忙跟着进了翁漆匠屋里,说:"四月间梅雨,共垛上面的瓦片和屋檩毁了,漏雨得厉害。住在我铺面里的人家就自己喊了雇工修整,执意不收我给的工费。她们害怕战事,昨天连夜去南方了。"

翁漆匠身子晃了几下,站稳了,对四个雇工说:"你们现在就把墙从上面第七块砖开始,横向里隔十块砖的位置,往下拆,要快。"

"翁公,你这是?"毛医师扶着翁漆匠的胳膊,纳闷。

翁漆匠摆摆手,只紧张地看雇工们行动。一刻钟后,共垛被抠出一个巨大的缺口。翁漆匠身子晃动得厉害,毛医师没能扶住,顺着他倒地的身子一并跌坐在地。"完了,完了,买枪械的希望全完了。"翁漆匠嘴角已经吐出了白沫,他对附过身子来的毛医师断断续续说:"共垛里藏了我屋里祖传的一些稀世珠宝,原本和省城里的军火商讲妥了,拿珠宝换枪械。现在看来是无能为力了,除非你们把偷盗珠宝的人追回来,追回来……"翁漆匠的声音越来越微弱,毛医师搭了他的脉搏,眼泪就从眼眶里掉下来。瓮漆匠气绝身亡。

伍阿公无法面对众人的目光,喃喃自语:"舞娘不是那样的人,不是。"他挥舞着手,捏在手里的信件就闪到他眼里。他停止了挥舞,直视毛医师,说:"你看,你看,这是舞娘留下的信件,她一定会告诉我她不是偷盗珠宝的人。"

毛医师接过信件,展开来看了,又原样叠起来,放进了自己的衣袋里,搭了翁漆匠带来的雇工的手,缓缓站起来,说:"伍老板,你去找愣屠匠,让他赶紧寻了上好的棺木过来,还要打发一个雇工回去,通知伊的家人,共同把翁公的后事办了再说。我这边要和楚秀才他们再议枪械的事。"

伍阿公应声转过身子要走,又停住了,看着毛医师,眼睛直往他的衣袋里瞟。

毛医师叹息,说:"你尽管去和愣屠匠先办理这事,信件我自然要交回给你。"

翁漆匠的后事办得十分隆重,城子里的街坊都出了屋子,抬着棺木绕城子走了三圈,一直送到山上,听毛医师唱了祭歌,葬了。

伍阿公的铺面住进来一些护卫队的人,他们每天到城子里的牌楼前集合,拿些木棒标枪的,加紧操练。

城子里涟水河的水涨起来了,放排的客官却没有如常到来。倒是县里的一户人家托了媒人来三婶娘家,意思是兵荒马乱的,想给屋里的女儿找个牢靠些的人家,也好有个照应。三婶娘应承下来,亦是慌张地张罗开三宝的婚事来。

伍阿公到毛医师屋里,讨了两次信件,都被支配了去做别的事情,耽搁下来。"毛医师,我也就是想晓得舞娘都跟我讲了么子,信件我让楚秀才或者三宝读了,还可以寄放在您这里。"

"伍老板,那女子其实也没说什么,稀薄的一张纸,又能写下些么子呢? 你还是先关照好住在铺面上的人,等打完了仗,我读给你听。"毛医师搪塞着。

伍阿公还要再讲,话却被毛医师严峻的脸色堵了回去,他怏怏地走了。毛医师看着他的背影,喃喃自语:"你这是觉得我霸道,要侵占了你的信件吗? 还是我医师要扯谎,一世清誉抵不得对你的一个承诺?"

鬼子兵终是没有打进城子里来,他们一支小分队从省城打过来,被挡在城子外面的小铁路线西北角,和县上的部队打起来,又加上城子里护卫队增援投掷的火药弹烧了他们的补给车,鬼子兵最终撤回省城里去了。

毛医师没有扯谎,鬼子兵撤退的那个晚上,他喊了伍阿公到自家屋里,把信读给他听:"伍老板,如晤。女子舞娘本是大户人家的小妾,不料家道遭遇灾祸,只落得个流落街头的结果。幸得凰娘相遇相识,遂跟随她出生入死。渐知她乃黑道中人,专肆智谋富贾大户人家钱财。此次来城子,亦是从翁漆匠家人口里套得消息,设计而来。短暂数月,城子里淳朴的街坊,和你对舞娘的一片深情,莫不令我生愧。但多次劝说凰娘无果,必将又要酿成大错。但舞娘一个女子,又有何能改变自己的命运?终再次妥协,只祈求这次窃盗后,凰娘能如她对我发誓所言——金盆洗手。另,分别在即,舞娘不得不告知你一重隐情:我已有身孕,是那日你修整天井,我们一时铸成的大错。凰娘也已应承了我,许我生下这个孩子,也好为我们养老送终。我寄放了一张画像在秀才娘子那里,若有来生,我们下辈子做夫妻吧。你这辈子好生找个女人过日子,伊们是莲花,我只是木槿。比不得,比不得的。舞娘顿笔。"

伍阿公闻言,瘫软倒地。醒来,他冲向楚秀才屋里,焦躁地喊:"给我画像,给我画像。"秀才娘子拿了画像出来,被伍阿公一把夺了,展开来,眼睛一眨不眨地看,竟慢慢地笑出声来,嘴里不停地说:"舞娘,是我的舞娘。"他挥舞着画像,在街巷里奔跑,不停地问:"你见到伊了吗?见到伊了吗?"

楚秀才上前来,拽他回转屋里。伍阿公竟使出了蛮劲,甩开了楚秀才，含混不清地说："都是你要打舞娘的主意，都是你。"

那天，伍阿公依了舞娘的话，当真在天井西壁留了一处砖松动，随口又问："凰娘呢？这春天眼看着要过去了，她还厌烦着，不肯出来见见阳光吗？"

"她出门办事去了，要明天才回来呢。"舞娘悠悠地说，眼睛看着伍阿公，并不眨动。

伍阿公心跳得厉害，他佯装低头看修整的天井，却没承想舞娘已经走到他身边来了，伸了手牵了他的衣襟。进得屋来，伍阿公惊觉屋子里只有一张大床，"那平日里，你们——"他的疑惑被舞娘香软的舌头咬住了，再也没有问出来。

夜晚，楚秀才铁青了脸猛敲屋门，他在屋里看到了天井里发生的一幕，血猛地直往他的头顶上冲，他在屋里转了十几圈，终于鼓足了勇气去敲门。楚秀才不看来开门的舞娘，只看着伍阿公，说："刚才三婶娘来讲街坊凑了份子钱，要相帮着我修整屋子了。特意来告知你一声，我明天一早就不在你这里叨扰了。"

伍阿公有些尴尬，不晓得要如何搭腔，伸手拽了楚秀才的衣袖，示意他坐下说话。楚秀才睥睨了他一眼，甩袖，走了。伍阿公紧跟着出得屋来，一夜无话，但第二天见到舞娘，他也不晓得怎么回事，被鬼捉了似的，满脑子全是楚秀才不屑的眼神，倒浑身不自在起来。

"你见到伊了吗？见到伊了吗？"城子里，伍阿公的打探声萦绕在街巷，氤氲不散……

若干年后，我听到临终前的楚秀才说出一个秘密：那年，舞娘她们悄然离开后，伍阿公就有些神志不清，并渐至疯癫。铺面最后由

102

毛医师做证人,租赁给了三宝继续营生。伍阿公的起居基本由楚秀才屋里包了。但次年夏至刚过,三宝营生的铺面门口被人端正地放了一个包袱,里面有个女婴,衣襟上别了一张绢书:细妹的娘亲于夏至,殒。

细妹是我。

天天挡着我追问见到伊的伍阿公安静地躺在涟水河底了,青翠的水草飘浮在他的身旁。几个打水仗的少年郎在桥墩下发现了他,惊呼:"有鬼,有鬼啊。"

旺生和三宝闻讯赶到时,没有呵斥受了惊的少年郎,而是自行蹚进河里,两个人把伍阿公轻轻地抬上岸来。"旺生,你去招呼了细妹过来磕几个头。"

我虔诚地对着伍阿公磕头,眼底只是河面上波澜不惊的涟水,汩汩不息。

秀才娘子消瘦得厉害,她的肺结核折磨得她连打横眼神的力气都没有了。但她的生命力却比给她和伍阿公精心抓方子的毛医师,以及细心照顾她和伍阿公的楚秀才都要绵长。几乎是前后脚的工夫,她和楚秀才相互搀扶着,刚送了毛医师"上山",就听到了伍阿公溺水的噩耗。再和楚秀才一同从山上回来,就眼见着楚秀才迅速地衰老起来,她端详着楚秀才的面庞,知晓他心底的渴望,做出了一个决定,打发了人到省城请三宝带着我回来探望一眼即将咽气的楚秀才。

"我嫁到秀才屋里,到处充斥着满腔的仁义道德,经营着冥钱的营生,也看透了世间的情爱百态。凡事到了末了,都瞒不住真相。只可惜舞娘和伍老板今生无缘,要等来生呢。"秀才娘子牵了三宝的手,又说,"三宝,哦,不,应该喊你一声齐家贤齐老板,有好命跟着到

103

省城里谋大事的三婶娘屋里的崽宝,你说呢?"

　　楚秀才一辈子都没有欢喜过秀才娘子,那日见了舞娘,就终日恍惚,竟然在大雪夜锯断了自己屋里的两根立柱。

宣　　纸

　　还是孩童时,外祖父看到我在白纸上涂鸦的一幅祖宅后花园里的葡萄藤水粉画,过了半晌,才说:"这细妹画得还真有几分神似,兴嫚,你把箱子里的宣纸找几张来给细妹用吧。"

　　"你讲真的?"那个被外祖父称为兴嫚的女人是我的外祖母,她惊讶地反问,似乎不相信自己的耳朵。

　　"当然,你快去拿吧。"

　　"嗯。"外祖母答应着,脚却没有挪。外祖父就抬头望外祖母,走拢了去抹外祖母脸上的泪:"看看,都几把年纪了,不怕细妹笑话。"

　　我的确是在笑。外祖父的那只泛着青色光芒的漆皮箱子,平日里任谁也不能去随意翻动,偏生了我好奇,一天就偷偷地打开了看,却不过只有一卷如丝棉似的泛黄了的薄纸和画在这样的薄纸上的雨荷。我心里对这样的一个结果十分失望,人就有些寥然,望着箱子里的东西发呆,以至于外祖母进得屋里来都没有觉察。

　　"细妹你快关上箱子,莫再动了。"外祖母这么说着,却是自己将箱盖轻轻地扣上,用一块绸布精细地擦拭箱子。

　　我有些窘迫,说:"不过是几张纸,外祖父何以就宝贝似的不让看?"

"细妹,这是上等的宣纸呢,专门用来画画的。"外祖母的眼泪就像现在一样涌了出来,不同的只是那时候是她自己不停地抹泪。

"我不是笑外祖母哭,我是高兴外祖父给我宣纸画画。"我看到外祖母听了外祖父的话拿眼来望我,就牵了外祖母的手,进卧房去拿箱子里的宣纸。

入秋,外祖父的支气管炎又犯了,他几乎不在卧床上睡觉,而将被子挪了放在竹躺椅上,偎在厢房里,守候着地炉,整夜整夜地咳嗽,伴随着咳嗽间隙的喘息,幽幽地盘旋在祖宅偌大的屋子里,显得有些空洞,又有些神秘。

外祖母常常端了煎好的中药,放在她的唇边轻轻地吹动,末了,用唇沾沾汤药,从她两颊边漾满了关切的皱纹里就会透出酽酽的爱意,这就表示汤药的火候、浓淡、温凉都恰到好处了。她坐到外祖父的身旁去,任外祖父闭着眼将汤药慢慢地咽了。

这时候,我注意到,外祖父的左手一直是紧紧地握着外祖母的左手的。"外祖父,您应该回卧房里,厢房里地炉烧煤有煤气,更呛人。"我上到初中的时候,懂得了煤燃烧后产生的一氧化碳的危害,就对他们说。

"习惯了,这样子蛮好。唉,难得细妹懂得事理了,"外祖父憋住了一阵咳嗽,苍白的面颊上猛地蹿上几丝血色,"兴嫂,这细妹有些天赋,你多拿些铜钿给她买些水粉和白纸,莫耽误了她。"

外祖母就点头:"我晓得的,你莫憋气,快咳出来就好了。"

"那我还想要几张宣纸。"我说。

"那宣纸还没有用完吗? 兴嫂,你全拿了给细妹用了吧。"外祖父的讲话被咳嗽打断,外祖母连忙给我使眼色,却对着外祖父说:"我晓得的,我去喊七爷他们来陪你摸几把牌吧。"她挥动着手,示意我去喊七爷。

我极其不情愿地出得屋来,奇怪那卷宣纸有着怎样的往事。

来年入夏时,外祖父的咳嗽就自动地隐匿起来,从而使得外祖父又可以精神矍铄地在祖宅外的青石板路上与街坊聊古论今了。

外祖母终究没有将箱子里的宣纸拿了给我用,而是拿了她自己的一枚白玉戒指兑给了两个外地来镇子里收购古玩的人,从简叔爷的铺子里买回来一些水粉和白纸。

外祖父这年的咳嗽因了掺有血丝格外地让祖宅空洞。七爷私下里和外祖母嘀咕:"老人家就怕七十三、八十四两道鬼门关了,兄长看着看着就到了这年纪,你夜里招呼着要警醒点,要不,喊娥儿回来搭把手也好。"

娥儿指的就是我的母亲。外祖母就去和外祖父说,外祖父却摇了头说:"娥儿在外面工作也不容易,算了,我过了这一冬就好了。"

我记得这年的春节下了很大一场雪,祖宅堂屋顶上的琉璃瓦被雪覆盖住,能看见瓦上平日里厚积的灰尘是怎样淌在雪层里,一天天地被淘洗。

外祖父有两天不曾剧烈地咳嗽了,夜里,他突然说:"兴嫚,箱子里的画还在吗?我想看看。"

外祖母就起身去翻箱子,画却赫然不见了。她惊慌失措地将我摇醒:"细妹,你拿了碧禾的画吗?"

"没有,"我的潜意识被一个我从来没听说过的名字驱逐,"外祖母,碧禾是谁?"

"怎么会不见了呢?细妹,你赶紧拿出来吧,莫惹得你外祖父再咳。"外祖母并没有告诉我碧禾是谁,只一味地喊我把画拿出来。伴随着她的惊慌失措,是她脸颊上的泪顺着深深的皱纹落下来,我觉得像是砸在了她的衣襟上,她就要被这突如其来的惊慌压垮了。我再也顾不得问碧禾是谁了,跳下床,与外祖母一同在卧房里寻找。

这时候,厢房里外祖父的咳嗽声却猛地升起传过来,我明显地感觉到外祖母弓着的身体颤动了一下,而后她就缓缓地跪下了,冲我说:"细妹,你赶紧拿出来吧,莫惹得你外祖父再咳。"

我不由得放声大哭,为外祖母心底几近于执拗的判定,也为自己面对她的过激的举动的不知所措。

显然,外祖父听见了我的哭声,他问:"怎么了,兴嫂,细妹怎么哭了?"

外祖母仿佛梦游中被人突然喝醒似的仰了一下头,急急地站起来:"细妹可能惊梦了。"她伸出手来把我搂进她颤抖的怀中,"帮我找到画,那是你外祖父一生的痛。"外祖母不识字,但她在最无助的时候说出了最有诗意的话,这令我至今都不能忘怀。

我在厢房橱柜的隔层里找到了碧禾的画——某一天,外祖父翻了画出来看,而后就放在这处了。

外祖母特意煮了荷包蛋给我下饭,并说:"细妹,你不是问碧禾是谁吗?我讲给你听。"

如果说要将一段往事透过文字这东西敲击出它的声音,那么,我想我听到的声音,那是外祖母生命之河静静的涉水声。

碧禾,一个避难于小镇的书香门第人家的宁静女子,在镇子里的青石板路上与跟随着我的太祖父跑茶叶生意的年轻英俊的我的外祖父一见钟情。他们眉目间掩不住的彼此爱慕,使得镇子里的青石板都格外地有了生气。每每外祖父跑差回来,碧禾总会静静地站在我外祖父必定经过的镇子的巷口,两人相视一笑,碧禾就踅进了隔壁的韩家书画铺里，挑挑拣拣地买些水粉和宣纸，回去作画。而外祖父是不可以立于外面等的，太祖父的家规甚严，他凭借他的八个各有千秋的儿子而在镇子里备受推崇，所以外祖父只能等待机会让他的母亲去跟他的父亲提及他的心思。

碧禾家从哪里迁来，镇子里没有人知道，但大约是和宣爷有些瓜葛。记得那年夏季，宣爷在镇子西头传闻闹鬼的空宅，一夜之间被清扫得亮亮堂堂，第二日就有马车驮了一对斯文的中年男女和几箱书卷住进了空宅，那女子正有着身孕。宣爷自始至终没有露面，但还是有人断定新来的人家与宣爷多多少少有关系。又因怀了身孕的女子住进闹鬼的空宅，半月后顺利地产下一个不哭反笑的女婴，而让人背地里嘀咕："莫不是那女婴邪气得很，镇得住空宅里的鬼物?"如此，镇子里就少有人主动与这家往来，甚至都忽视了逐渐长大了的女婴叫碧禾以及她清秀的容貌和天赋的绘画技艺。所以，当外祖父的母亲听了外祖父的请求之后，你就不难想象她是怎样地张大了嘴，呵出一口气说："三少，你趁早断了这门心思吧，要让你爹爹晓得了，非敲断你的腿不可。"

镇子里的街坊对大户人家子弟一概冠以"少爷"的简称，外祖父在他的八个兄弟间排行第三，故而被称为"三少"，外祖父的母亲在她的儿子们迈进学堂的第一天开始，就随街坊一样称呼她的儿子们。她是见过碧禾的，还曾深深地为她惋惜过她的命何以硬得能够镇住空宅里的鬼物。但她从来不曾设想过要娶了这个有容貌有才学的女子回来做儿媳妇。

外祖父听了他母亲的话并没有死心，他又央求了好几次，他的母亲终是敌不过儿子的痛苦，答应试着跟我太祖父提及和碧禾家结亲的事。

我的外祖父实在是太快乐了,他心底压抑很久的爱情让他失去了平日的沉稳。他跑到碧禾常去的韩家书画铺子里来来回回地进出,专意等着碧禾。书画铺的伙计就纳闷地问他:"三少,你没有什么事吧?"

　　"不,没事,等个人。"外祖父就这样将他的爱情首先宣告给了一个伙计。事实上,他也就是向全镇进行了宣告,唯独我的太祖父竟然事先一点都不知情,他强烈地感觉自己受到了不能容忍的羞辱,他对着我的外祖父的母亲恶狠狠地咆哮了一阵后,几乎是不动声色地迅速办成了一桩让镇子里的街坊啧啧称赞的婚事。

　　外祖母就是这桩婚事里的新嫁娘。外祖母告诉我:"细妹,我记得我的头盖是你的大祖母捉着你外祖父的手掀起的,所以我进得你外祖父家,首先认识的人是你的大祖母。你外祖父只顾抓着红头盖发呆。"外祖母说的大祖母就是太祖父家迎娶回来的长儿媳,也就是她的妯娌了。

　　大祖母冲外祖母笑笑,走近外祖父轻轻地推了他一下,拢了卧房门,出去了。外祖父仍旧呆立着,直到外祖母攒足了她十九岁以来所有的勇气说:"你能不能出去一下,我要小盂。""小盂"是镇子里的一个俚语,就是解溲。外祖父闻言,这才惊骇地放下头盖,望了外祖母一眼,用手指了指卧床的拐角处,出去了,进得我应称呼为六祖父的书房,彻夜读书。比外祖父小五岁的六祖父与外祖父极其像,他直到看见外祖父卧房的喜烛熄了,才坐到书桌旁对外祖父说:"三哥,认命吧,我看嫂子像个贤惠女子呢。再讲,你这样下去,也对不住宣爷。"外祖父的泪就落了下来。

　　宣爷救过外祖父的命。他们一同翻山去收购乡下的新茶,外祖父或许是从娘胎里就带了来的咳嗽病根子因了劳累和风寒的双重

110

攻击而突然间发作,年纪轻轻地就咳出了血,竟至于昏迷过去。我的太祖父已慌作一团,脚下是软软的迈不出一步。宣爷丢了茶叶,背了外祖父跑了三十里地,送到周医师的诊所里。周医师没有丝毫怠慢,径直把外祖父推进了他的重病房……他出来时,就看到了太祖父正对着宣爷连连作揖,于是说:"亏得送来及时,是血块堵了嗓子。三少这条命要算是宣爷给的了。"

太祖父就更深地作揖说:"宣爷,以后我屋三少就是你跟前的人,随时听派差使。"

宣爷连连地摆手:"讲不得,讲不得。"

周医师却认真地说:"两位莫再礼让了,要我讲不如你们两家结儿女亲,谁也莫欠谁的情,反而更加亲密。"

太祖父与宣爷同时愣了。周医师赶忙解释:"我是指兴嫚呢,宣爷你屋里的兴嫚今年该有十九了吧?"兴嫚是宣爷从他的岳丈家过继回来的养女。因了宣爷讲究女子无才便是德,而不肯将她送进学堂念书,只平日里在家做些手工,故而有得一手好女红活。偏生有一日,周医师的孙子顽皮,不慎碰了正拿着锥子专心纳鞋底的兴嫚的手,锥子就直刺入她的左眼,从而使得外祖母在她十四岁起就黯然地足不出户。

不能说太祖父当时没有丝毫的犹豫,他的确是这样回复的:"周医师,宣爷,你们容我回去和屋里的打声招呼。"

宣爷始终在摆手:"讲不得,讲不得。"

这时候,外祖父却充分利用在家诊疗的有利时机,与他的母亲做不懈的哀求,终因他的母亲的许诺而通过韩家铺子里伙计的传扬而宣告了他的爱情。于是,他的宣告直接促成了太祖父做出了一个决定:"人要知恩图报,且碧禾的命硬,不宜娶回来做媳妇。"

我在时光流逝了大半个世纪后的某一天,静静地坐在外祖母给我讲述往事的祖宅的堂屋里,仰望并列悬挂于窗格上的外祖父与外祖母的遗像,突然看到那时候镇子里的街坊冲太祖父作揖贺喜时发自内心的敬佩与认同,就好像他们自己做了一件英明的决策似的。而一旁的我的外祖父却如木偶般被人牵着与他的新嫁娘拜了天地。

　　碧禾在外祖父迎娶外祖母的大喜日子,作了一幅雨荷图以示祝贺。外祖父的母亲截下了这份特殊的贺礼。仿佛是冥冥之中有谁在操纵着人们的命运,碧禾从此以后睁着她越来越忧郁的眼睛不肯踏出空宅一步,但当外祖母生产我的母亲时,她偏生就早早地知道了,对她的母亲说:"三少屋里的有难呢,你去打声招呼吧。"她的母亲开始决然不肯去,碧禾叹息着又说出了一句话:"我过不了明日,求你了。"她的母亲惊愕地痛哭,望了一声不响的她的丈夫。她的丈夫对她说:"去吧,还了禾儿的愿,我们就回家。"

　　我的母亲出生时被脐带缠颈,亏得外祖父的母亲听了碧禾母亲的报信,将信将疑地喊了周医师在屋里候着,及时指导了手忙脚乱的接生婆,保得大人婴儿平安。而碧禾果真在第二日殒了。她的母亲用身孕驮着她在中年时来到镇子里,现在捧了一张她的自画像在老年时与她的父亲又走出了镇子。没有人知道他们到哪里去,但以后街坊们却总能呼吸到隐隐约约对他们的愧疚。

　　外祖父在韩家铺子的门口,拦住了碧禾年迈的父母亲,直直地冲碧禾的画像磕了三个头。坐在卧床上给我的母亲哺乳的外祖母听到消息,抱了我的母亲起身虚飘地走进我的外祖父的母亲屋里,只一味地落泪。外祖父的母亲沉吟了许久,说:"兴嫚,我晓得你受了委屈,莫哭了吧,看伤了身子。三少是个重情义明事理的人,现如今碧禾也走了,他过一段日子就会好。"

但外祖父的母亲这次并没有说准事情的发展。镇子里的街坊又开始传闻空宅闹鬼了，夜深的时候，常能听见空宅里有脚步走动的声音。

太祖父自从外祖父给碧禾的画像下跪以后就不再让他一同外出收茶，而是留他在铺子里记账。

倒是外祖母从此以后经常出得祖宅与街坊们走动，带回来一些听到的闲话。这天，她如往常一般淡淡地说："巷尾林铁匠屋里来了个神人，约好了几个人讲今夜要去空宅捉鬼呢。三少你今夜里就莫出门吧。"

外祖父并不搭腔，闷声吃过饭后说："我去铺子里。"外祖母望着他的背影在祖宅朱红色的大门口一晃不见了，即敛了眉，草草拾掇了碗筷，又将我的母亲托付给我的大祖母照看，说她约了人打麻将，就匆匆出得门去。

第二日，林铁匠神色严峻地送走了他屋里来的神人，街坊中有人就问："铁匠昨夜里捉到鬼吗?"

林铁匠摇摇头："哪里有鬼哟，纯粹是几只老鼠在窜屋子。"

"但是猫伢子讲是有鬼啊，你屋里的神人还用驱鬼绳子抽得见血了呢。"又有人说了。

"猫伢子讲? 他讲你们也信? 麻烦你带个口信给他，就讲我说的，没有的事莫乱讲，要遭天打的。"林铁匠眼睛睁得暴圆，看了他这副模样，街坊明白铁匠是动了真怒，就稀稀落落地散了。

外祖母去大祖母屋里接我的母亲，大祖母无意中看见外祖母胸口上的血痕，她受惊吓地扯住外祖母的手腕："是你去了空宅?"

外祖母起先是点头，而后又摇头："大嫂，你就莫问了吧，还求你千万莫跟别人讲。"

但大祖母还是讲了,她对我的外祖父的母亲,也就是她的婆母和盘托出她自己的揣测:"三少或者说是三少屋里的有些不对劲呢,您得招呼他们莫撞了邪。"

我的外祖父的母亲不得不跟我太祖父提及这件事,太祖父跺着脚痛斥:"这是做了哪辈子的孽哟。"然后将我的外祖母喊来问:"老三屋里的,你讲实在话,空宅近来闹鬼是不是跟老三有牵扯?"

外祖母慄了太祖父的威严,只得以实情相呈:"以前闹鬼肯定和三少没关系。碧禾走了以后,三少才夜里去她屋里走动,好像是要找什么物件。"

"什么物件?"太祖父咄咄逼人地问,外祖父的母亲在一旁就站不住脚了,她诧异地张圆了嘴发出一声惊叫,把太祖父和外祖母都吓了一跳,不由得齐齐望定了她。外祖父的母亲却转身出去了,一会儿又回转来,手里紧紧地攥着一个画轴:"三少肯定是找这幅画了,肯定是。兴嫚你快快拿去给他,千万莫再去空宅,撞到邪,祸就惹大了。"

太祖父伸手先拿了画轴,展开来看,迅即蹙了眉,又待发作,外祖母扑通跪下了:"爹爹,您就将画给了三少吧,也就这点子物件了。"我外祖父的母亲心底依然在打鼓,碧禾送画只有她一人知道,何以外祖父就在碧禾走后要去空宅找物件呢。此刻,她见了太祖父的脸色,亦连忙附和外祖母的请求:"兴嫚都讲了,你就依了伢们一次吧。"

我的太祖父至此亦无话可说,渐缓了脸色,叹息着出去了。外祖父的母亲这才得以询问我外祖母的伤痕,外祖母勉强地笑笑说:"也就是林铁匠请的神人用绳子打的,他不认得我,但铁匠认得,见到了被我挡在背后恍恍惚惚的三少,就扯了神人回转去。"

外祖父见了画,足足三天不曾讲话,而后就去了韩家铺子,买了青色的漆皮箱回来,连同他一生的怀念与内疚同碧禾一同锁进了箱子里。外祖母开始神情是黯然的,但岁月的宁静与外祖父对生活淡泊的守候悄然熏染着她,这个善良而温情的女人,脸上渐渐地有了欢乐和满足,她一生都在精致地经营她的婚姻,尽管她心里一直都亮堂堂地知道在外祖父的心底有着怎样的疼痛。

外祖父终是没能熬过这年冬季。入殓时,外祖母颤巍巍地将碧禾的画放进了外祖父的棺木:"三少,你落心吧,我晓得她和我们同在。"外祖母在外祖父去世后的第六年亦安详地逝去。

上 路 谣

亦眉踏进城子里的最后一家鲜花店时,眼睛早已被浏览过的鲜花填溢得鼓胀胀的,压根儿就不想再眨动搜索。因此,她索性就冲端坐在花架前的女孩说:"白玫瑰。"

女孩打量着亦眉长发上雾蒙蒙的一片潮湿,问:"落雨了吗? 冬天落雨真闷。你要纯白色的?"

亦眉这时正拧着眉头将披掩过面颊的长发往后甩,听到女孩的问话,抬着的手臂唰地放下了,说:"有吧?"

"没。"女孩后来对别人说她认定亦眉的手势太夸张,几近于神经质,以至于她被吓了一跳。但她还是尽量平缓地摇头,告诉亦眉:"没有。不过,你看,这种粉白色的也挺不错的。"她随手捧出了一束粉里透白的玫瑰。

"我说的是白玫瑰。"亦眉心烦意乱地出来,依然冒着微雨走在城子的街巷。望见居祥的理发店时,她怔怔地想了一会儿,最后决定先到展销会上去逛逛。

城子像一只巨大凹状的耳朵,约莫耳垂的位置是城市最繁华的地段。娄五爷的烟摊兼鞋摊几十年一成不变地钉在这个地段的耳鼓位上,聆听着城市变迁的声音。

娄五爷这天的生意格外地窨。展销会上的人川流不息，却没有人顾及他的烟摊。面熟的多半招呼一声："娄五爷，看摊呢。"脚下却丝毫不肯停留，径直往人堆子里扎。娄五爷一一应承了招呼，久了，突然有了一份轻松感，他从烟匣子里划拉下一盒烟，在手上端详。

亦眉在展销会上闲逛，被人冲撞崴了脚，连带着将高跟鞋的跟也弄折了。这让她原本逐渐沉静下来的心境又漂浮出些许烦躁，她提了鞋，嘴角吸着因受伤的脚行走而传递上来的疼痛的凉气，望见娄五爷的鞋摊，就决定去那儿解窨。

云奶奶"走"得十分仓促，没有任何预兆。居祥在赌桌上两眼熬得赤红，听到来人报信，头都没抬地回敬："报丧呀，我手头正背得死呢。"

来的人跺脚："当真是报丧。云奶奶话都没落下一句呢。娄五爷嘱我喊你莫回屋了，先去河边请水。"

居祥这才怔醒，望着报信的人，摇头，眼泪就簌簌地淌下来，慌里慌张地往屋奔，来人就紧跟着喊："先去'请水'，'请了水'才好净身。"

居祥闻言，颤步，折向河边狂奔。娄五爷提了一面铜锣，正等着他，见居祥奔到河边几乎要瘫倒，也只得横了他一眼，面对涟水，吩咐居祥听得锣响一声就磕一下头。这由孝子贤孙拜祭过的水在冥冥之中才好被请回去给仙去的人净身用呢。

云奶奶寿寝八十有一，锣响八十一下。声声锣哀哀地响在居祥耳旁。居祥跪伏于地，恍惚间见到云奶奶从河面上升起，慈眉善目地望着他，只是不言语。

云奶奶的家门口被人端端正正地放着一个竹篾筐。筐里的伢崽被俯面而视的云奶奶的鼻息惊醒,瞪大了眼睛,瘪瘪嘴,却漾出一抹笑容来。街坊们诧异了,说这伢崽注定是来与云奶奶结缘的。

云奶奶是城子里戚家从山里领回来的女子。与戚家病快快的独子正拜着堂呢,那戚家的独子就咽了气。原本指望着用娶亲来冲撞缠绕着独子病魔的婚礼霎时成了哀场,街坊们手忙脚乱的全没了主意。倒是戴着凤冠的新嫁娘镇静得多,用还攥在两人手里的红绸带轻轻地掩了她的夫婿的脸庞,侧身抱了,径直入了洞房,哭声顿起,令在场的人无不惊悚。

娄五爷其时正在戚家帮工,听到这凄厉的哭声,忍不住问:“新嫁娘是不懂得礼数吗? 她如果不入洞房,守得三年,尽可以再走一家的。”但没有人与他搭腔。只是从此以后,城子里的街坊依了戚家的人一并随了戚家独子的名称呼她:云少奶奶。

而时间是最具腐蚀性的,在岁月的流逝中,它渐渐销蚀掉了云少奶奶的青春,街坊们在不知不觉中将云少奶奶喊成了云奶奶。

眼前这个瘪着嘴给了她第一抹笑容的伢崽让云奶奶长长地叹出一口气,仿佛是叹息着她从来没有想过她固守了三十五年的孤独最终会有这样一种回报——老天怜见,给她送来了一个伢崽。

云奶奶给伢崽起名居祥。街坊中有人纳闷,问:“何以不是姓戚?”云奶奶只顾埋了头给伢崽喂米糊,旁边就有人搭了腔:“何以就要姓戚呢? 随了云奶奶娘家姓也是好的。”云奶奶听了,冲街坊笑笑,摇摇头,说:“我娘家也不是居姓。”

唯有居祥知道云奶奶的心思。

云奶奶是在厢房里的竹凉椅上过世的。

娄五爷唱得一箩筐一箩筐的"夜歌子"。这是城子里的风俗。"戚家屋啊——迎新娘啊——红艳艳啊——"娄五爷苍凉的"夜歌",带着亡者的灵魂和未亡人的哀思,沿着时间的列表向尘世间做最后的告别。

请来的道观大师已做了三天道场,掐准了吉时,要钉棺封殓。娄五爷就牵了居祥扶棺看云奶奶最后一眼。

棺椁里,云奶奶被一丈红艳艳的寿幔紧裹着。娄五爷有一瞬间的迷惑,他分不清是那个拥着亡夫红艳艳入洞房的云少奶奶,还是眼前这个独自静寂的红艳艳的云奶奶,"走"了。

屋外的土铳"砰砰砰"地响了三响,娄五爷颤悠悠地喊:"上路了,你走好啊,上路了,你走好啊……"

居祥跪伏在地,和着娄五爷的声调,嘶喊:"你走好啊,奶奶……"

草黄色的冥纸,被抛撒向天空,旋转飘落。

云奶奶的棺椁上,披挂着街坊们送来祭奠的布匹,一只白色绢纸扎成的松鹤立在其中,安详地看着喧嚣的城子。

亦眉再见到居祥是在一个夏日的午后。

居祥的沮丧让亦眉感觉到从未有过的疲惫。亦眉站在店子的台阶上,喊了一声:"祥子。"

居祥抬了抬眼,招呼亦眉:"是你呀,进来坐。"

"祥子,云奶奶'走'了,你莫要太丧气,不如我们一道去外面打工吧。"亦眉轻声说。

"你去吧,我要守在城子里。"居祥歪了头说。

"那你要怎样守呢? 开一辈子的理发店吗?"亦眉言语间已然

有了一些赌气的味道，又说，"娄五爷的'夜歌子'里都唱出来了，你又不是云奶奶屋里嫡亲的孙子，你守着这间屋子又能怎样呢？"

居祥晓得亦眉的心思，她喜欢他。但居祥却很难找到要娶她的念头。亦眉不喜欢城子里的气息，她总是向往外面的世界。

居祥抬起了头，说："左右我没有想过要离开城子，我来到这里的时候，就是被放在云奶奶屋门口的，所以奶奶才给我取了现在这个名字，她是希望我居住在这里得到真正的安详。"

亦眉的脸涨得通红，她慢慢低下头，望着自己的脚尖，半晌，幽幽地叹出一口气来，说："我晓得了，但我绝对没有要亵渎云奶奶的意思啊，她都已经'走'了，我只是想你一个人在城子里要怎样生计才好。"

居祥伸出手拉住了亦眉，问："明天得空吗？我好久没有去看奶奶了。"在这一刻，居祥完成了他人生的一个重大决定：他要向亦眉求婚。

襁褓里的居祥被云奶奶揽在手臂里，吸吮勺子里浓浓的米汤。他每喝一下，云奶奶的眼角就要漾开一抹微笑。幼小的居祥在屋子里玩耍，被凳子绊了一跤，云奶奶慌里慌张地跑进来，搂了居祥，眼泪就落了下来。从学堂里散学回来的居祥趴在河边钓虾米，被嬉闹的伙伴们推搡掉到河里了，立时，远远地传来云奶奶的喊叫声，居祥闷在水里，不抬头，身子在河面上漂浮，待到云奶奶到了河边上，猛地站了起来，水才漫过他的脖子呢，他冲云奶奶大笑，喊："奶奶，奶奶，你看，我早就晓得潜水呢。"城子里的待业青年越来越多，又有一次招工的机会了——氮肥厂要招五个工人。云奶奶跟居祥商议她要去城子里的镇公所央请央请人，让他去上班。二十岁的居祥握住了云奶奶的手,说:"不去了,我要守着您呢,我去跟杉剃头当学徒,回转来我自己开间理发店就是了。"城子里的生意十分清淡,但居祥还是把店子开起来了。他学会了打牌,饭桌上,云奶奶嘴角的弧线透着隐隐的焦虑,她说:"祥子,你千万莫沉溺赌博啊,要真觉得店子和手艺都不是你喜欢的,下次听到有招工,我就去央请人。"居祥给云奶奶夹了一筷子菜,说:"我晓得分寸,奶奶,你莫要担心,也莫要再生去央请人的念头吧,从第一次镇公所安排了去考招工落榜了开始,我就打定主意,只守在城子里。"

居祥每一个时期的细节娄五爷都记得十分清楚。他跟亦眉絮叨着对沉迷赌博的居祥的种种担忧。

娄五爷终生未娶,他以一种尊敬、钦佩和善良的态度,时常相帮云奶奶维持戚家的生计。一向有点子风吹草动就能被演绎出故事的街坊们,偏生对娄五爷终身未娶这件事保持了高度一致的缄默,仿佛娄五爷相帮云奶奶维持戚家生计原本就是一件天经地义的事。

但,现在,娄五爷也老了。亦眉在娄五爷的鞋摊上坐了一阵子,看着他娴熟地做手工,心里感慨。

亦眉折返回花店,还是买下了那束粉白色玫瑰。她答应了居祥今天要去云奶奶的坟地看看。

居祥在云奶奶的坟地直截了当地问亦眉想不想嫁给他。亦眉后来总是想不起来当时听到居祥的问话时心里到底有没有丝毫的欢喜。她只是错愕地看看居祥,又看看云奶奶的墓碑,清晰地说:"不想,我不能一辈子都不出城子。"居祥也不勉强,就说:"那我们回转吧,刚才我在奶奶面前起了誓,不会再去赌钱了,我还要好生照顾娄五爷。"

居祥自云奶奶"走"了以后,每天从理发店回到戚家院子里,仿佛总是听见娄五爷一直在喊:"上路了,你走好啊,上路了,你走好啊!"嘶哑的声音在天空徘徊,弥久不散。

亦眉始终没猜透居祥突然求婚的原因,她喜欢他不错,但她也知道祥子对自己的反应木讷很多。这一会听到居祥说要守在城子里为娄五爷养老送终,她有瞬间的感动,也有瞬间为自己刚才的一口拒绝而动摇。她说:"祥子,光靠理发你是不能照顾好自己和娄五爷的,我们还是一道外出打工吧。"

居祥笑笑,摇头拦住了亦眉还要说的话:"我刚才问你想不想嫁给我,原本是打算教你理发的手艺,我就能去照看娄五爷的鞋摊了,两份收入足够维持我们的生计。"

亦眉低下头,半晌才说:"我做不到,云奶奶以前说过她走出大山,城子对她来讲就是外面的世界。我要走出城子,那里才是我的世界。"

"那我们就都无憾了,至少奶奶告诫我的我做到了,有时候选择需要勇气,但有时候只要遵循心的引导。"居祥说话间,似乎看到戚家独子咽气那一刻,正冲着他的新嫁娘微笑,没有丝毫的痛楚。而抱着夫婿入了洞房的云奶奶在幽咽中,听到了娄五爷的疑问,越发痛哭起来……

中　年

上部

徐英子在巷口就望见了婆婆家的两扇大门,朱红的漆在夕阳的映照下,发出光彩流溢的亮。

大约又是新近漆过了。徐英子脑子里闪过这个想法,紧接着就感到心口猛地闷了一下。

吴天明就问:"怎么了? 大半年没来,对红色过敏?"

徐英子不是对红色过敏,而是对掩在红色大门里面的人过敏,也对今天吴天明在这一刻能够迅速准确地感应到她的心理反应而过敏。

但她摇了摇头,没吭声。

徐英子害怕朱红门内婆婆的眼神。那是怎样的一双眼睛啊! 锐利与苛刻呼之欲出! 不,是不呼即出!

吴覃氏知道徐英子今天准会过来。儿子吴天明昨天回来说,孙女考上了重点大学,但徐英子坚持要让她出国去上学。"妈,徐英子可能要为学费的事回来一趟,和家里人商议商议。"

"说得好听。商议? 我看是张口要学费罢了。"吴覃氏从锅里把刚烙好的一张饼用锅铲挑了,伸到吴天明面前的瓷碟中,催促着吴天明趁热吃。

　　婆婆吴覃氏的身世很苦。

　　伊是遗腹子,伊的父亲是地主。而对地主这个身份的理解与接受,对于吴覃氏来说,就全然来自二十世纪五十年代末她的家庭一夜之间被定性为拥有千顷良田的地主,且是恶霸地主。

　　想想看吧,佃农连一寸自己的土地都没有,而伊的父亲却可以买来千顷良田或租或赁或闲置,恶字当头,舍他其谁?

　　更何况明摆着的产业还有安在南京的宅子、设在上海的典当铺和开在淮南的两孔煤窑。

　　但除了现在留下的这幢刷着朱红油漆的宅子外,其余的都随着伊的父亲的一次决断而灰飞烟灭,其中还包括伊的父亲的躯干。

　　正是战乱时期,有消息说阎西军的人马要攻到城里来了。伊的父亲即从乡下购得四节小火轮车皮的烟草,运到了上海城。

　　城里正闹工人罢工,成千上万的工人整日里在街道穿行,呼喊着:"同仇敌忾,减时加薪。"一遍又一遍。

　　伊的父亲看着从眼前流淌过去的人潮,有好一会回不过神来。"东家,东家,怎搞呢?"伙计怯怯地问。

　　"我去找曾老板想想办法吧。"伊的父亲机械地说。

　　曾老板?曾老板是谁?上海滩上有名的官僚资本家。把着没有大半个、也肯定有一半以上的上海滩的装卸码头。

　　这会儿听了伊的父亲的请求,曾老板嘿嘿地笑了,说:"覃老板,我是想帮你的,可是你也晓得,外面工人都在罢工,不听我指挥呀——你看这样好不好? 就让你的货在车站上停上两天,容我去劝回几个人来帮忙卸车。"

伊的父亲无奈,也只得这样了。过得两天,他再去曾老板府上求见,却吃了闭门羹,怏怏地回来。原本想再等一两天,偏就遇了暴雨,待他花了高于平常四倍的价钱把烟叶卸到码头的仓库里,不到一个礼拜,烟叶就开始发霉,并迅速地蔓延开去。

这可是全部本钱啊!

伊的父亲只能硬了头皮再去求曾老板,看能不能借贷些钱用于周转。曾老板依然不见他,只打发了他的九姨太出面。

九姨太虎着脸,将伊的父亲好一顿奚落,话里话外都透着一股子瞧不上伊从南京乡下来上海捞世界的恶声恶气。

伊的父亲羞愧而归,生生吞了一把大烟土,跟他的本钱一道没了。

这时节,婆婆吴覃氏出世。

所以,伊被族里的人认定克父。

伊的父亲是讨得三个老婆的。伊的母亲是二房,是伊的父亲到乡下看收成看中的佃户家的女儿,一个大字不识的小家碧玉。

哪里是大房名门闺秀和三房宠娘的对手?

也只能是眼巴巴地望着自己的女儿遭受大家伙的欺辱。这般终于熬到可以谈婚论嫁的时候了,伊便只能由大房大妈做主,被许给了一家正走下坡道的地主家做媳妇。

伊嫁过去的时候,那夫家实际上只有一幢空楼在撑着富豪的躯壳,内里是都掏空了的。

伊从迈出娘家到踏进夫家,没有流一滴眼泪。这实在有悖于祖宗传下来的风俗——娘家落泪留孝心,夫家落泪接旺气呢,如此,伊命硬的说法再次得到了印证。

125

伊的心里没有爱，也没有恨，更没有泪。

伊只相信这就是命，女人天生的命。

　　徐英子二十三岁大学毕业后，被留校当讲师，并被列为重点培养骨干，而受到校园里人们的关注。

　　她一个人住在一间十八平方米的单人间里，在窗台上养了几盆花。每天，她都要对着花儿美妙地憧憬一下自己的未来。当然，包括爱情，包括婚姻。

　　但现在她明白了。憧憬之所以美好，是因为人无法企及。而得到了的往往又极具残忍性，一切都不过仅仅是真实存在。

　　年轻的徐英子从来没有设想过自己的婚姻是这样的。甚至到了现在，仍然没闹明白，长到三十岁，也是对生活憧憬了三十年的她，怎么就选择了吴天明做丈夫？

　　不能说吴天明不是一个好男人，只是他越来越不像徐英子憧憬中的那个好男人了。

　　当然，徐英子在一般情况下，偶尔也会站在吴天明的成长历程中想：这全然要怪罪于生活的残酷。婆婆生养了六个孩子，竟然没有记住他们其中任何一个的生日。反过来，伊的六个孩子也都不知道他们母亲的生日。

　　徐英子由此断定，吴天明是在一个缺乏爱意的家庭里长大的，他需要关爱。或许正是这种心理，才让徐英子决定嫁给吴天明。

　　徐英子和吴天明因为在同一个城区居住，所以他们在中学时就被注定成了同一个学校同一个班级的同学。并且，又都同一届考取了大学。当然，生活是现实的，他们没想过、也没期望过他们要考上同一所大学,事实上,他们的确不在同一所大学。

那时候,考上大学是一件被整个社会公认的能事,是人中龙凤横空出世。

那么,当九年后,也就是他们各自在大学毕业后的第四年,邂逅在中学的校园里,并因此一同感怀过去的时候,徐英子和吴天明都同时抓住了那么微弱的一种感觉:结婚的对象就是眼前的这个人了。

而我们也就不必在距离这次心动的第十八年后倾听徐英子的注解时,表现出惊讶或者不解了。"你不要以为我在绕口令,我这样向你坦承我们学生时代的状态,只是要证明一点,我们之所以走到了一个家里,绝对没有人们所说的那种同学情笃,我们只是都错过了正常的婚娶年龄,恰恰我们又认识而已。"徐英子近来常常有倾诉的渴念,这甚至影响到了她的性情。当夜晚浸入蓦然沉寂下来的这个城市的最后亮着一盏灯的屋子的窗棂上时,徐英子就感到了一丝后悔堵在心口,怎么也排解不开去,"我怎么就把这些话和同事说了呢?"

年轻的徐英子从中学的校园里,回去就把自己刹那间的决定向父母说了。父亲直接表示了赞同:"好,好,大学生啊。一个人有了文化、有了知识,就会有所作为的。"

母亲一直沉默着,末了,她皱着眉头说:"那就这样吧,你也是三十岁的人了。"

吴天明回去时,正赶上家里吃晚饭。所以当他一边咀嚼着饭菜,一边说自己今天遇到徐英子的感受时,饭桌上的人没有一个抬眼看他,任凭一片"吧唧吧唧"的咀嚼声在桌面上回响。

收拾碗筷时,吴天明的母亲发了话:"你说的那个事啊,等我们去打听打听再说吧。"

这样,一个礼拜后,当徐英子问起吴天明他家的态度时,吴天明只得撒谎说他妈回乡下老家去了,没电话,联系不上,只有等她回来才好表态。

事实上,这个时候,吴天明的母亲正坐在家里等着吴天明回去。她要告诉吴天明,经她判断,一个在学校里常年受到人们关注的女人不适合做她的儿媳妇。道理很简单,女人能引起人们的关注只有一种可能性——这个女人必定有绯闻。虽然在她向人打听吴天明嘴里咀嚼着的徐英子时,没有一个人从话里话外地漏出那么一点点蔑视,但这让她感到更恐怖。

只是,这一次她的冷漠和威严受到了挑战,吴天明并不顺从她的旨意。

吴天明要定了徐英子。

"如果当时吴天明实话实说,或者听从了婆婆的意见,会怎样呢?"徐英子现在走在这个城市因为发展而越来越缩减的巷子里,想。

她实际上不知道答案,也并不企求答案,但她就是忍不住要想这个问题。

婆婆吴覃氏孤独而乖戾。

吴天明家给了新嫁娘的徐英子一扇垂了半截子珠帘通向厢房外的套间。

婆婆住在套间里面。

徐英子在某一个愉悦的夜晚,望着熟睡的吴天明,发现他的嘴

128

角竟在睡梦中挂了一丝笑意,她不由得也露出了笑容。这时候,徐英子忽然强烈地感受到一种能够穿透她的光源正聚集在她的脊背上,让她有一种欲罢不能的沮丧,她打了一个寒战,目光游移到了门帘上,婆婆肃穆地站在门帘下。

徐英子的额头上立时沁出了汗,她有一瞬间的愤怒,但她更直接的动作是猛烈地推搡沉沉入睡的吴天明。吴天明醒了,怔怔地问:"怎么了?"

"你看,你妈——"徐英子突然停住了,婆婆已经不在那里了。

"什么呀? 别闹了,睡得正香呢。"吴天明嘟嘟囔囔地说着,径直又睡着了。

徐英子想哭。但她忍住了。她不能断定婆婆又会在什么时候站在门帘下。她只是清晰地听到自己的心跳声:再也不会有什么欢娱的夜晚了。

她的这种心结,带给吴天明的强烈不满。

吴天明爆发的那天夜晚,喝了一些酒。当时徐英子抱了一摊子书散在床上,开始又一次阅读。

"哎,你能不能不看书?"吴天明打着酒嗝说。

徐英子没有搭理他,又翻了一页书。

吴天明就冲了过来,实际上,房间只有这么大,长着一米八几个子的吴天明只需迈一步就能到床上了,但他的幅度过于鲁莽粗暴,一掌不仅打翻了徐英子手里的书,还顺带着把床上的书全部扫到了地上。

徐英子仍不搭理他,自己下了床,一言不发地捡拾书本。

吴天明想蹲下去帮忙的,但他的手脚并不听他的指挥,他一头栽倒在床上。这一夜,吴天明依然睡着了,但第二天他清楚地记得母亲面无表情地一直站在他的睡梦中。

徐英子意识到自己怀孕了,并没有丝毫的喜悦,她只有担忧。

她隐隐地感到受孕的时机不对。那段时间,吴天明得了疟疾,躺在医院的单人病房里,整日无精打采。吴天明的这种状态,再次唤醒了徐英子要照顾好他的潜意识。于是,在打点滴的某一天,徐英子坐到了病床前,爱怜地让吴天明半倚半躺在她的腿上。

这多少让吴天明感觉有些意外。吴天明伸了没有挂针的手,轻轻地抓挠徐英子吊悬在病床边的脚踝骨,徐英子并没有躲闪与拒绝。吴天明就抑制不住兴奋了。

徐英子拿着化验单,在医院的走廊上来回走了四五圈,她一边懊悔着自己不应该纵容了吴天明的兴奋,一边判断着肚子里的一摊子精血的健康。最后,她决定听从给她做检查的女医生的建议,进了手术室。

她没有把流产的事告诉吴天明,她想反正告诉他无非也就是招来一番埋怨。

徐英子不能没有一个健康聪明的孩子。

吴天明借酒发作的这一天,正是徐英子小产第七天。徐英子觉得她的心跟随着书一同被扫到了地上。她蹲在地上,分明地看到跌落在地的心"怦"地跳动了一下。

婆婆肯定又站在门帘下了,她已经不再需要移动目光去寻找令她不安的光源。

徐英子猛地站起来,扳住了吴天明的脑袋,扭向门帘:"看见了吧? 看见了吧?"

母亲? 母亲凄厉的眼神击醒了吴天明的酒意,他出了一身汗。

130

出汗就意味着排泄出身体内燃烧的酒精,氧化后的酒精自然就失去了所有的欲望、渴念和热情。

吴天明没有过多地去想母亲是什么时候站在门帘下的,他只是颓然地蹲下高大的身子,捡拾书本。

徐英子对婚姻质量的质疑是在她失去儿子的那一刻开始的。

儿子十分眷念她的身体,竟然在她的肚子里待了十一个月才不情不愿地躁动。吴天明立即就把消息抖搂在晚饭的桌面上了。徐英子发现满桌的人只有吴天明高兴着,她顿时跌入一种浓郁的担忧中。

儿子以十八个小时的时间走完了俗世间的历程,却让徐英子在十八年后的今天仍能记得他的模样。那是她在产床上对儿子的最后一抹影像。

儿子的脑袋钙化过硬,造成难产。吴天明尽管急得跺脚,但他不是医生,医生坚持要徐英子自然分娩。

灾难就因为人世间这些阴错阳差的决定而来临,并伴随着黑暗。

徐英子已在产床上辗转了十多个小时,深夜,她终于发作了。两个手忙脚乱的实习助产士在按捺不住徐英子的情况下,才决定叫醒打盹的医生。

"我到现在都在想,我儿子肯定是早已知道自己到这个肮脏的世界来,只为了做一次短暂的停留,所以他才踟蹰不舍地在我的身体里尽量地待长一点时间。"

徐英子没有向倾听的人说儿子的头骨钙化严重,是因为她在照顾生病的吴天明时,被传染了疟疾。她在被治疗后很长一段时间仍坚持认为她的儿子只是想以一个生命的形式,来与她进行一次交谈,尽管它是那么短暂,但它又是那么深刻。

中部

徐英子带着她的儿子给予她对生活的另一种深刻感受,自新学期开始,就从婆婆家里搬回到院校的单人宿舍里。

第二天,上公共课。她站在讲台上,激情昂扬地给来听课的当代大学生们背诵莎翁的《哈姆雷特》。台下以往认识她的和新进校门的大学生们无不诧异,他们开始交头接耳。但渐渐地,浮动在课堂里按捺不住的焦躁终于抵挡不住徐英子的激情,迅速地沉寂而褪去。只有徐英子的背诵声从窗子里传了出去,吸引了穿行在走廊里的人们驻足聆听。

四十分钟一晃而过。

徐英子戛然而止她的背诵,环视了一下座席上的学生,平静地说了一句:"好了,十分感谢各位能够接受我以这样的授课方式进行文学传播。我其实就是想告诉大家,哈姆雷特永远都只有一个,但有一千个人听《哈姆雷特》,就会有一千零一个哈姆雷特。我再强调一次,原本的那个是永恒的,变化的是我们所承受、所感受的。谢谢。"

课堂里响起了热烈的掌声。

徐英子就在这一片喝彩声中开始了她和吴天明的第一次分居。也就是在这一片喝彩声中开始了夜夜与她的儿子无声的交谈。而每经历过一场黑暗,迎来光明,徐英子就更深重地感到她对生活又添了一份绝望。

这时节,徐英子的婆婆却不安宁了。吴覃氏在她空壳的豪宅里,与她经历的岁月做了一次重新审视,而后带着她与时间长谈后的结论,长驱直入院校领导的办公室,问:"徐英子在你们这里有了第三者,你们管不管?"

如果时间能够让人们进退自如,徐英子就会选择三十年后的这种心态来处理她的婆婆这次突如其来的造访。她就会一笑了之,就会平静地、恬淡地,甚至是裹挟了一丝渲染着报复后的快意,告诉她:"是啊,是啊,但这能说明什么呢?"

但时间就是时间,时间就是一把刻刀,锋利而冰冷,冷得让人无法温暖绝望的心。徐英子被从讲台上叫下来,随同喊她的人一并到了院校领导办公室。她惊愕地看到吴覃氏端坐在屋子里。而当她不得不面对吴覃氏犀利依旧的眼神和院校领导探究怀疑的目光,她终于爆发了,失控了,她拿起茶几上的水果刀,刺向自己的手腕,撕心裂肺地吼叫:"你怎么能够这样侮辱人? 怎么能够?"

结果不言而喻。她的婆婆讪讪地走了,留下院校领导尴尬地喊来了校医,院校的同事们嘴里咂巴着徐英子的刚烈,眼里却涂抹了睥睨徐英子如此斯文扫地的举动的神色,倒是听过徐英子讲课的学生们,打开了懵懵懂懂的心灵,说徐老师不愧是中文系的"主拿"啊,有文人意气。

徐英子的左手腕动脉被割着了,血止不住,她被送进了市里的医院。

吴天明傍晚得到消息,他没有急着去医院看望徐英子,他先回了家。

家里的人正围在饭桌旁,见到吴天明,气氛顿时紧张起来。吴天明的小妹最先打破沉静，说："哥，我给你盛饭去。"她端上饭来后，紧接着就溜到了门口，半推了门，想了想，还是鼓了勇气，对吴天明说："哥，嫂子这事是我们做得过分了。"

吴天明不吭声，也不抬头，只冲门的方向摆了摆手。其他的人见了，也就乘机放了碗筷，或回到自己的房间，或避出门去，饭桌上只留下了吴天明和吴覃氏。

"妈，您得向徐英子道歉。而后，我就带她走，跟我一同调离这里。"

吴覃氏从碗筷叠交的桌面上抬起了头，眼里闪烁着冰冷的光芒，说："这是交换的条件，对吧？"

"可以这么说吧。"吴天明避开了他的母亲的眼光。

"你觉得你有把握让她听你的，搞调转吗？还有，她这么闹一出，你也不替我们想想，怎么跟街里街坊说啊？我可以去道歉，但还要你能够懂得为娘的一片苦心才好。"吴覃氏的语调里已隐隐地有了一丝落泪的味道。

吴天明知道他的母亲已经应承下了，他转了眼神过来，说："妈，您什么也别说了吧，但这次道歉无论如何都是必要的。我们就算要与徐英子断绝所有的关系，也应该让她知道我们不想亏欠她啊。现在，我得去医院了，明早您就过来吧。"

吴天明在病房门口，做了一个深呼吸，推开房门。徐英子瞪着一双茫然无助的眼睛看着他。

"对不起，真的是对不起了。你什么也别想了吧，养好身子，跟我一起调离这块伤心地。"吴天明直入主题。

这是他们分居三个月的第一次见面。

徐英子的嘴角扯起了一个意味深长的嘲弄的微笑，她说："伤心地？这世界上还会有一片不被伤心的净土吗？"

"呵呵，也就是你常说的那个哈姆雷特理论了。伤心地只会有一处，再有的是生存的人对它的感受罢了。我保证，我不会让你找到第二块伤心的地方。"吴天明对徐英子的这副神态是再熟稔不过的了，微笑后面定然是徐英子这一刻又有了一个执拗的决定。所以，他说完上面这段话，不容徐英子表态，又说："现在，我们两个人的任务只有一个，那就是我看着你安稳地入睡。睡一会儿吧，看累着。"

徐英子心底最薄弱的地方被吴天明击中了，她原本就不是一个坚硬的人啊，她瞥了吴天明一眼，缓缓地闭上了眼睛。

吴天明暗自舒了口气，在病床前坐下来。他看到徐英子泛着青色的上眼睑整晚都呈水流状，轻微地在抖动。

两人一夜无眠。

只是一个睁着眼，一个闭着眼。

距离这个无眠的夜晚五年后的某一天，徐英子接到单位的上班通知书，让她到电视中心报到。

徐英子有些意外，她对着镜子苦笑笑，突然间准确地品味出这些年生活给予她的认识：人就是一颗棋子。再高尚的思想也不能改变它的本质。

割腕的徐英子在医院里躺了大半个月了。

婆婆吴覃氏在吴天明小妹的陪同下，来医院探望她。徐英子感觉有些意外，但她并不想原谅这个来探望她出了娘家又一个被称呼为"妈妈"的女人，至少她现在还没有丝毫的心理准备。所以她并不看伊，只是拿眼示意吴天明的小妹端了床前的凳子让吴覃氏坐下。

　　婆婆吴覃氏落座,良久,伊清了清嗓子,开了腔:"徐英子,你到我家有五个年头了,没有给我们留下一点可以让人念叨好的地方。我是不欢喜你,这一点大家心知肚明,我就不絮叨了。这番我到院校办的事的确过分了,在家里我们也都难过了好几天。今天我要到这里来跟你当面说说,省得你心里又打结拧在那里,拿我们家吴天明出气。天明是我的儿子,他永远都是我的儿子。"

　　徐英子的心在婆婆吴覃氏的陈述中越来越冷,待到伊说到吴天明时,她朝着激动的吴覃氏摆了摆手,打断了伊的话,说:"您请回去吧,我不会结下劳您操心的结,更不会去打扰您和您儿子的生活了。不送。"说完,她就闭上了眼睛,任凭眼睑"突突突"地跳动。

　　婆婆吴覃氏有些愤然,张嘴还要说什么,忽然看到一直在对着病床前的一束鲜花发愣的吴天明的小妹冲她摆手,就悻悻地丢下一句话:"这样最好不过。"

　　徐英子隔了眼睑也能感觉到婆婆说这句话时的眼神,但她不知道她对吴覃氏的这抹眼神是躲得过这一时,却躲不过这一世。

　　吴覃氏的眼神是一种与延续在华丽外壳的屋宅里的生命的对峙。

　　当时,徐英子躺在病床上还没有想到这一点。

　　但三十年后,徐英子想到了。她从给婆婆家的定性开始思考。她认为,当时给婆婆家定性为恶霸地主其实是不准确的:"良田千顷实质是为那两家煤矿和典当行筹集资金周转用的,你们家应该定性为民族资本家。"

　　"这是你骨子里的酸腐在作祟。你能那么肯定伟大的人民在下定性结论的时候,就绝对是没有条框划定的?以至于被你这么轻而易举地质疑?"吴天明不屑地反驳徐英子的论断,但同时他也从眼角抖搂那么一点余光,瞥了徐英子一眼,又说,"当然,从私里说,资本家的名分是要比地主的身份有品位些,就好比如今流行的老总头衔总比暴发户名称好听。"吴天明说得不无道理。徐英子在心底里承认吴天明是击中了她的心思,但她不甘于此。

出院的那天,吴天明早早地来接她。车快开到去院校和回家的三岔口时,吴天明问徐英子:"到哪儿去呢?"

徐英子看了看车窗外流动的人群和车辆,说:"先回趟家吧,我要取点东西。"

徐英子踏进家门,就没法先取东西了。

屋子被打扫得一尘不染,客厅的沙发上摆放着她想拿的两只玩具熊宝宝。摆放在客厅通往厨房的过道上的餐桌上,端端正正地摆放了两套西餐具,银制的灯盏上六只红色的蜡烛格外夺目。

徐英子的心底涌起一抹温暖和渴望,她站在客厅一动不动。

吴天明也没有动。过了许久,他轻轻地上前,伸开双臂,把徐英子拥进了自己的怀里。他贴着徐英子的耳根说:"就让我们忘掉过往的种种,重新开始吧。"

吴天明的话十分煽情。而世上的事往往就是这样,煽情的和被煽情的人没有不喜欢浮在表面的温柔浪漫的,而下意识地忽视忽略了夹杂在这抹温情下可怕的,甚至是可以置人于死地的杀伤力。

吴天明成功地在这一夜把徐英子留在了家里。

徐英子向院校正式递交了调转报告。她怀孕了,她在那个温情的夜晚接受了婚姻的重来。

她思忖了数日,决定给吴天明打一个电话。

　　吴天明听了消息,连夜从他出差的城市往回赶,他们约定在院校附近的一家酒吧里见面。吴天明见到徐英子有些激动,说:"我的调转已经办得差不多了,是 C 城的一家国有企业,当法律顾问。你呢? 跟我一起调过去,好吗?"

　　徐英子看着他,心还有些乱。吴覃氏到院校这么一闹,让她和同事们相处都有了一些障碍,她感觉走到哪里背上都像种了刺,偏生这时候又怀孕了。她不得不思考这生命的未来。尽管她夜晚看到过她的儿子来看她,却不再像以往一样与她交谈。她彻底地失去了她的儿子了。

　　"这学期快结束了,放假的时候,我到你那边先去看看再说吧。"徐英子这样对吴天明说。

　　"行,那你这段时间就搬回你娘家住吧,也好有个照应。我还得赶回去,手头的这个案子到了辩护的关键时刻,马虎不得。"吴天明说着伸出手,握了握徐英子的手,走了。

　　徐英子如期到了吴天明新的工作单位。她挺着已开始显怀的肚子,被吴天明轻轻挽了腰,在单位的院子里散步,人很多,但跟他们打招呼的人很少。这让徐英子感觉安全,她想如果真的跟了吴天明调过来,不被打扰不被打听不被打探的环境是十分必要的。

　　接连几天的情形都是如此。这样,在她要回院校去的时候,面对吴天明郑重其事的询问,她提出了一个要求,不要告诉他的家里她怀孕了,其他的就以默许做了答复。

　　然而,生活往往就是这样,它总是在人们对它重新燃起希望的火花时,又撕开了它残酷的另一面。它的目的很单纯,它只是想要看看即将接受它的打击和嘲弄的人类的承载极限。

徐英子在到新单位的第五十七天，她接到了下岗通知书。

徐英子持着院校工作调转书，带着院校讲师的职称，到新单位报到，被安排在新单位的职工合作消费社上班。

她的错愕她的失望她的无奈她的愤怒她的哀愁和她所有的情绪都被她的泪水浸泡、湮没了。她懂得了泪水的碱性是相对于生活这个高酸性的东西的，她把孤独明明白白地写在脸上，下班回到家里按时接受吴天明的劝慰，上班按时面对落满灰尘的商品发呆。

现在，她终于解脱，可以笑了。

但徐英子怎么也没有想到，吴天明愤怒了。

吴天明在屋子里走了好几个来回，而后到阳台上抽了两根烟，进得屋来，说："让个大学讲师去站柜台，我还能当是他们开了一个玩笑。现在，竟然是下岗，我要辞职。"

徐英子听了，彻底放下了她的孤独，感动地痛哭起来。她所有的委屈所有的郁闷所有的失落所有的哀伤都因为吴天明的这个决定而消失。

吴天明在徐英子的呜咽声中，真真切切地感受到了徐英子对爱情的渴望，对尊严的渴望，对新生活的渴望。

他没有忘记自己在医院里对徐英子许下的承诺。

徐英子肚子里的孩子也提前躁动了。

但吴天明想要辞职，却并不顺利，他开始了与单位进行马拉松式的拉锯战，目的只有一个：保留徐英子的企业职工身份，就像当初他进入企业附带的条件一样——给他的妻子一个上班的岗位。吴天明醉了酒，这么向徐英子絮叨时，全然忘了徐英子自始至终都是不知道她的调转是以舍弃她的职业舍弃她的身份为前提的,全然忘了徐英子是一个为要重新开始的爱情和婚姻而奔赴过来的女人。

吴天明醉得昏昏睡去,甚至在睡梦中还露出了一抹战斗过后硝烟尽散般的笑意。

这个时候,正是悄然掀起的商海大潮席卷而来的时代。

这一晚,吴天明和徐英子的女儿降生了。

下部

晚饭后,徐英子就无所事事了。她歪在床帮上,顺手拿起床头上的一本书,并很随意地翻开了一页。书中说,进化永远是痛苦而寂寞的,并且,除了忍受寂寞痛苦以外,一点办法也没有,物竞天择。她忽然想到一个问题:婚姻的成立是不是在人类进化的过程中从一开始就意味着痛苦和寂寞呢?而她这么一想问题,她的嘴角就无意识地滑过一丝嘲弄般的微笑,读书的兴致全无,但她还是注意了一下手中这本书的名称——《物类的进化》,她的心里闪过一丝疑惑:什么时候吴天明开始尝试阅读带哲理说教式的文章了?

吴天明是她丈夫,但他们已经有二十多天不曾注视过对方一分钟以上,徐英子甚至都有些记不太清楚他们有多久没有亲昵过了。

女儿下午打电话到单位,问她回不回去吃饭,她答了不回。女儿没有像以往一样直接挂了电话,而是接着说:“妈妈,我觉得你整天地忙,像一列火车似的,回到家也只做短暂的停留。”

徐英子闻言,心猛地紧缩了一下,她尽量舒缓了语气说:“这个比喻妈妈喜欢啊,那你觉得妈妈把家当成什么了呢?”

“站台啊,火车停靠的地方。”女儿说。

"那你觉得妈妈的终点会在哪里呢?"徐英子抬手抹去了流下来的眼泪。

"可能是单位吧,我说不清楚。"女儿说完,挂了电话。

吴天明在辞职前,终于还是争取为徐英子留住了企业职工的身份。如此,他们的女儿三岁的时候,徐英子又上岗了。

徐英子下了床,轻轻拉开卧室的门,看见女儿房间里漏出一缕橘黄的灯光,就又重新回到床上。

吴天明出门前,有过一瞬间的犹豫,他想叫上徐英子一同去"零度空间"。但话到嘴边还是咽了回去,他看到徐英子径直在收拾碗筷,眉眼儿没有丝毫抬起的迹象。这样,他就有些暗恼了,兀自出了门去。

就城市娱乐空间而言,在某种意义上,人们已经无处可去。迪斯科舞厅一度以其澎湃的活力使人们激情奔放,但今天人们感觉它那简单的节奏多少已有点乏味;卡拉 OK 厅一度以它声画对应的结构使人们倍感新鲜,但今天人们亦感觉到无论是《朋友》还是《梁祝》都不过尔尔;至于那遍布全城的夜总会更是一些令人窒息的空间,难以找到令人渴望的"灵感"……走出这样的一些空间因而便变得必然,有人鼓吹着走向自然,走向另一个更为开放的空间。但自然意味着什么呢?

这一夜,吴天明没有回家,他一直坐在"零度空间"的雅座里,空泛而深刻地思考这些问题和现象。吴天明在叫来第十支酒时,还能记得自己一年前被确诊患了阳痿。于是,他在某一天突然爱上了喝酒和喝酒后的感觉。

酒精的作用是让喝它的人时刻维护着高度的尊严,这是一场战斗,最终的结局不是酒被打败了,就是人被打败了,只有两种结果,不会有第三种。问题是,结束战斗后的战场谁来清理?

　　宽敞的空间里触目可见未加修饰的木桌木椅,让人仿佛闻到了那木质的清香;墙壁也用木板条不经意地遮掩着,在木板条后面的灯光漫射下,透露出乡居的清新气息……都市的时尚男女四散坐着,悠然自得。

　　这便是他们所营造出来的氛围,这就是被他们啧啧称赞的情调,徐英子的眼里不由自主地流露出一丝鄙夷的光芒。

　　而后,她就保持着这样的光芒,开始寻找吴天明。

　　吴天明是娱乐场所里的名人。所以他醉醺醺地待在"零度空间",老板娘是不会驱赶他的。但现在不行了,已经是凌晨四点,场所打烊了,尤其是那些美丽可人的侍应女都要赶紧飞回自己的巢,进入斑斓的梦乡。待到下一个黑暗降临,她们再以最明媚的笑容,缔造夜的璀璨。

　　吴天明不肯回家,只晃着手机,老板娘只好给他的家里打了电话。

　　徐英子很快见到了吴天明,她冲老板娘笑笑,说:"麻烦你到门外叫辆的士吧,让司机进来,搭把手,我付双倍的价钱。"

　　的士载着吴天明,按照徐英子的吩咐,径直去了律师事务所,律师事务所的小邰会在楼下接他。

　　"我觉得我在中年以后变得心硬了,没有什么能打动我的心,也没有什么能够让我的心变软。"徐英子从"零度空间"出来,目送的士载着吴天明远去后,踱步在霓虹灯下的人行道上,对自己这样说,"是生活,是我目前的这种生活状态让我不得不把心用麻木和甲壳

142

包裹起来。"

吴天明不到九点就醒了,也就是说律师事务所还没有上班。他揉揉眼睛,站起来去办公楼的卫生间胡乱抹了一把脸,打扫了一下与酒精战斗后留下的痕迹,出来。他一眼看到了小邰身后门框上挂了一串风铃。"哦,是我昨天买的,忘了带回去。"小邰顺着吴天明的目光,扭头看了一眼,说。

吴天明不曾懂得,风铃的声响会是一种语言,会与爱情有什么关系,只让记忆的某些片段像虫子留在骨髓,钻心地掀开一道无法结痂的伤口。

他进了她的住所,典型的哈 ME 族自我营造的甲壳虫窝,这让他想起卡夫卡,那个写甲虫的家伙。其实想起他只不过是因为感觉自己就是一只甲虫,无论群居还是独处。

他最近距离地看到了那串风铃。紫色,玻璃,蝴蝶……

"你喜欢?"她仰着脸问吴天明。

"是的,想起一个外国人。"吴天明把风铃碰得响了一阵,他开始后悔到她的窝里来了。

"别指望我们会迅速地牵手、拥抱、接吻,或者还有其他。这些热闹,在街头的书摊上尽可以听见蝴蝶的尖叫,到处洋溢着这夜半时分的煽情,低矮潮湿的录像室里或许正在播放着黄色片段。但这都与我们无关。"她神态自若地把冲好的咖啡递给吴天明。

吴天明的窘迫立时被咖啡升腾起来的袅袅热雾掩盖了,他埋下头只管喝咖啡。这一刻,他感觉她才像虫子,就好像她的名字——曲珊,可以钻进人的心里。

吴天明突然间有了一种强烈地要占有她的冲动。

如果日子是杯白开水,那七月十二号就绝对不会多出糖的味道。阳光苍白得像一张风尘女子的脸,天空也因为情绪而变得枯燥。徐英子躺在别墅的草地上,青草像一条河流,静静地淌过她的身体和灵魂。

突然间有想抽烟的冲动。这里是她的世界,她用人类特有的私欲将它占据,没有谁会知道她在这里恢复最原始的感受,抽烟吧,喝酒吧,其他呢? ——她笑了,好像与精神文明不太相符吧,与主流不符的东西,不想也罢。但笑什么呢? 虚伪? 矫情? 造作? ……

烟圈在飞,蝴蝶在飞,天空干净得像吴天明办公室里那块粉红色的抹布。

徐英子眼角挂着的一滴泪至此因为想到吴天明而落了下来。她能清晰地感觉到泪滑过的痕迹是那么冰冷,直达她的耳边,就像吴天明没有表情地在说:"生活嘛,总得经历约定俗成的过程,像女人恋爱、怀孕、流产,过程而已。"

那时候,徐英子已经意识到自己和吴天明之间的危机了。

确切地说,这份危机并不是来自两人中的某一方,而是时间——他们可以相聚的时间太少了。和所有四十左右年纪的人们一样,他们需要为今后的生活打拼。而两人的职业恰恰都要在外奔波,所以总是这个刚回来,那个又要走了。

曲珊和吴天明在同一家律师事务所上班,徐英子知道。徐英子还知道曲珊和小邰正在热恋中。但徐英子又知道了曲珊喜欢吴天明,这是吴天明亲口告诉她的。吴天明说:"老婆,我感觉我被一个同事瞧上了,因为每次我们两人眼神交错时,都会有些尴尬。你说我该怎么办啊?"

144

"那你也去爱啊,左右你精力充沛着呢。跟我说什么呀?无聊。"徐英子讨厌在刚刚亲热过的这一刻,吴天明告诉她的这个事,莫名地生出一丝满足来:吴天明绝非一个背叛婚姻的人。

事实上,徐英子觉得律师事务所这样一个人多眼杂的地方,曲珊和吴天明想要做什么很难。况且曲珊和吴天明也不是业务上的搭档,见面点个头就过去了,除了出差,下了班,吴天明每天都是准时回家。所以,也没什么可劳神费心的。人能管住有形的东西,谁又能管得住无形的东西呢?比如说思想,比如说幻想。曲珊和吴天明至多也就是能搞出点柏拉图式的刺激罢了,因为吴天明的心底从来都只有他的事业最为重要。

但是事情还是朝着徐英子想的反方向发展了,并且来势凶猛。

那天异城的客户突然要求律师事务所派两个人去一下。吴天明那组的小郜因为病毒性感冒,正在医院吊水。头儿就说:"小郜那摊子业务曲珊也比较熟,就她和天明一起去吧,三天,很快的。"

吴天明笑着说:"好。"又笑着看看曲珊。

第一次合作,却很默契。到第三天上午,事情都办完了。从客户那里出来,吴天明问:"要不要多留一个晚上,我陪你在这边转转?"

曲珊一顿,扭头,看见吴天明询问的目光,深邃而亲切。

"算了,回去吧,你女儿还在等你呢。"曲珊笑着说。

吴天明也笑了,好像还轻轻吐了口气。

三天,足够发生一些事了,却没有。

火车停靠在城市的站台上,两人相互告别时,曲珊的眼里有淡淡的星光一闪,她轻轻地说了这样一段话:"我不能保证下次也不发生,只是这次没有发生罢了。我一点没有故作高尚的意思,任何决定,都是没有对错的。"

吴天明有略微的沉默,而后他迅速地拥抱了曲珊,说:"到'零度空间'等我。"

曲珊没有去"零度空间",而是在自己的家里为吴天明打开了房门。

吴天明依稀记得两个人做爱时,有风铃声声声入耳。

也笑过,也哭过,也大吵大闹过。

所以那阵子,徐英子总是在想一个问题:要不要离婚呢? 有人说,离过婚的女人有种特别的魅力,这是因为她们的心下过地狱,看到过生活的另一种颜色。

她想起事情被揭穿的那天。

小郜把结婚请柬送到家里来了。日子定在七月十二号。新娘是一个陌生的名字,徐英子心里不免有些诧异。

在婚礼上,看到一个人淡如菊的女孩子,没有曲珊漂亮,浅浅笑着,立在小郜身边。

徐英子就拿了眼睛四下里寻找曲珊,她看见曲珊正被一个男人宽阔的臂膀拥了,向礼堂的大门口走去。

那个有着宽阔臂膀的男人赫然就是吴天明。

徐英子想喊住他们,她张大了嘴,却失去了声音。她掉转头看小郜,一下子就明白了小郜送帖子到家里的用意。最相爱的人,未必懂得如何去相爱。习惯了激情,会没有办法面对激情过后的平淡。

徐英子把自己直接从小郜的婚礼上撤到了单位。五天后,她给吴天明挂了一个电话,说:"女儿已经十二岁了,该带她回去认认她的奶奶了。"

吴天明其时正在曲珊的窝里,猛然听到徐英子的这个建议,愣了,半晌才说:"等我晚上回来再说,好吗?"

徐英子轻轻地笑了,说:"不必了,我已经买好了车票,也给女儿请好了假,你顾自享乐着吧。"

徐英子带着女儿踏进久别的婆婆吴覃氏家,只有伊一个人在家。"你们回来了,我的儿呢?"吴覃氏对徐英子带着女儿回来并不意外,这让徐英子感觉到她的犀利刻在显而易见的苍老里,越发深邃。倒是她的冷漠因了徐英子女儿的乖巧而逐渐升温,浑浊的眼睛里流露出些许和蔼,她招呼了她们娘俩进屋里坐。

"左右你已经帮孩子请假了,她就在这里多留几天,你工作忙,不如就早些回去吧,改天我打电话让天明回来接孩子。"吴覃氏一边说着,一边牵过了徐英子女儿的手,说:"你妈心狠着呢,都长十几岁了也不让我们瞧上一眼。"

徐英子顿时彻底明白,她是绝对不受这个家欢迎的。她抬起头想说点什么,却正与吴覃氏的眼神碰个正着,深藏在心底的那抹恐惧陡然苏醒,只有她自己知道她对带女儿回到这个宅子里来的懊悔有多深,有多沉。

但这也促使她做出了一个决定:战斗,但决不离婚。

"有人说,每一段爱情的能量都是注定的。爱得愈激烈,消耗也愈快。就像焰火,漫天绚烂以后,片刻就成为灰烬。只有恬淡从容,才能一生。再比如说,哈姆雷特只有一个,但一千个人听《哈姆雷特》就有一千零一个哈姆雷特。谁能保证我们的生活都是一个模式呢?"徐英子一边跟新来的同事说,一边又想到了另一句话:"你怎样选择,你就怎样生活。"

此时,吴天明正在医院里等候检查结果,他在由徐英子宣战的日子里,因了徐英子对婚姻的坚定捍卫而受到曲珊的蔑视,他已然开始力不从心。

十分钟后,他拿到了诊断书。

买醉,大抵是这个世界上最好的归宿了。

回归婚姻的吴天明,一边糊涂地醉着,一边清醒地活着。

这狗日的中年。

城 市 游 走

（一）

白灼的阳光,映得流动的空气逐渐凝重起来,恍恍惚惚地浮在城市林林总总的高楼中腰,并使得仍倔强地透射过来的光落到城市的大道及沿街而赁的铺子上晃动,川流的人群不约而同地蹙了眉调整视线,以便努力让光影与背影清晰些。

城市的这个夏季倏然而至,街头行走的人们都在嚷嚷着一句话:"今天这暑气挠人,灼慌得很。"

面对城市,若子很慌乱。若子待在她的工作圈里时间太长了,长到她的思维都被框定在"居室、办公室"两点一线中不转弯的存在而并不觉得单调与枯燥。若子的朋友对她一成不变的生存方式莫名地愤懑,他们说:"若子你该'换脑',否则你连现代生存的基本法则都不懂。""若子你该和城市打交道,这样才能磨炼你的竞技本能,最终寻找到一种适合你自己的生活状态。""若子你这般四平八稳的所谓安然,是一种麻木。"

若子一概笑之,这并不表示她大气,而是她认为每个人有每个人的生存准则,就如同家庭消费,有的人家安装空调,有的人家购置电风扇,无非都是为了提高生活质量。若子有了这般思想,就对劝导她的朋友们说:"瞧瞧你们口中的城市是怎样地张牙舞爪,感觉你们就像是城市上空的候鸟,栖息城市却永远无法蜗居城市。"

"城市是流动的,我们需要奋力游走。"这个清晨,若子五点钟就醒了,梦被浸润在后脖颈窝里的汗渍打湿。一时间她闹不清是梦对着她,还是她对着梦喊出她这般对城市最深切的感受。

光映着大道白晃晃地诱着若子在城市游走。若子下岗已经半年了。她蛰伏在居室打发囊中羞涩的日子。她的候鸟般的朋友们用现代通信工具频繁撒网依然捕捉不到她的点滴踪影后,大急,派两名代表直赴居室,叩门"匪"入,劈头盖脸的第一句话就是:"你的麻木该有所疼痛了吧?"这便引得若子积攒了半年的泪如泄洪般咆哮着汹涌而出:"我怎么办?怎么办?"哽咽使得她的声音和语言在声带的挤压下漏出一抹怪异和冥顽不化。朋友气结而笑:"若子,若子呀,你到城市来吧,换个活法。"

若子打点行装决定去拜访城市时,并不确定自己的目的地。而这个夏季在一夜间燃烧着、裂变着太阳的黑子倏然而至,让她对城市产生了一种不洁感。

但城市是万象的,万象又使人极易产生美好的理想。若子穿梭于街巷,决定先看看。于是,当她迈进第十家成衣店时,她看见店主是一名三十多岁的男子,他坐在小板凳上,面前支着一张堆满了减价衣服的钢丝床,见若子进店,并不动,只抬眼扫了她一下。焦躁不安的若子问:"哎,能不能请教一个问题?"

店主仍不吭声。

若子语气不好地说:"为什么我走进的每一家店铺,撞见的都是尴尬?"店主连连摆手说:"打住、打住,我可没工夫听你转嫁在别处受来的怨气。你需要点什么?"

"人与人的沟通及一份工作。"若子坦言。

"嘁，满大街的人好像都在找工作，对不对？"店主伸着懒腰站了起来。

若子点头，见零乱的减价衣服中敞着一本书，就蹲下看，是一本《圣经》。

"你信仰上帝吗？主会指引你。"店主忽然说。

"不，但我祖母是虔诚的基督徒。"若子的眼睛落在翻开的书的一段文字上："你们要圣洁，因为我耶和华你们的神是圣洁的。你们各人都要孝敬父母，也要守我的安息日，我耶和华你们的神，你们不可偏向虚无的神，也不可为自己铸造神像……"她的眼就疼痛起来。若子年迈的母亲得知她的近况，曾强烈渴望她能回到她居住的小镇寻找一份工作，但若子拒绝了。这一刻，若子却急切地想回到母亲身边，"家是我们不必产生羞愧感而厌倦漂泊厌倦喧嚣厌倦奋斗厌倦思索厌倦……的永远的割舍不下的沉于溺爱的归宿。"书上的文字跳动着，钻入若子的眼底。

"去劳务市场转转吧，兴许能有好运。"店主注意到若子的恍惚，好心地说。

（二）

城市的夏季漫长得让若子绝望。她寄居的这家房东不时地叩开她的房门，闲淡地扯上几句天气、衣饰之类的话题，留下一句自始至终不变的关切："还没找到合意的工作吗？不要紧，慢慢来。"

"哼，慢慢来，到什么时候？"终于有一天一个与房东一同来串门的女孩毫不客气地对若子说。女孩梳着一头栗色小卷短发。"我叫登登,认识一下。"女孩冲若子撇嘴,又赶踩着若子的惊愕继续说,"听说你曾经是单位的优秀工作者? 想不到会下岗对不对? 择业挑剔对不对? 想一鸣惊人显示实力对不对? 腻不腻呀,一个人的能力有多大,那都是一个环境局限里有了比较才显出来的。城市原本是有局限性的,但现在没有了,形形色色的意识流和客观存在早已撑破了它的边框。知道吗? 城市开始无限扩张,个人的能量简直微乎其微。你飞来了,就得抛开以前种种,和这个城市一同疯狂地肿胀、伸缩。"

"你是这样吗?"若子想起她的朋友们曾经也这样描述城市。那时候,她安逸地待在居室里用清茶款待她们,对城市的感觉因了遥远而陌生而冷清,但绝不是恐惧。这个叫登登的女孩这般冲她叫嚣城市时,让若子突然触到了城市的亲切和宽容。她有片刻的记忆空白,恢复了思维后,她问面前的女孩。

"是。"登登挑起她圆润的下巴颏直视若子。若子觉得她以一种挑衅的姿态捍卫自己的观点。

"郑总,这是能信手拈来做任何文案的若子。若子,这是才情俱备的郑总。"登登在一个黄昏的咖啡屋郑重其事地帮若子找工作。

肚子腆得老高的郑总搂着若子柔软的腰肢滑入舞池时,不知怎的,若子端好的国标舞架子,却被郑总轻轻松松地化解了。他用两只细腻肥胖的手捏搓着若子的手,"若子你的手好软呀。"郑总说这话时,登登正贴在一个约莫四十岁的男人身上,脸上挂着笑,旋转着从若子身边滑过。若子瞪了登登一眼,才和郑总说话:"是呀,我没干过重活,在家连碗都不用洗。但从没想到我的手原来还可以这样被夸赞。"若子说话的时候脸上挂着笑。笑容在这一刻让若子奇怪地觉得自己和登登是孪生姐妹,而这种感觉又让若子有如噎住一样难受。由此,她的笑容逐渐褪色,她用力地将自己的手抽出来,低语:"知道吗? 我想骂人了。"郑总有一丝尴尬,他们静默地跳完了一支舞。回到座位,郑总突然说:"若子,你同意的话,明天就来上班。告诉登登,我十分满意她今天办的这件事,先走一步。"

登登听了若子的传话,愣了一下,片刻又恢复了她平日满不在乎的神情,说:"若子,男人都一个品位,他征服了的就鄙视,他征服不了的就仰望。你用什么方法让他低头的,尊严?"

"或许还谈不上尊严,顶多是渴望一分尊重而已。"若子说,心底不由得叹了口气,笑容在被扭曲膨胀的城市里不知不觉地蜕变成一件武器了。

登登几乎每天都要传呼若子,问问她的情况。若子都说好,但她瞒去了郑总每天必来她办公室小坐,却又一言不发地走的细节,至于为什么会瞒去这个细节,若子也扪心自问过,但不得其解。

周末,登登再打传呼过来时,若子就约她星期天一同去看她新租的房子。"一室一厅,厨卫齐全,我喜欢。在客厅里摆上一溜长沙发,进屋就能把自己甩在上面,可以凡事不想。"登登笑嚷。

"有一个人对我说过这样的话。"若子说。

"男人?"登登又挑起她的下巴颏,"若子,你小心点,城市里已没有值得信赖的男人。"

若子摇头,又点点头:"回吧,给你一把钥匙,任何时候来,门都是敞开的。"

"那你得保证,哪天回来碰见我和值得你为他租赁住房的那个人在一起聊天什么的,别呷醋。"登登半真半假地要若子发誓。

"那就击掌鸣誓。"若子拗不过登登,举手拨了拨她满头的栗色小卷,心不在焉地说。

（三）

郑总一进办公室，若子就感到了一股压力。她皱了皱眉，勉强压下心底直蹿的这股子不安，挂上一个笑容问："你好，郑总，有事?"

"你为他租房?"尽管声音嘶哑，郑总仍不失咄咄逼人。

"这是我的私事，对不对? 郑总。"若子十分强烈地感受到她内心世界的不安在裂变成一种羞愧。她讨厌这种感受，她想用一种坦然直视与这种裂变抗衡，然后就看到郑总的脸色已然铁青了，这使得他的两只眼袋越发青黑。若子从来没有这么近距离地注意到岁月能把一个男人冲刷得如此衰弱，甚至是丑陋。她缓了语气说："抱歉，郑总。如果你觉得不妥，我可以退出合同拟订组。"

"只能这样了，若子。"郑总回到他日常静坐的沙发上。良久，又说，"若子，他有家室。"

"我知道。"若子的泪流下来时将身子转了个向，面对苍白的墙。他叫吴竞。

公司签了一单巨额合同，举办宴会。若子着一袭墨绿长裙，被郑总引导着，和每一个来宾客套地说着久仰、幸会之类的场面话。若子注意到几乎每一个人都要在客套过后冲郑总笑："你啊，哈哈，哈哈。"那份暧昧令她背有芒刺。

"奇怪，背影僵硬，反衬得你更有味道了。"一个磁性的男声突然在若子的耳旁响起，吓了她一跳。若子略带愠怒地别过了头，看到一张嘴角噙着嘲弄意味的男士，冲着她说："我叫吴竞，天达实业的。听说是你把合同条款修订得天衣无缝，从而夺走了我们公司的这笔业务? 幸会，幸会。"

若子的愠怒顿时就有些泄了。公司这笔业务的确是从天达公司挖来的,听说天达不顾生意场上的行规,和甲方摊牌。甲方不得已,退了一步,以双方合同条款修订为最后定夺。郑总把一摞资料交给若子时说:"若子,公司里百十号人的饭碗就看你的了。"易水东逝啊,若子接受郑总交代的任务时就这种感觉。但这会,面对眼前这位自我介绍的人,她觉得自己当初的感觉挺肮脏的。"抱歉。"她不由自主地说。

"哦,你真有什么不对吗?"吴竞嘴角的笑意更深了,深得倏然将原本的嘲弄全部吞噬了。

觉察到这一点,若子心底因为他的反问而产生的窘迫逐渐消弭。"不知道。"若子老老实实地答。

"改天请你聊天,若子。"吴竞郑重其事地说。

若子鬼使神差地开了个玩笑:"为了一个敌人?"

"不,城市无战场,即便有,也永远没有敌人,只是一场自己和自己的战争。你读《圣经》吗?《圣经》说,我听到了许多人的谗谤,四周都是惊吓,就是我自己的朋友也都窥探我,愿我跌到,说:'告他吧!我们也要告他。或者他被引诱,我们就能胜他,在他身上报仇。'然而耶和华与我同在,好像甚可怕的勇士。因此,逼迫我的必都绊跌,不能得胜,他们必大大蒙羞,就是受永不忘记的羞辱,因为他们行事没有智慧。阿门!郑总只是拿走了我的业务,我却因此而相识了你。"吴竞口若悬河,翕动的气流拂过若子的面颊,暖暖的有一丝爱意。

"谢谢,我一定赴约。"这一整夜,若子都在回味与吴竞相识的每一个动作和每一句话。

第二天,尽管若子的脸色因失眠而透出怠倦,但她仍神采飞扬。

郑总坐在她对面的沙发上探究地望了她好一阵才走。

若子打传呼给登登,请她吃午饭。"姐呀,我的作息安排是睡觉。你今天加薪水,不一定要立即请我吃饭的。我好困,你一个人吃吧。拜拜。"登登的拒绝让若子倏然轻松。她对登登撒谎,她是想找人一同分享她的快乐,她在城市开始触摸爱情这个不可思议的东西。但她告诉朋友的理由却是加薪水了。

若子开始刻意地聆听电话铃声,一天过去,又一天过去,到第三天,她对电话铃声莫名地产生了恐惧,她暗自在城市的这方栖息地煎熬着一个人的爱情。而肆无忌惮或温情或冷酷或急切或缓慢的电话铃声也一天天将若子心中的爱情震得片片凋零,灰飞烟灭,城市和人都变得百无聊赖起来。

登登来看她:"郑总给你难堪?"

"不,是你不陪我吃饭。"若子认真地说。

"哈哈,若子你什么时候也会绕圈子了?我只有一句话奉告你:千万别被情所困。"登登大笑,又说,"若子,我就是喜欢你这种白纸一样简简单单生活的样,白纸溅上任何斑点都必将一览无余地展现在人的眼皮子底下,就看你自己怎样取舍了。不过,城市已经是个混浊的膨胀物了,你还是学会藏着掖着点好,别被人一眼望个透。"

于是在被登登告诫后的第十五天,吴竞的电话打过来时,若子强迫自己平静地说:"是吴大经理,你好。真抱歉,今晚我有约。"

"找个借口辞了它,我六点来接你。"吴竞挂了电话。

"你是谁?你以为你是谁?"还有一刻钟六点,若子心里别扭,破例请了假先出了公司,给登登打传呼。登登答应晚上带她去她上班的舞厅消磨时光。从电话亭出来,若子望见吴竞的车停在公司楼下,仰面打开了手机。她迟疑了一下,还是招手挡住了一辆的士,再回头时已不见吴竞的身影。

登登趴在一个浓艳的中年妇人耳边嘀咕了一阵,这才拉着若子的手坐到闪烁着昏暗灯光的舞池外的一角沙发上:"今晚我请假,专门陪你。"

"左右都是跳舞,不必请假,影响你的收入。"若子听登登讲过她的收入是计时的。

"你不懂。喝点什么?"登登打了个响指,一名穿着旗袍的服务小姐轻飘飘地走过来,"两杯柠檬汁,加冰。"

来请登登跳舞的人很多,都被登登笑着拒绝了。

"他们好像跟你很熟?"若子叼着吸管问。

"管他们,"登登瞥了一眼舞池,"跳舞吗?"

"好",若子被登登拥进舞池时,似乎看见吴竞被几个人拥着在吧台前,再看就不见了。

"有熟人?"登登亦回头看了看。

"好像,但转眼不见了。"若子说。

"肯定是进歌厅了,要去看看吗?"登登住了舞步。

"不,不用。"若子和登登回到座位时,浓艳的妇人走过来,反趴在登登耳边嘀咕,登登霎时面露难色,望若子。若子就冲她笑:"有事你去好了,我一个人待会儿。"

"真不好意思,登登,你叫你朋友尽管点吃的,我请客!"浓艳的妇人说着就和登登往吧台边走,一会儿就不见了。

(四)

若子出得舞厅,迎面扑过来的清新空气让她猛地打了一个寒

157

战。城市的霓虹灯泻下来的光暧昧地包裹住了若子。"暧昧原来亦是可以温暖人的。"若子暗想。这时候,她听见一个熟悉的声音:"急呼冰小姐,速来火凤凰浣溪厅。"

是吴竞,他在吧台门口打电话。若子下意识地往霓虹灯旁的暗处挪了挪。冰小姐?若子记得登登曾讲过她们那一群中有个特别的女孩,为了一个对她讲了一句"你挺像我老婆"的男人,心甘情愿地倒贴钱供那男人挥霍。"其实,两人都变态。"当时,登登还这么说了一句,"男人以坦率来掩饰他的背叛,女人以虚幻来构筑她的圣洁。哧,阿冰就是看不穿这一重关系的相对性。"

若子回到吧台证实了吴竞传呼的冰小姐就是登登口中的阿冰。城市如昼的夜晚突然间将吴竞、阿冰联系到了一起,若子的心开始猛烈地抽搐,她急切地漫无目标地奔走于夜的街道,想寻找一个能缓解情感痉挛的镇定剂。所以当她看到电子射击枪时,便径直走过去,坐到射击位上,闭着眼睛连连扣发扳机。好一阵,她睁开眼睛,才发觉自己已被人群围住。人们屏住呼吸看她,脸上挂着同情和疑惑。若子顿觉狼狈,她分不清谁是枪摊的主人,只得空洞洞地冲着人群问:"多少钱?"

"十枪一块钱,一共二十块。"一个男人赶紧说。

"大约都以为我是疯子了,"若子递钱的时候挺善意地冲这个收钱的男人笑了笑,心想,"你有枪你怕什么?"

围观的人们在若子的身后窃窃私语。

"你有枪,你怕什么?你已经将我击得体无完肤,若子。两百发子弹,整整两百发。"吴竞站到若子的面前挡住她的去路时,这样说。

"我若是阿冰,早已一枪击穿你的心脏。"若子不自觉地扬起了她的下巴颏,在城市,她学会了同登登一样捍卫自己观点的方式——挑衅。

"果然你误会,若子,我并不知道你今晚的约会就是到舞厅来消遣。我是半道上被人一同哄闹着来这舞厅的。见到那个叫登登的女孩,她说有个朋友还在外面等着,老三就说不如一同叫了来唱歌。那个登登就翻了脸说若子不是这种人。我一到听你的名字就急了,问你在哪,登登挺懊丧地说你在吧台问问冰小姐的情况后就走了。我立即就想到我替老三打的那个传呼。你不知道,我在街道穿行找了你快一个钟头。"吴竞一口气把话说完。

"真的? 你确定自己是要找我?"若子盯牢了吴竞的眼睛。

"我发誓,"吴竞举起右手,"我若撒谎,必将失去若子的信赖。"

"那我们回舞厅吧。"若子冲吴竞笑了笑。

"算了,已经很晚了。我送你回去。"吴竞拦住一辆的士,"在哪?"

"胡家巷。"若子说。

"离你上班的地方挺远啊。"吴竞皱了皱眉。

"还好,有公交车很方便。"若子说,"车就到这吧,谢谢。"

但吴竞坚持要看看若子的房间,一边看一边说:"若子,你简直是苛刻自己。你至少该换一套一室一厅的房,在客厅里摆上一溜长沙发,进屋就能把自己甩在上面,可以凡事不想。"

"我以前的居室就是这样。"若子有些不悦,但她还是打算在城市的冬季到来之前换房,伴着寒风搭乘公交车上下班确实有些麻烦。

郑总走进办公室,将一沓文件递给她:"若子,你先看看这些,我决定拿下这笔业务。总体上来说,一些合同条款对我们十分不利。你先到合同计划组协理事务,把有漏子的地方修订好。这笔业务做

159

成了,我会向董事会提出升你做部门经理。"

"我尽力而为,郑总。"若子不知怎的忽然想起前次吴竞的败北,就又问了一句,"这笔业务是我们独立拿下的吗?"

"目前我们是第一家接洽单位。"郑总沉吟了一阵说。

登登打电话过来:"若子,晚上我到你那儿住。"

"你不是有钥匙吗? 得空,你干脆连晚饭也做了吧。"若子说的时候,心情还很好。

若子去合同计划组报到,却碰到一件不愉快的事。一个叫阿美的女职员正指桑骂槐地对组长说:"给你派来一个大红大紫的能人,我们这帮子人是不是就要应了那句古训,兵熊熊一个,将熊熊一窝呢?"

郑总当即变了脸,让阿美滚。阿美的脸色也不好看,叫嚷:"当初你不也是这样利用我的吗? 我承认我比不上她,但你若知道一个事实,你也得意不到哪里去,她要不是心里有人,就是那个咱们公司的对手,她抵挡得住金钱、名利的诱惑? 不信,你问问她何以对你视而不见,无动于衷?"组长赶忙将科室的门掩上,又过来拉阿美。

郑总把目光调转来望若子,若子低下眼看见自己的两只手紧紧地扭在一起,手指尖都要涨红了。

刚才美好的心情被这份无法言说的愤怒弄得荡然无存,并且她无法不把这份糟糕的心情一路带着进家门。因此她推门进屋时,不觉愣了,奇怪,登登搞什么名堂,餐桌上点了一支蜡烛,温情地照着满满一桌子的菜。

"登登?"若子喊了一声。

"我在这。"登登从卧室出来,烛光里的她让若子一瞬间产生了幻觉,从卧室里出来的是一个她并不认识的刚走出校门的小女生。片刻,若子才恢复了常态,看着登登一袭简朴的打扮笑了:"闹什么呢?"

"别,别笑,今晚我只是做回我初来城市时的那个登登,她清纯、美丽、不谙世事。以前你见到的是早已随同城市一起变形了的登登。简单了,反而顺眼了,是不是?"登登又扬起了她的下巴颏。

"不,笑无论如何只是一种表达感情的方式而已。说真话,我更喜欢你现在的样子。"若子说,脸上却没有一丝笑意。

"那就好,我想今晚我们的谈话一定能在一个彼此理解继而融洽的气氛中进行了。"登登走近桌子,若子发现她未着一丝铅华,脸颊泛出一缕与她的年龄不相仿的青色哀愁,这让若子再次吃惊。

登登的菜烧得挺合若子的口味,若子和登登就一下一下地碰杯,红色的葡萄酒在烛光里晃荡,若子直觉血液在猛烈地冲击头顶,她只想以说话的方式来抵御这种震荡,她张口说:"登登,你为什么哀愁?"

"不,你看错了,是快乐。若子,是快乐。并且只要你答应帮助我,我就一定能如愿以偿地让他受到惩罚。"登登不停地摇头,快乐地笑着。

"他? 他是谁?"若子亦笑,登登可能醉了,她想。

"郑季德,知道吗? 郑总。"登登忽然不笑了,一字一字地吐出这几个字。

"郑总? 为什么?"若子也不笑了,她用手使劲掐自己的额角,想阻止血液在酒的蛊惑下窜动。

"为什么? 三年前,我就是今晚这个样子和郑季德认识了。那时候他的妻子刚刚去世。他不停地夸我有才华,安排我做文职,还每天来我办公室小坐却又什么都不说。终于有一天,我把爱情和梦想都给了他。相处一段时间后,我感觉到了一抹来自他举手投足间流露出来的轻侮,我告诫自己这只是自己的无端猜疑,爱情是没有轻佻的。然而有一天我怀孕了,他却轻描淡写地说,怎么可能呢?搞清楚了再说。我当时就气昏了。醒来,我一言不发地去了医院。我发誓我要加倍地把这种痛还给他。"登登有些气喘,她停顿下来,举杯又吞了一大口酒。

"于是,你介绍我去他公司上班?"若子问,她感觉到了头顶的血液倏地回落到了手指尖,一种被友情背叛的冰冷感又迅速地从手指尖浸了出来,导致体温开始回落,"你每天打电话问我关心我,都只是想知道进展如何?"

"开始是,后来不是。"登登迎着若子的目光,忽然笑了,"若子,别把我当敌人。记得吗?你曾经憔悴了一段日子,我以为是为郑季德。但你说是因为我不肯陪你吃饭,我就明白了,你为情所困了,但绝对不会是郑季德。我们是同龄人,当爱情来临时,我们没有理由不歌唱不欢乐不忧愁。也就是从那时起,我有些后悔我做的事了,请你相信我的诚意。"登登讲到这里,望定若子。

"我相信,但我想知道为什么你今晚要将这些事讲穿呢?"若子的眉头蹙得更紧了。

"抱歉,若子。我听说郑季德要升你做经理,我想他是开始真正赏识你了。那么,你能设想一下被一个值得信赖的人所唾弃的感觉是不是很痛苦?我想请你帮我,将目前你接洽的业务合同书复印一份给我。"登登眼底闪烁着一丝快意,她望着若子,"我要让郑季德受到痛苦的惩罚。"

"登登,"若子艰难地将自己的目光从登登的渴望中移开,"登登,下午我被一个叫阿美的同事指责,并戳穿我心底的秘密。那个时候,我愤怒得想把绞在手指间的屈辱全砸到她身上,但我忍住了,登登,我能体味到她的怨恨和绝望。对你,我也能。可是,登登,你明白,每个人有每个人的行事原则,对不对?"

"你不肯帮我?"登登眼底浮起一层泪光。

"是。你说过城市是一个没有了边框的变形体,登登,或许我也开始和城市接壤了,从友情上说我该帮你讨还一个公道。但从自我来说,登登,我不想破坏设立在一个人心目中的完美,更何况这还可能牵涉到商业犯罪。"若子喝了一大口酒,说。她不想以诸如你不能利用人与人之间的信赖,你不该设下这么一个报复的陷阱等等指责来回绝登登。城市没有战场,一个报复的陷阱如愿以偿地网住了它张开嘴等待吞噬的猎物的过程,最终都只不过是一场风花雪月的故事,尽管充溢着温柔、遐想、甜蜜……梦醒时分,舔舐伤口的永远都是孤独的时间。若子虔诚地希望登登能懂得这一点。

"算了,早知道可能会这样。"登登入睡前,再次问了一声,"若子,我们仍然是朋友?"

"当然。"若子流下了泪,她冲黑暗笑了笑,"我以前有种直觉我们是孪生姐妹呢。"

(五)

吴竞打电话给若子:"你换房也不通知我?"

若子就笑了:"没有合同条款吧。"一放下电话,若子的笑就僵持在了脸上,仅仅留存着笑的空壳。"笑仅仅有利于健康,让我好好生存好好笑。"吴竞对若子说这句话时,若子前一刻刚刚知道吴竞有家室。

吴竞去洗手间,他放在桌上的手机就响了,若子听了许久,才决定替吴竞接下这个不屈不挠作响的来电,"你好,哪位?"

　　"哪位? 他老婆。你哪位? 就是让他要跟我闹离婚的女人吧……"对方将声音磨得如针尖般地直刺过来。若子有一瞬间眩晕,她看见吴竞正走过来,就挂了手机,仍把它放在台上。

　　手机很快又响了起来,吴竞看了看来电号码,关了手机,冲若子笑笑。

　　若子就有些孩子气地问:"笑,意味着什么?"

　　"笑仅仅有利于健康,让我好好生存好好笑,这种解释可以吗?"吴竞说。

　　若子突然就想哭了,她站起来:"跳支舞吧。"

　　闪烁的灯光五颜六色地把若子关于爱情的梦想斑驳地切割成一缕一缕的叹息,在城市的上空无限扩张、飞扬。她咀嚼着吴竞关于笑的诠释,告诫自己:"你只可拥有一个人的爱情啊,不要奢求爱着的那一方与你一同疯狂。"

　　"你要笑,笑着才能好好生存。"若子重新租赁了房,只告诉了登登一个人。

　　若子再见到吴竞时,吴竞的嘴角仍挂着微笑,他说:"若子,我们第一次见面时,我记得要约你聊天,你却一个人跑到舞厅消磨时光去了,那个时候你清纯得如一弯溪水,清澈见底。你什么时候开始变了? 变得深沉与冷漠了,是那个该死的电话,那个我承认我刻意要隐瞒的人打来的电话,是不是?"

　　若子无言,她不知该怎样回答。

　　"我承认我在处理这件事上对你有欺骗性,但若子你要明白,在我认识你之前,我们的婚姻就已经破裂了。"吴竞嘴角的微笑在急切的解释中逐渐隐退。

"也就是说,我的出现是一种酶,加速了你们的分解?"若子脱口而出的话,让她自己都没弄明白她何以这般尖刻起来。

"不,不要苛刻地待人,更不要自戕自己的灵魂。"吴竞有些激动,他强迫自己停了一会,又说,"我只是想表达原本在我没有获取爱的权力之前,永远都不能轻易说出的感情,我爱你,若子,我爱你。"

若子的泪潸然而下:"你知道你所说所做的分量,它让我窒息,无药可救。"

"不,若子,随着你的职务升迁,随着你的阅历增长,你可能不会再守候这份感情。而我再不把心中的话讲出来,我明白我将失去一切。"吴竞伸手抹去若子脸庞上的泪。

"职务升迁? 谁说的?"若子的脑海划过一丝不安。

"登登,她告诉我的,还说了些郑季德的事。"吴竞坦然说,"若子,你换家公司,行吗? 我担心郑总对你不利。"

"哦,登登还说了什么?"若觉得脸庞上的泪痕有些干,皮肤都紧皱起来了。

"没什么,她就是担心你,"吴竞说。

"我没什么,挺好的。"若子突然就笑了笑。

"其实,"吴竞缄默了很久,说,"若子,你真的可以在另外的地方再塑自我。"

若子听了,就明白吴竞和登登的谈话一定不限于他说的一点点。她直直地就问:"我目前的自我毁了吗?"

"不知道。"吴竞能触摸到若子诘问中的空洞,他伸手想牵若子的手,若子避开了。一滴泪就沿着紧皱了的泪痕滑过来,落到她正逃避开的手上，绽开一朵零碎的花。

若子暗泣许久，转过身来，见郑总仍坐在沙发上，就揉了揉眼睛，顾自埋头整理文件。

"若子，你比登登聪明，你懂得尊严的价值。但我不能不防范女人被爱情蛊惑了心，会干傻事。我不能将你排斥在这群女人之外，因为你毕竟知道我们目前已有了一个强劲的对手，那就是吴竞的天达公司。"郑总一字一顿地说。

"谢谢直言，"若子抬起头来，平静地说，"我收拾一下东西，今天起我辞职。"

"不，若子，你不要误会，我只是不想让合同计划书出意外，我可以安排你负责其他业务。"郑总被打得措手不及，窘迫地站起来，却不失认真地说。

若子只一味地收拾东西。她走出公司大门时，登登和吴竞站在街道的对面，望见她，走了过来。

"若子。""若子。"

城市混沌如初，若子仿佛又回到了她初次踏入城市时的时光，光映着大道白晃晃地诱着她在城市游走。她似乎看到自己的影子孤单而奋力地追随着城市的边框突进。

氤氲锐气

"我不能选择梦,但我可以选择入睡的姿势。"

林冈辞职前,龙飞凤舞地写下这段文字。我是听聂其讲才知道的。这让我隐隐约约地看到一个人顿然被锉掉的锐气,飘荡在空间迅速膨胀,又不断受到挤压,开始扭曲变形,最终让人再也看不清他的本来面目了。

锐气在我模糊的思维中退去,聂其"咦"的喷了一声:"奇怪。"我就笑,"是奇怪,氤氲锐气中反而显出一个越发清晰的轮廓来。"

林冈今晨到办公室来话别。神情朗朗,直到我送他到楼道口,他才从他的语气中泄露出点点无奈:"我走啦,走啦。"聂其还告诉我,他曾以"无事无梦事事梦,梦是梦非是是非"的偈语劝慰林冈。林冈看了只一笑置之。这样的态度让我再一次想起单位里关于林冈的流言蜚语往往传得有些怪异,而林冈却并非如惯有的规律般总是最后一个知道的当事人,这时候,每每闻之的林冈无不一笑了之。

林冈不轻易对人下定论,但他和简霞接触月余后,对我说他不能维持这段恋情了,理由是简霞沉默得如同傻子。

我相信,但再没有别的人相信这个理由。简霞的美丽、健谈有目共睹。而我与简霞有二十多年的交情,但凡她喜爱的,她则以一种狂热希望他是至圣而无缺的。

林冈自认为自己不是,也不可能是。他调侃嘲讽并用地对我说:"时间和环境是很能改变一个人的。我现在充其量是个文人,却偏生被挤兑到官场泼墨。早些年,碰上外调的事,特担心被人发现我的祖上一直到我爷爷辈,都还是个手工匠,细究下来就少了些许书香门第的背景。现在,一觉醒来,按这个传统文化的边框来衡量一番,我家倒也排得上民间艺人。你说,我的心态在这种社会与家族的嬗变中能不不停地变幻? 如此,我拿什么来永葆她心目中那份至圣?"

我对林冈的话很不以为然:"若按照你的逻辑,岂不正应了一则笑话:难道你吃老婆饼,吃到过老婆吗? 真正的强词夺理。而关于你祖上是匠人的事大约是不争的,但若框定为民间艺人,就让人觉得玄啦。"林冈急眼,冲我怪吼:"请别辱没我的家门。不信,你问聂其,他是去考证过的。"

聂其含含混混地点头:"林冈多少染了他祖上的秉性。"

林冈却仍气恼:"过段日子,我定要让你心悦诚服。"果然,林冈在这以后的第五个月,做了一件让我和众人都咂舌的大事。他携手被他称为五服以外的美丽表妹一同将他祖上的风筝申报了个专利捧回来,以证明他祖上确实是民间艺人。

林冈和他的美丽表妹据此开了一间风筝铺,铺名倒不失林冈的品位:鸢道。

林冈开始只是售卖一些风筝制品,待到手头略有积攒,他并不急于扩充铺面,而琢磨着要搞"鸢道"文化。这就引起了美丽表妹的异议。于是,他们有了第一次分歧与争吵

"鸢道文化? 终归不就是风筝这东西?"美丽表妹不屑地说。

"话是不错,但绝不仅仅是风筝,而是关乎风筝底蕴的一种东

168

西。"林冈耐着性子解释,他试图尽可能地用能让美丽表妹接受的词语来阐述他的观点,但最终还是套用了"东西"这个在有文字记载以来就能够包罗万象,让国人和外国人都不可思议的词。

"到底还是'东西'一场。左右我不管,钱用来扩大铺面可以,用作其他不行。"美丽表妹"嗤"地一笑,如花的面颊鲜明地扬起了旗帜。

"再说吧。"望着美丽表妹旗帜般的面容,林冈心下先松懈了一点,他懂得美丽表妹旗帜般的面容下尽管有不谙文化底蕴的苍白,但也不乏经营有术的红火。他了解她,并有绝对的信心和能力去熏染她、改造她,最终同化她。这无异也无疑是一件颇费周折的事情,他需要时间。但他忽略了人性中与生俱来的不可或缺的一种元素——自尊,哪怕是微乎其微的。尤其对于女人,这微量元素能让她看到自己的价值。如果是在爱河里徜徉的女人,就会更多地把它视作爱情的点金石。

美丽表妹在林冈聒噪不休的游说中,突然间灵光一闪,抓住了问题的要害——她被轻视了,她被侮辱了,她被爱情抛弃了,这一切,全然不过是因为她不肯拿出钱来搞"鸢道文化。"

林冈依然在说:"你要懂得,鸢道文化能让你深沉起来,能让你举手投足之间优雅起来,能让你美丽的旗帜般的面容凝重而使人敬仰起来……"

感觉受伤的美丽表妹开始隐忍着,权当林冈是书生气,只拿了笑脸去招呼进铺子里的客人。日子垒得多了,感觉受伤的伤口就发胀,偏又冲不脱裹着的那层皮,美丽表妹不堪忍受了,就索性自己动手把自己挠了一把,打断了林冈的絮叨:"行了,我懂。不就是拐着弯地说我只见铜绿,不识字墨吗?这铺子你全权打理好了,我明天回青州老家去。"

林冈登时怔了,他全然没有想到自己的改造工作会是这样的一个结局。美丽表妹走的时候,只拣了自己的随身物品。这在很长一段时间里都让林冈以为她不久就要回来。事实上,三个月后的一天,从青州老家寄来的一封邀请信才让林冈从幻想中打了一个激灵清醒过来。美丽表妹的父母言他们的女儿在外多有林冈照顾,出息得比在家更耀眼脱俗了。现在,县上的县长公子来家求亲,他们征得女儿的意见同意了这门婚事,日子也选好了,特请林冈务必回青州喝杯喜酒。

林冈却提前找聂其喝酒。醉得连聂其都不认识了,只说:"好喝,好喝。"第三日醒来,仍喊了聂其一起,去银行给美丽表妹家划过去一笔款子,附言:浅薄贺礼,敬请笑纳。"其实,那原本就应该是鸢道给她的,是她自己的钱。你说,我却把它当贺礼送,是不是挺不待见人的?"林冈走出银行的大门,对聂其说。

"那你的鸢道文化还搞不搞了?"聂其知道这笔款子原本的用场。

"再说吧。"林冈不置可否。他的语气在聂其学给我听的时候,我恍若又看到了最初他辞职时留给我们大伙的那份氤氲锐气。

"但愿他能走出来。"我嘴里这么说着,心底明白:林冈此番是真的受打击了。他内心蓬勃着对他的文化事业的孜孜以求,全然因了他美丽表妹对婚姻冷静的选择而被击破、溃败。他自恃攻无不克、战无不胜的文化的力量根本无法塑造一个人的另一种生活。相反,这种力量的对比让他看清楚了自己的无能为力,风筝就是风筝,捧了专利回来也还是风筝,这无从更改。

林冈的颓废与他这种偏执的思想不无关联。他在独自惨淡经

170

营了"鸢道"三个月又四天后,将铺子转给了别人。

"我是不能够停留于风筝的买卖上的。"林冈如是说,他在街道行走时与简霞邂逅。简霞依然健谈,她听了林冈的话,有瞬间的无措,然而,她很快就平静了,说:"当然,燕雀安知鸿鹄之志。无论你美丽表妹做了看似多么正确的选择,我都相信,她总有一天会站在豪华的窗帘后真真切切地触摸到没有文化底蕴的日子的孤独与浅薄……"

林冈一直保持着与简霞邂逅那一瞬间的姿势,虔诚地听着简霞发表谈话,到最后,他疑惑了:与其说简霞在痛斥美丽表妹,不如说她是在倾诉自己的孤寂,更为合乎此情此景些。这般想着,他的嘴角就不由自主地滑过一丝似笑非笑。

简霞敏锐地捕捉到了林冈这抹笑意下流泻出的内涵,她戛然止住了话题,涨红了脸说:"真没想到,邂逅原来是这样的,我一直憧憬的是戴望舒先生雨巷里丁香般的轻盈与含蓄呢。"

林冈感觉腿有些发麻,就换了一个站姿,却无语。简霞脸上的红晕已然消退了,并及时地在林冈这抹不掺任何杂念的微笑里与林冈道别。林冈望着她的背影在街道的一端消失了很久,才又挪动脚步,接着闲逛。偶尔地纳闷一下自己何以对简霞不能爱起来。

聂其就是在林冈纳闷的时候,被简霞找到了。简霞劈头就说:"聂其,你管管林冈吧,看他现在一副落魄的样子。"

聂其就跟简霞急上眼了,说:"你知道我不管?换了任何一个男人,也得像他那样。"

简霞的心就疼了:"看吧,你们都变得这般不可理喻。"

"谁说不是呢?"聂其不待见简霞的样子,就敷衍着答,心底嘀咕,"你以为你是谁?圣母玛丽亚?"

简霞仍数落着他们的堕落,当然,主要还是指她刚看到的林冈的种种颓废。

聂其不得不粗鲁地打断简霞,他说:"好吧,好吧,简霞,再见。我们不需要说教,尤其是臆断式的。"撇下简霞走了。

林冈听说了,抚额大笑:"豪情一去兮佳丽寒,吾当再自强。"聂其以为是笑谑,其实不然。辞职后的林冈在西北一座缺水的城市里安顿下来,给聂其打电话:"我至少要在这里停留三五载了。"他在那儿办了一个文学沙龙,取名"水塬居"。在这座城市里,人们因为水的严重匮乏而更深更远地触摸到水之为生命源的根本,进而引发这样那样闪耀着痛苦与欢乐的光辉的思索。林冈认为他有责任与义务将流淌的这些思索汇聚成承载水流的河床厚土。他要在缺水的沙漠里植树。

我知道这座城市,在我的记忆的某一处烙印着对生长一种叫绿化树的城市的幻想,又因了对这个幻想的渴望,我埋伏在心底对这座城市的向往越发地神秘。而林冈就到了这座我记忆里的城市,这给了我一个终于可以造访这座城市的理由。

林冈没有收到我起程的电报,他已经在城市边缘干涸的沙漠里与外界失去联系四天了。

我在他的"水塬居"静静地待了几天,"水塬居"里的装饰是清一色的绿化树。

聂其赶来接我离开这座城市的时候,说:"走吧,或许林冈只是如同这些绿化树一样,选择了另一种生存状态。"

这座城市没有树。

就如同没有人知道林冈去沙漠干什么一样。

芦婷的一天

　　芦婷兴奋与沮丧、哭与笑、忙与闲、静与动的时候,都爱嚼糖,那抵在舌尖上翻滚于牙齿间的水果糖,咯吱咯吱响着不一会就消融了。这感觉挺让她惬意的。

　　但这声音今晚充斥于张姨的耳中,却失去了节奏感,令一向都以欣赏的目光打量女儿的她莫名地烦躁。她想起下午来办公室串岗的刘少珍发表的关于糖的一通子话:"糖呢,最容易导致发福,吃多了,转化成脂肪酶,堆积在身上,左突右突地,唯恐别人看不到它的存在似的。但也奇怪哉,有的人吃再多的糖,仍是瘦精精的,那糖也不知聚到哪里了,就不怕有一天突然间堆积得满了,砰,爆了,撑坏身体呢……"刘少珍说完嘎嘎笑。

　　有什么好笑的呢? 张姨没吱声,看着肥嘟嘟的刘少珍心想。刘少珍也注意到张姨的表情,就大咧咧地说:"老张,你家芦婷特爱吃糖,却正好瘦精精的,你得让她去看看查查什么的。"张姨笑,答:"我明天出差。"内心里有丝藐视面前的肥女人,她抬腕看了看表,三点还差二十分钟,股市该休市了,不知芦婷会不会直接从证券所回家。刘少珍见张姨看表,也就淡淡地说:"明天见,走了。"

　　或许什么事都有冥冥注定。原本只是一句敷衍刘少珍,顺口说的要出差的话,在刘少珍走了以后,却真的成了张姨的决定。回到家,张姨想起这个,心底翻腾起一股子烦躁。她向歪在沙发上双眼不眨看电视股评的女儿扭转了脸,说:"你不能少吃点糖吗?"

"妈,别说话。"芦婷睁大了眼睛看股评播音员,仿佛要透过他看到撰写股评的人是否长得"阿弥陀佛",据说,这种人最具财运。但播音员很快就平平淡淡地念完了股评,其间还低头看稿两次,股市术语卡壳修正一次。"大约是稿件太潦草,这股评讲得像喝白开水,真臭。"芦婷换了文艺频道,一扫刚才的专注,从果盘里捡了一粒糖,用拇指与食指一捏,精美的糖纸"噗"地就张开了嘴,吐露一颗晶莹的果。

张姨不满地望了她一眼:"真该少吃点糖。"停顿,又说,"明天还去股市吗? 我要出差。"

"多久?"芦婷一骨碌坐直了身子,"到哪呀?"

"一个星期左右,也就是跟着领导到附近地区的单位,检查基层经营经费使用的情况。"张姨的目光里浮上一丝怜爱,刚才这丫头翻身的样子依稀还存着小时候的影子。

"你放心,我们都得照顾好自己。"芦婷搂住张姨的肩头晃了晃,"白天我去股市,下午回来自己动手,丰衣足食。"

"哎,千万别以糖为饭就好。"张姨指了指果盘。

早上九点,证券交易所的大厅里已哄哄嚷嚷的了,电子显示牌红绿相间地闪烁,还没开盘。股民们小声地揣测着今天是高开,还是低走。九点半,显示牌准时挂牌,轰——人群立刻被棒打得发出一声闷哼。绿榜,今日股市低走 178 个点。芦婷坐在大厅的长条木椅上,耳膜不断地被抱怨声、焦灼声冲撞,夹杂有人安慰喋喋不休的套牢者:"主要是政策面调整,过段日子就好了。"有人在猜测:"这样大跌,是大户室玩鬼了吧?"有人气愤起来:"他妈的违规商,拖人下水。"还有人开始来来回回地走动。这些人与其说是在劝慰别人,莫如说是借幡子堂皇地给自己吃定心丸。芦婷这般想着,看着,汗就悄然钻出了发际,呼吸也渐渐困顿起来。她挤出人群,来到楼下,围了石桌椅坐下,楼上股市的狂热与喧嚣顿然远去。

芦婷嚼着糖,习惯性地又将这证券交易所大厅下的农业银行营业厅打量了一番,青石的墙围上竖着钢结构的栅栏,后面耸以玻璃,有排列地掏了几个小窗口,女职员窝在墙里面,只将压低了的软语轻笑放飞了出来。

悬挂在大门上的塑料帘子被进进出出的行人掀来掀去,却没有碰撞的声音,正如它本身透着的蓝色一样沉寂。而那些人直奔二楼证券交易所,又大抵都是热切地来,沮丧地走,偶尔有几个掖着大哥大包,将手机贴近耳朵的少壮派男人颇有风度地踱着方步上二楼,旋而下来,神情仍是先时的模样,但芦婷还是觉得他们的步子有些飘了,少了几许沉着。正望着,她就看见了刘少珍:"刘姨,你也来了?"说话间,又剥了颗糖放进嘴里。

刘少珍脸上闪过些许尴尬,迅即被她嘎嘎的笑声掩过:"哟,是婷婷呀,在家待岗还好吗?我路过这里,顺便进来看看热闹,也算是赶了潮流吧。呃,婷婷,少吃点糖,你妈没跟你说没好处的?"刘少珍说着就上了楼,摇摇摆摆地甩给芦婷一个充满着厚度的背影。

炒股还不愿让人知道,忒假了。芦婷看不惯刘少珍的装模作样,暗忖。但少顷,她即被更深的烦恼纠缠住了。待岗?昨天她去了一趟单位,人事科戴眼镜的彭主任,手指不停地轻叩桌面,为难地说:"你看,现在办公室的管理干部都要开始轮流待岗了,像你这样的基层女工待岗期满却要来上班,是不是挺矛盾呢? 你先回去吧,

175

在接到单位通知前,待岗还得持续一段时间。"芦婷咂巴彭主任的"矛盾论",心里左右不是滋味,直觉没劲。

"嗨,你待这儿发什么愣呢?"芦婷的肩头被人重重地拍了一下,回头,见是同时待岗的肖霞,就硬是把蹿到嗓子眼里的火气吞了回去,反而拉了肖霞坐下:"听说你跑营销呢? 怎么样?"

"挺好。"肖霞把挎在肩膀上沉甸甸的仿制皮包往石桌上一掼,又说,"你怎么样? 听说你回单位找班上去了,啥劲呀。不如跟我一起跑营销,咳,这包里的化妆品要是今天全卖出去了,我可把实底全兜给你,至少顶以前上十天班。"

"你这绝对是暴利。哎,是不是合法收入呀?"芦婷拽了肖霞的衣角,示意她坐下,又说,"先吃颗糖,慢慢说。真的,你干这个,不算非法牟利吧?"

"嗨,你这么说,是不是有所指呀? 别以为我走街串巷的逢人就吆喝,这可也是真正的劳动——税收在我购买产品时就已经打在账单上代缴了。"肖霞嚼着糖,话音就有些含糊。芦婷注意到了这一点,但她更清晰地感受到了糖在肖霞口里消融散发出来的一股厚腻的味道。她有些纳闷怎么每个人的味道不一样。于是,她就笑了:"我可是一片好心加关心——提醒你别熏染上无商不奸的陋习。再说了,敲锣听音,我也算得上是祝愿你能发达了,跑买卖跑火了,也整个自己的店面干干。"

"哎,这话我爱听。"肖霞伸出手,"再给颗糖,还挺香的。噢,对了,你妈不是直唠叨你少吃糖吗,你怎么还把糖当饭吃呢?"

"她出差了。眼下我是自由者。"芦婷把口袋里的糖全掏出来,搁桌子上。

"真的？那我告诉你一件事，你可别上火，"肖霞停顿了一下，望着芦婷，说，"我刚才凑巧碰见你爸了，他和一个蛮有味道的女人走在一起。他还问你最近怎么样了。"

"他问？是你主动说的吧?"芦婷又剥了颗糖，扔进嘴里。但她这会儿，却全然没有了好心境去品味糖果给予她的愉悦，她甚至莫名其妙地觉得嘴里的糖流蹿出一缕苦涩来。他一定是和那个善解人意的女人在一起。芦婷心想。那个女人是叫阿苇吧？是的，一定是。因为那个女人第一次见到芦婷时，这样说："我们蛮有缘分的，名字合起来，就是一株在风中摇曳的芦苇。"

芦婷至今都觉得这个叫阿苇的女人挺有诗意的。尽管她当时有些诧异阿苇何以第一眼看见自己就能喊出她的名字。

"又发愣？我告诉你的意思可不是担心你，我就是想弄清楚了，你妈知道这事吗?"肖霞有些紧张，压低了嗓门问。

"谁知道?"芦婷想起早上张姨出门的样子，心情好像还蛮舒畅的。她不由得惘然一笑。

张姨其实并没有出差。芦婷惘然一笑的时当，她就住在市内四星级的"清源"宾馆。眼下，她倚在房间柔和壁灯照射的床帮上，和芦婷一个表情——惘然——回想着昨天下午点点滴滴的细节。

"请问，哪位是张会计?"

"我是。"张姨纳闷地打量着来人。这是一位精致的女人。一袭淡青色的套装，反衬了她一双漆黑的眼睛，越发地幽雅，仿佛整个人是空的，只有那双眼睛里盛满了人们永远无法探测到的心思。

"我想和您单独谈谈。我叫阿苇。"精致的女人颔首向张姨眨了一下眼睛，并不等待张姨的明确答复，就转了身，退离了办公室门

177

口两三步,将一个消瘦的背影,孤独而骄傲地留给了张姨和所有望着张姨的办公室其他人。

张姨的视线从阿苇的背影上收回来时,她下意识地望了望办公室其他人。人们纷纷避开了她的目光。一丝尴尬就火烧火燎地燃上了张姨的脸颊,她突然对门口这个精致的女人生出几分厌恶来。她迅速地拾捡了一下桌子,没向人们打招呼,径直出了办公室,并不停留,直往外走。

"抱歉,我以这种方式认识你。"阿苇跟着急步走出来的张姨已穿过了两条街,最终忍不住先开了口。

"有什么事呢?"张姨并不看她,但脚步慢了下来。

"我见过您的女儿了,如果不是早先就知道她已经工作了,还真看不出来她都快二十岁了。"

"你们认识?"张姨有些错愕,她不由自主地站住了。

"见过一面。怎么说呢?我觉得她并不讨厌我。"

"讨厌?你?"张姨快要被弄糊涂了。

"是的。我这样说,您不明白,对吧?事实上,我是爱上了我们芦总。"

张姨有一瞬间的眩晕,而后才清楚地知道眼前站着的这个女人,就是让芦婷爸爸不肯回家的人。

"真的,我当时怎么会那么强烈地用了'芦婷爸爸'这个身份来与那个女人扯上联系呢?"张姨倚在床帮上的时间太长了,她感觉到后肩胛开始发麻,她不得不动了动身子。"或许,芦婷爸爸说得没错,我早已不爱他了,我把所有的爱都给了女儿。"张姨继续想着昨天的事。

"你没有这个资格。"张姨的眩晕稍纵即逝,她简洁明了地对阿苇说,脸上没有任何表情。

"抱歉,这是我的事。我找你,是想告诉你,爱一个家,并不是只围绕着孩子转就可以了。男人再怎么强悍,回到家,也就是一个孩子,只是他不肯直接表露出来而已。"阿苇显然感受到了张姨平静之下正风卷云涌般的敌意。但她同样很平静,漆黑的眼睛一眨不眨。

"你? 谢谢。"张姨硬生生地将酿到嘴边的疑问吞了回去,她实际上很想从阿苇那里探究芦婷爸爸是否也爱她。但女人天生的矜持,让她只能用眼下这种藐视捍卫自己的虚弱,她不轻不重地看了阿苇一眼,说:"我先走了。"

刘少珍下午又那么大咧咧地一通说教,让原本心里慌乱的张姨决定独自待上几天,她需要认真地思考一些事情。

"不知道芦婷会怎样看待阿苇?"张姨在夜幕降临的时候,忽然意识到把自己关在豪华而陌生的屋子里,思索着自己的婚姻,是一件多么自私的事。她想了想,喊了服务员过来,办理退房。

穿过马路的肖霞,听见身后传来一声沉闷的声响。她回头张望,就看见芦婷像鸟一样飞翔在喧闹的城市上空——这个印象让肖霞从这一天后的一生,都有了一种错觉——一个生命的消失,都是一种飞翔。

她记忆里芦婷的最后一天,是惘然地一笑。

肖霞不知道芦婷的笑里是什么。

没有人知道。

我是你的芳邻

　　我被通知住 25 栋 602 室,顺便被告知 602 室已住室邻近况:郑耘,外语科班出身,对外经营部商务助理。日前出差在外,昨日电话要求:客厅内她的东西未经本人允许,任何人不得擅自挪动。

　　看来,我这个单人宿舍的"加盟者"在郑耘的心目中是打过折扣了。我被领进 602 室,见到客厅零乱的箱物不规则地堆着,心下不由得这般想。所幸我的房间除了床,还可以略有宽余地安置下我的箱子和书桌,而我最为奢侈的组合沙发则只能摆在客厅里了。安排停当,我即随着文联采风组去了凤凰寨。

　　当我熏染着湘西古朴的民风回来时,602 室的门上贴上了一张打印的住室公约,尽管冬日的风掀得纸角儿扑扇直响,却丝毫不能松懈用二十六个字母构架的文字塔,大意是公共居所不得喧哗,流言蜚语等同男士,为免烦恼一概莫入。我暗暗嗤笑,觉得这郑耘大约是不食人间烟火的。进得屋来,沙发已被搁置在窗下,倒合了我脾性。就扭了头又读了读公约,写得一副对联贴于门框,以和:楼高,不敢高声语,恐惊天上人;言简,无意惹尘埃,墨鸦书中屋。

　　但下午的时候,夏仲就失魂落魄地敲开了我的房门,开始诉说他的失意。我不忍目睹他的悲怆,任黑暗从窗外驱入,将本可以放射光芒的灯紧紧地裹住,与我一同保持沉默。夏仲的嗓子已渐渐地透出几丝嘶哑,而他所有的主题不过就是他的现任女友声称要分手。

"夕萌,水烧开了,你有客,要吗?"郑耘什么时候回来的,我不知道。"好。"我答应着,开门的时候顺手拉亮了灯。郑耘站在我的房门口,却并不望我,而是把她眯缝在眼睛里的光探照到夏仲身上。

"郑耘,我的室邻。夏仲,我的文友。"我介绍得挺勉强,心底暗暗诧异郑耘的探问与她受过的高等教育的差距。而这时候,夏仲厚积而不薄发的失意在郑耘的探问下迅速涣散、弥失,并进而又嗅到了人间烟火味,苍白瘦长的脸上顿然生出些许抱歉,冲我和郑耘点点头,说:"夕萌,你能理解,对吧? 我需要倾诉。"

郑耘并不理他,转身冲我欲笑不笑地说:"Dear Me!"闪身进了她自己的房间。

郑耘自己做饭。有一天,她打电话给我,要请我吃晚饭。"就这样定了,尝尝我的手艺。"她不容分说便挂了线。及至饭菜上了桌,我准备盛饭时,郑耘突然说:"你去用自己的碗筷,把菜拨些出来。我不习惯别人用我的东西。"

我想我肯定是被蜇了一下,脸面发烧。以至于饭菜怎样吞嚼都无味,收拾干净桌子,我道了谢,进了自己的房间,捂上耳机,以震耳欲聋之势治疗被蜇肿了的麻木。

过得一个星期,郑耘称她熬了五个通宵,赶译了一份投标书,小赚了一笔外快,竟又电话致我:"夕萌,为庆贺一下,我请你吃饭。"我的头"嗡"地就大,坚决以赶稿为由谢绝了。下了班,我没直接回去,到街市闲逛,遇到夏仲一帮人,一同去了茶坊听歌,很晚才回。郑耘房间的灯已熄了,我蹑手蹑脚地刚掩上门,郑耘就来敲门。她看着我台灯下一枚子弹做成的钥匙上插着一朵蓝色绸带玫瑰,说:

"有点意境，一段佳人配英雄的往事？"

我闻言心为之一动，这枚子弹、这朵玫瑰跟随我很多年，亦有很多人看过，郑耘却一眼读懂了它。

"我上海的朋友来看我了，你听说吗？"郑耘接下来说的话，与我的感动却丝毫不搭界。

"没有。"我简短地回答，但我撒了谎。事实上，我从凤凰山回来研读贴在门上的公约时，我身后的门被打开，走出一个妇人，熟络地跟我打探郑耘的上海来客："你是夕萌吧？我听说了。你同室的郑耘来男朋友了，上海的，蛮帅。那个下午我在楼梯口碰见过，后来也没见他出门，第二天，郑耘却说他走了，你见到过没有？"

"没。你看，我刚回来，很累。"我对这个妇人莫名地厌恶，就下了逐客令。但这事我想没必要对郑耘讲。

"真的？"郑耘歪着头想了想，又问，"你有过爱情吗？"

My God！ 这回轮到我喊上帝了，这世上情感失意者怎么会越来越多？该不会每一个失意者都是这般迫切地以切割你的内心寻求共频的方式进行倾诉的吧？

郑耘并不等我的回答。她告诉我她上海的男朋友在两人认识之前在乡下老家奉命成过婚，她耿耿于怀的是他既然跳不出婚姻，何以就要对她言爱？

我苦笑，说："郑耘，你该庆幸恨不相逢未娶时，才好。"

"当然，但我这样想就无法恨他。"郑耘说。这天晚上，她还告诉我她在大学时英文名字叫简。

夏仲送来两张喜帖，一张给我，一张给郑耘。在给我的那张帖上狂草一注：远离失意的办法就是紧紧地攥住另一重失意。郑耘看了，对我说："你这文友怎么一副苦瓜样跌入婚姻？像是要把自己塑成一个醒世雕。怪不得我们根本不熟他也发帖给我。"

我也直觉夏仲给郑耘发帖子有些唐突,但我更不乐意听郑耘的这几句话,就说:"夏仲是笨了点,但你也未免嘴上刻薄了点。"

"呀,你怎么也和其他人一般见识,认为我刻薄?我这叫真实,你弄弄清楚。读了你的对联,还以为总算遇上个能聊上几句的人呢。"郑耘撇嘴,原本单薄的嘴唇越发下弯,泻出一股股失望。

我哭笑不得,索性不予计较,就问:"那你明天去吗?"

"不去。我受的教育够多了。你把我的礼金带去好了。"郑耘说着进屋翻腾了一会,用红纸包了一份礼,放到我书桌上。我打定主意,喜宴上她若不来,这礼我就不递给夏仲了,我觉得婚姻需要的是虔诚的祝福,由此它可以拒绝接受没有诚意的礼金。但祝福本身是不是可以被修饰呢?我不得其解。当然,我之所以这么想是在遭受到郑耘的白眼后才开始的。

郑耘果真没有去赴夏仲的婚礼。过得两日,我把礼金还给她:"瞧,夏仲的大喜日,我忙于拍照,竟然忘了递礼了。老话说结婚不作兴补礼,只好完璧归赵。"

"是吗?"郑耘翻着白眼剜我,"砰"地把门关了。

夏日的一个周末,我躺在沙发上看书,郑耘慌慌张张地从外面回来,看见我,愣了一下。我装作不知,仍看书不息。毗邻一室,她的脾性我是领略过一二了,非她本人主动找你倾诉,否则,任何的问话在她听来都具有一定程度的侵略性,抑或说你染有窥探癖也难免。她进得屋去,端了茶杯出来,说:"好险。今天我到一家公司去应聘,当然只是去试试,前两关都挺顺利地过了,第三关面试,让我进了三重门,就见一个糟老头子一脸色相地打量我,吓得我夺门而逃。"

"许是目测而已。"我笑,但为什么要笑,我并不清楚。兴许是郑耘这一身刻意的打扮,她一袭紧身裙,夸张地把她略嫌消瘦的身体烘托了出来。

"目测而已？你什么意思?"郑耘激愤难平,俨然我就是她要讨伐的对象了。

但我止不住笑,就避开了她的锋芒,问:"怎么想起来去应聘了?"

"说过了,我只是试试。"郑耘蹙眉,踱了两步说,"我的正式男友研究生在读,昨日发来通牒:结婚,或者分手。我首选结婚了,去开证明,着实被一帮妇人咀嚼了一番,真正一帮短见识的。后来我就对继她们之后仍喋喋不休盘查的人说:'两地分居的这种事体也值得摆上桌面来谈吗?'她们就再没有人吭气了。哼,只要我乐意,辞了这份工作,去我男友那儿找个差使易如反掌。"

我点头,说实话,我对她凭自身的实力重新找份工作深信不疑。

"呀,夕萌,你是不是特想让我立即就搬走?"看我点头,郑耘突然发问。

"是。"我不笑了,宁可被她误解,也不愿挨蛰。

夏仲失踪了。他新婚的妻子找到我哭诉:"我没有丝毫嘲笑他的意思呀,开个玩笑说他没甚本事,也就是只会写些豆腐块状的夹生文章,刚好够换回些零用钱,谁知他竟然当真,弄得个离家出走。我一个人可怎么办呀?"

我能做的仅仅是抚着她耸动的肩,无语,及至她自己哽咽着悲伤说:"我得回去了。""好。"我只是在夏仲的婚礼上与她初识。

郑耘却踏着这个无助的妻子渐行渐远的脚步声说:"她以前不是一个人过的吗?"

"你知道,大多数女人都将婚姻认定为自己人生的开始,但男人们往往不知道。"我为夏仲的出走推卸责任,也为他的妻子茫然的哭泣解释。

"唉,文章憎显达,魑魅喜人过。夕萌,有人这样说过。"郑耘不着边际地回应我。

不知道为什么,这次,郑耘说的话很长一段时间都在我的耳边回响,以至于我在夏仲蓬头垢面地出现在我的眼前,问我他新婚的妻子会不会原谅他的出走时,我答非所问地说:"夏仲,你这是衣锦还乡?"我肯定是受到了某种东西的蛊惑,突然间十分厌恶夏仲落魄十足的书生气。但我最终还是给夏仲的妻子打了个电话,请她宽恕她的丈夫,并顺便将他接回家去。

夏仲的妻子很晚才来接他,望着他们的背影在清冷的路灯下拉长,我却仿佛听到郑耘又在说话,原来她比我更早地看到一个无法更改的现实:在我们的生活里,膨胀着各种各样欲望,不断挤兑销蚀掉人们对美好的憧憬。我只觉得这街边的路灯要与这天气一样,跌落到了零度。

当再次出差回来时,我被通知602室将再安排一人入住。郑耘打电话给我:"夕萌,请与我保持统一战线,我的私人空间原本已被人入侵了,还来人?喂,夕萌,你说话呀,在听吗?难道我说错什么了?"

我唯只有恍然一笑了,却忍不住想要来的会是怎样的一个室邻呢?

白　狐

　　达子一早就在门前开阔的草地上踢球了。他被夜里的梦搅得浑身燥热,把个蒙古包里的连铺炕辗转了个遍也睡不着。睁了眼睛瞄了瞄门帘,看见有白色的光漏进来,就索性起了床。

　　远远地看见两条猎狗在追一只狐狸。他停下了踢球,眯着眼看了一会,就看见那只被追得惊慌失措的狐狸,赫然已经跑到了自己的跟前,并立起了两只腿,这是在向他求救呢。

　　这是一只通体纯白的狐狸,绿色的眼眸里流溢着哀求。

　　达子心底哂然,抬脚,他准备把球踢出去,赶走站在不远处的那两条猎狗。

　　白狐却恍然惊起,猛地窜进了蒙古包围成的院子里。而跟随着它动的还有猎狗,它们经过这么一会工夫的停顿,又积蓄了一些力气,以动如脱兔般的敏捷扑向了白狐。

　　达子踢出去的球滚落在一摊鲜血旁。

　　白狐被猎狗咬断了喉管。

　　对于草原上这种生物链式的生存状态,达子已经司空见惯。尽管有瞬间的迟疑,他还是摇了摇头,弯下腰把已经咽气的白狐拎在了手里,进了张老炊的蒙古包里,冲睡眼惺忪的张老炊说:"一会你把这东西的皮褪了吧,中午改善伙食。"丢下狐狸,转身出了蒙古包。

达子不轻易进张老炊的蒙古包,他总觉得老炊把过多的生灵宰杀在蒙古包里了,散发出一股子腥异的气味。

"啥味? 还不就是这草原上飘荡的牛羊味。感觉跟别人不一样,小心哪天碰上狐仙。"和达子住同一间蒙古包的"炮筒子"宽哥玩笑着跟达子说。

"那我也不愿意去老炊那包里。"达子认真地说,"走了,出工了,今天的任务可是要拉四十趟土啊。"

达子去年开春跟了宽哥到这域外来修公路。

达子的女人得了乳腺癌,家里的钱都用来看病了,这也是众所周知的事情。但人们不知道癌细胞怎么又扩散到了她的子宫里,医生就那么平淡地跟达子说:"切了吧,切了吧,只能这样了。"

达子的女人夜晚抱着达子痛哭,达子的心剧烈地疼痛。他反搂了女人,说:"别哭了,别哭,会好起来的。"

"那我还会是女人吗? 我实在是对不起你啊。"女人并不看达子,绝望地说。

"怎么不是呢? 不要胡思乱想。"达子更紧地搂住了女人。

"我们没有那么多的钱治病了。家里已经被折腾得空了。"女人过了良久,停止了哭泣,又说,"不如你跟了宽哥到国外项目去干活吧! 我一个人在家先吃着蒋中医给开的药,左右这切除的事也不急这一时半会。"

"那不行,医生说了早切早好。"达子断然否决了女人的提议。闷了一会,又说,"明天我先去找宽哥借点钱,咱们先联系了医生,把手术日期定了,我去把你姐请来,照顾你一段时间。我去挣钱。"

女人点了点头,脸颊上挂了泪痕,沉沉地睡去。

宽哥长达子十岁,在单位里最早办理了离职手续,自己拉人马建了一支基建队伍,并不到市场上去揽活,依然跟着单位分包了一些工程来干。大伙眼睁睁地看着他富了起来。"这事闹的,在一个单位干同样的活计,正式工挣不够温饱钱,当了协作队伍的人,反而发了家,不是不明白,而是世界太精彩啊。"人们的议论多数停留在感叹上,没有多少人去深究其中的原因。毕竟,别人发不发家的事并不影响自己正常的生活。谁有本事谁就致富,这是明显的道理。

　　宽哥听了达子的来意,二话没说,问:"先拿两万,够不够?"

　　"够。以后每个月的工资你就只给我留个生活费就行。"达子就这么决定了跟宽哥到国外项目上干。

　　女人的手术十分顺利,医生一边拿着达子塞过去的红包,一边说:"这切除术越赶早越好,回头定期来做化疗就行了。一年半载的不会再扩散了。"医生紧跟着又强调了一句。

　　达子的脸色灰暗,看了医生一眼,没有吭声。回到病房,看女人疲倦地又睡着了,就坐在病床前的折椅上,望着女人苍白的脸,一派茫然。

　　宽哥已经在给他办理出境手续了:"你女人的事,你就抓紧了喊了她姐姐来吧,我那边赶工期,急缺人手,你看能不能跟我一道走?"

　　达子"嗯"了一声,算是给了宽哥一个答复。

　　中午下工回来,达子看见他的蒙古包门前挂了一张狐狸皮,白色的皮毛在烈日照耀下闪烁着光芒。

　　达子的心猛地痛了一下。

　　工友们啧啧赞叹着狐狸皮毛的光泽。"中午有得伙食改善了。"有人叫嚷。

张老炊并没有给大伙端上来狐狸,他阴沉着脸说:"吃什么吃?是狐仙呢。"

啊?众人听得一愣,齐刷刷地掉转了头看达子。达子别过脸,看蒙古包外的草原,轻声说:"不是我杀的,真的,我是要救它的,但它误会我了。"

众人的目光依然惊讶地望着他。

"真不是我杀的。"达子承受不了大伙的目光,暴喝了一声,走出了蒙古包。

"达子,你浑啊!杀狐仙?它没有向你求救吗?你知不知道一个狐仙至少掌管方圆五百里的生灵呢!"宽哥跟着出来,不无担忧地说。

达子有些羞愧地抬眼看了看宽哥,嘴角牵了牵,欲言又止。这时,揣在裤兜里的手机就响了。

是达子女人。她的嗓音有些喑哑,说:"达子,我早晨做梦,见到你了。你后来还和一个漂亮女人在一起呢,有说有笑的。"

"又胡思乱想。你今天感觉好些了吧?"达子尽量压抑住心底的烦躁,放缓了语气问。

女人咳嗽了一声,笑了:"真的呢。不过,我一点也不妒忌,就是觉得那女人漂亮得像狐仙。"

达子听见自己的心咯噔了一下,他的视线忍不住投向了蒙古包,心越发慌张起来。他动了动脚,挨宽哥近了两步,稳了神色,对女人说:"不要瞎想了。我在这里天天跑工地,和宽哥一道呢。你要多养养精神,和你姐多唠些嗑,就好了。有事,我先挂了。"

宽哥蹙了眉,搡了达子一把,说:"走,吃饭去,下午还得干

189

活呢。"

工友们陆续吃完了，见他们进来，三三两两地打了招呼，都散了。

张老炊端了备下的饭菜上桌，看了达子一眼，说："你小子晚上睡觉可要警醒着点，真是狐仙，它的眼睛一直睁着。"

"行了，行了，你别越说越起劲，看把达子吓得。再说，让大伙都这么认定了，那谁还敢睡觉啊？这不是搅和吗！老炊，我可是把话先说到这里啊，这狐仙的事咱就到此为止了。"宽哥不满地横了张老炊一眼。

达子只顾闷头喝汤。

宽哥一直站在门前，看达子的身影消失在草原的土坎下，才撩了门帘，折进蒙古包里说："老炊，我看达子这精神太不济，你给支个着消弭消弭。在这大草原子上，我可不想有谁出事。"

"支着？您说得倒轻巧。"张老炊瞥了宽哥一眼，又说，"在俺们垸子上，碰上白狐敬畏都来不及，搁这可美了，踢死了。您说咋整？"

张老炊一口的陕北高原腔，这会儿听在宽哥的耳里，全然没有了日常大伙在一起拿这方言打趣的轻松。他心烦意乱地打断了张老炊的絮叨，说："这哪跟哪的事。你就抓紧时间想个法子，给达子定个神吧。我上工地看看去。"

"哎。"张老炊的手臂抬起来一半，又颓然放下了。宽哥不等他说话，已经掀了厚实的门帘出了蒙古包，留下一丝寒风溜了进来。

张老炊跟着掀了帘子出来，站在蒙古包前，向远处眺望了好一阵。随后，他开始往东南方向的草地上隆起的小沙丘走去，那里搭建着一个简易的幡塔，五颜六色的经幡在风中飞舞。

这处幡塔是附近的住户为祈祷风调雨顺而搭建的,几块石头是塔的最初雏形,方圆几十里的人们会在一些重大的节日或为家人祈福驱灾时,携带着五彩的经幡来到塔前,虔诚地祈求上苍的眷顾。而另一些行走到此的人,见到了塔,也是要绕其行走三周,把在草地上寻找到的一些大大小小的石头,垒在大石块的周围,再把随身携带的哈达,以石头压着一角,披在塔身上。日子久了,塔身越来越高,经幡也越来越多,在风的鼓动下猎猎作响。

张老炊也不例外地绕行了三周,嘴里念念有词,而后,从棉袄里拿出一块雪白的丝巾,披在了塔身上。

达子的车已来回跑了十来趟,车速有些快。

会车的时候,工友善意地冲他摁响了喇叭,大声说:"悠着点,兄弟,这草甸子容易引起视觉疲劳。"

"好咧。"达子应承了,脚底减轻了分量减慢了车速。挡风屏前,草原一望无际,眼看着要进入九月间了,草原上的绿色仿佛一夜间消隐了,褐色和棕黄色正迅速地蔓延过来。远处,起伏不大的山坡上,枫树林像正在燃烧起来的火,红得有些耀眼。

达子感受着草原渐变的景色,阴翳的心情得到了些许消散,也不知道女人这会儿是在化疗室里,还是已经回到病房了。女人贤惠。结婚那年,两家都没有太多的东西打发,女人的姐姐就找到达子,让他就算借钱也得租了车来接她的妹妹体体面面地过门。达子面有难色,犹豫了一阵,还是答应了。他托了一块参加工作的嘎子帮他找车,说好了租费也由嘎子一并先垫了。"以后我戒烟还你。"达子重重地吞下最后一口烟,拍着嘎子的肩膀说。嘎子说:"钱还不还再说吧,是不是要租最好的车?"达子看着他,好一会才说:"就租最好的。"女人被她的亲哥背着送到车里时,哭得厉害。夜里告诉达子,她有舍不得娘家的意思,但也有激动、心痛的成分:"你从哪整这么多钱租车子呢?"达子有些晕乎,嘟嘟囔囔说:"管嘎子借的,都是他一手操办的。"女人愣了,眼泪又扑簌簌地落下来,扳了达子的肩膀头说:"这又是何苦呢? 我哥临出门悄悄给了我五百块钱,你明天就拿了去还给嘎子吧。"嘎子家在去年就上门来提了亲,只是家里拗不过女人的选择,她是铁了心要跟达子过。"嗯,嗯,好的,睡吧,困得慌。"达子反手握了握女人的手,打着呼噜进入了梦乡。女人也就梨花带雨地躺下,开始了她的婚姻生活。

达子因为还钱,才知道嘎子喜欢自己的女人。嘎子捏着达子塞到他手掌心里的五张票子,急白了脸说:"真不要你还,当你媳妇多了一个亲哥,行不?"达子止住了转身的脚步,看嘎子,说:"行,你把钱收好了,明年我们生了儿子,我保管让他喊你舅。"达子说完拔脚就走,心底恶狠狠地骂了自己一声:"丢,管谁借钱不行啊,惹得兄弟不痛快。"但也正因为如此,他对女人陡增了三分疼爱,女人择贫不择富,那是要跟自己真心实意死心塌地过日子呢。

这年开春,嘎子突然病了。嘎子妈一到达子家就抹眼泪,说:"上哪整一个合适的肾去? 上哪整去啊? 尿毒症咋就会落他身上呢?"达子妈也就跟着抹泪,轻声劝慰:"嘎子人好,好人就有好报,一定会找到合适的配对。"

车轱辘肯定是跑偏了,猛然颠了一下,达子下意识地稳了一把方向盘,车开回到正道上。女人啊女人,磨心。他仰了脖子晃了晃头,眼神不经意间看到倒车镜里,宽哥正朝这边走过来。

"这小子,灵活着呢,但咋就这么命不济呢?"宽哥见达子的车

192

停下了,就知道他看见自己了。他心里暗暗嘀咕,脚下就迈紧了步子。

嘎子出事了。从脚手架上摔了下来。系了安全带的,主要是头撞到了钢管的扣件上。他躺在医院的担架上,抓着宽哥的手,说:"宽哥,我跟你说啊,往后你要多照顾点达子,还记得大前年我动手术吗?我妈跟我说过我有一个肾是达子给的,他不让说。我这心里亏欠着他们一家呢。"

宽哥的眼泪顺着嘎子的话就落下来了:"嘎子你不要说话,哥都记得呢。你们俩兄弟一场,我终于明白是咋结的了。这几年,我净顾着挣钱,安排你当什么班啊!""宽哥你说什么呢?我看病花的钱不都是从你这得的吗?"嘎子勉强地笑,又说:"要光靠我那点劳保工资非把我们家拖垮了不成。"

达子赶到时,正听见嘎子说的话,他拽着嘎子的手,说:"我真没有把肾给你,只是做了一个适配观察。这几年,你对我好,我都记得呢,我的儿子还要认你当舅舅呢。"嘎子睁大了眼睛,看着达子,微微摇了摇头:"你不要安慰我了,要是没有把肾给我一个,你们早该有儿子了吧?全怨我了。""扯,哪跟哪啊!"达子略略有些窘,说,"嘎子,我女人已经怀上了,你就等着当舅舅吧。"

但嘎子没能等着达子的儿子喊上一声舅舅,人殁了。宽哥去山上送了嘎子一程,问达子到底给没给捐肾。达子闷闷地说:"你说呢?"

宽哥走到车后面的时候,达子摁响了喇叭。

"还行吧?眼看着要入冬了,这段工期无论如何都要抢出来。"宽哥拉开驾驶门,钻进了车里。

"宽哥,跟你说个事。我想过两天回去一趟,老觉着家里有事。"达子看着宽哥,等了一会,见他没有表态,又说,"再者,你也看到了,这白狐闹得我心里也七上八下的,兴许那张老炊说得没错,我没能救得下白狐,也是作了祟吧。"

"白狐的事你就别管了,张老炊会想办法消弭的。"宽哥瞥了达子一眼,"这节骨眼上你要回去,可能不行啊。一则赶工期人手本来就紧;二则你就是赶回去也成不了什么事啊,反倒让你女人添堵。你说这一趟来回,没有一点落好不是?我让我老婆替你到医院去看看,表示个心意,行吧?"

达子启动了车子,一言不发,草原在倒车镜里快速地后退。

夜里,达子在炕上迷迷糊糊地睡着了。恍惚中,女人抱着一只通体雪白的狐狸,冲他微笑。达子一下子就惊醒了,大叫:"你别走别走,我天一亮就回去呢。"蒙古包里的工友们都被吵醒了,就看见达子翻身坐在炕上,眼睛望向门口,手伸着仿佛要抓住什么似的,嘴里还在叫嚷着别走你别走……

有胆大的工友说这是癔症了,上前就给了他一耳刮子,摇晃着他的肩膀喊:"达子,达子,醒醒,你醒醒。"

"她走了,刚走了,她真的撇下我,走了。"达子望着摇晃他的工友,眼泪涌了下来。

宽哥的老婆一早赶到医院,只给他发来一个信息:达子女人殒了。

下次的约会

鲁露的签证办下来了。她特地到我的居所跟我聊了一个通宵，临走，搂着我的脖子说："帮我把这枚戒指还给杜佟吧。"

杜佟是鲁露的恋人。

鲁露是名兼职翻译。她在乌克兰留学，勤工俭学被介绍到国内进驻乌克兰施工的建筑企业做翻译。企业里的人见到她都亲切地喊："喀秋莎，喀秋莎。"时间长了，她和大家逐渐熟稔起来，在没有外事活动的时候，也主动帮办公室做一些文字翻译的校对事务。这样，她就在这家企业里，一直把后两年的留学生活进行到底。

"爱情，是爱情让我彻底地昏了头。但我总记得他那一刻太富戏剧性的态度转换了，忘不掉。"鲁露握着我的手就一直不肯再丢开。

那天，为一个专业单词的使用，她被一个眼眸乌黑的帅小伙弄了个面红耳赤。

"To build。"

"To construct。"帅小伙强硬地提高了语气，而后，突然说，"不要争了。我是杜佟，认识你十分高兴。脸通红，好看。"

鲁露恼得瞪大了眼睛，对杜佟伸过来的手嗤之以鼻，说："抱歉，我不认识你。"

"会认识的。"杜佟冲鲁露转身的背影大笑。

杜佟是刚从国内调来的项目安全质量总监。

单听朗沙特这个名字,很少人会在第一时间把他安在一个日本人身上,但他百分百是岛国人。朗沙特消瘦挺拔的背影给人一股子锐利的气息。他是杜佟所在企业承建项目的现场总监。

"请你告诉杜先生,他的工人实在不懂得按规范程序施工,我很抱歉,今天的现场验收我不会签字。"朗沙特驾着他的白色越野车,在草原上奔驰。远远地看到杜佟在施工路段和工人们比画着手势,他没有踩刹车,而是要通了鲁露的对讲机。

杜佟正跟工人们强调必须按规范施工,鲁露接到了朗沙特的指示,她抬头朝越野车远去的方向看了看,琢磨着说:"杜先生,我们需要返工。朗沙特先生今天不会再来了。"

杜佟头也不抬地说:"知道。也请你告诉朗沙特,我们正在按规范执行。"杜佟可没有朗沙特那份气定神闲,又说,"你可以直接喊我名字,没必要跟着他喊什么杜先生。"

鲁露扑哧乐了,说:"就冲你这要求就达不到规范,看你怎么过朗沙特先生的关? 我会把你们的决定告诉他。再见。"她转身往驻地走,心里暗想,正面冲突迟早要发生。

事实上,朗沙特和杜佟的正面交锋比鲁露的担忧来得更早。

朗沙特手把在方向盘上,眼睛眯缝着,穿过挡风玻璃,久久地看着烈日下和工人们一起返工的杜佟。阳光照耀得杜佟脸颊上流淌的汗发出微微的光芒,杜佟偏了偏脖子,手肘划过一道弧线,擦去了汗水。郎沙特探究的目光在这一瞬间和杜佟焦急的目光正好碰在了一条直线上,两个人都有片刻的一愣,但谁也不肯先把视线调开。

朗沙特灵活地从吉普车上跳下来,大声冲杜佟说:"你们中国人干活的不行!"郎沙特发的是汉语,这使得空气里挑衅的味道浓了起来。

工人们停下了手中的活,暗暗攥紧了拳头。杜佟抬了抬手臂,示意大伙不要冲动,而后他毫不客气地以英语回答了郎沙特:"We will not barking,pay attention to let facts speak!"(我们不会狂吠,讲究以事实说话!)

郎沙特消瘦的身板陡然一挺,瞪大了眼睛,冒着火,吼:"Rework the whole paragraph!"(全段返工!)

"We will be brought to the ADB on behalf of the arbitration,you can only retain the views!"(我们将提请亚行代表仲裁,你的意见只能保留!)杜佟不卑不亢地回击。

郎沙特沉默了,眼睛依旧盯在杜佟身上,打开了对讲机,喊:"鲁露,请你马上到现场来一趟。"

斗鸡!鲁露赶到工地,见到郎沙特和杜佟,就有了这个奇怪而强烈的感觉,但随即她就意识到另一个问题:谁会是赢家?

她先冲郎沙特莞尔一笑,说:"不要伤和气!"又掉转了头,笑着对杜佟说,"有事好商量嘛!"杜佟并不领她的情,丝毫不肯退让地回敬着郎沙特的怒视。

矛盾最终被摆到了亚行代表的桌面上。仲裁表决时,郎沙特的助手乌克兰籍项目副总监临场倒戈,把赞同票投给了杜佟。鲁露不解地向杜佟望去,正看到杜佟平静地接受了郎沙特的道歉,以及对项目施工进行重新评估的裁决。而郎沙特紧接着也做了一个出人意料的决定:辞职!

于是,从杜佟眼底划过的一丝惊讶也同时跌入鲁露的眼中。"后来,我回忆了很多次,我想,我的心弦就是在那次仲裁会上被拨动了。当时朗沙特提请辞职,我看到杜佟的心似乎突然痛了一下。"鲁露把戒指给我的时候,依然笑着说话,但已经掩不住徐徐的落寞了。

"这是何苦呢?出国对你这么重要?"杜佟送给鲁露的戒指是银制的,戒指上刻着一朵秋菊。鲁露有一次和大伙聚餐,无意中说她喜欢秋菊,杜佟立即大笑了,说:"好好好,鲁露你等我一会啊,我一准给你一个惊喜。"杜佟从宿舍跑回来时,当着大伙的面把戒指送给鲁露,"我正愁这么好的东西没有人适合呢,你喜欢,就送你了。"

"拿了,拿了。杜总把娶媳妇的定情物整出来了,正相配。"大伙起哄,鲁露的脸霎时红了,接也不是,推也不是。

杜佟目不转睛地看着鲁露,脑门上竟也微微渗出一排汗来。

鲁露乐了。她接过了戒指,说:"暂时代管啊。"

"我愿意被你这大翻译全盘接管。"杜佟适时接上的幽默,引得大伙开心地笑起来。

鲁露摇摇头,从漂移的记忆里敛回心神,答非所问地对我说:"你到现在都没有问一声我出国是为谁,而我也不能现在就告诉你我的选择。"

我被鲁露的话弄糊涂了,脱口而出一个字:"乱。"

"是啊,有些乱。理不清。"鲁露异常决绝地挡住了我的相送,落寞地笑着,走了。

杜佟手里攥着鲁露退还给他的戒指,铁青着脸,整晚不说一句话。"她是为朗沙特而去的。"杜佟终于张口说话了。

"什么?"我一时没有听清楚杜佟的话,他的话是含在嗓子眼里说的,有些模糊。

鲁露答应暂时代管杜佟的戒指第三天,朗沙特的辞职申请批复下来了,只同意将他调往另一个国家,继续职业总监的工作。

"鲁露,其实我欣赏杜先生,你相信吗?只可惜横亘在我和他之间的不仅仅只有岗位职责上的冲突,要怎样说呢?诸如文化的差异等等恐怕也是影响到我和杜先生合作关系的因素吧。"朗沙特频频吞着威士忌,醉意朦胧地冲鲁露举杯。这天,杜佟设宴为朗沙特饯行。

杜佟也醉了。他说:"朗沙特先生,我没有想到您会提请辞职。日常工作上的摩擦在所难免,我希望不会因此而影响我们的友谊。"

朗沙特的身子陡然又挺直了,举着酒杯说:"干杯!"

鲁露很快收到了朗沙特的"伊妹儿"。朗沙特希望她能够在乌克兰完成学业后,由他担保,转学继续深造。鲁露考虑了很长时间,才给朗沙特回信,说她会郑重考虑他的建议。

乌克兰的冬天漫长而寒冷。按施工规范,项目开始冬休。"再见了,喀秋莎。""明年见,喀秋莎。"人们友善地冲来送行的鲁露挥舞着手。杜佟也奉命回国,他决定和工友们一起乘国际列车。站台上,鲁露始终没有说话。高大迟缓的列车员开始剪票,杜佟突然拥抱住鲁露,一言未发。鲁露的泪就潸然落下,滴在杜佟的脖子里。

"开春的时候,我会结束这里的学业,回去一趟,我去看你好吗?"鲁露哽咽着说。

"好的。"杜佟使劲地抱了抱鲁露,松开了手臂,望着鲁露的眼睛说,"我期待着。"

鲁露如期来了,杜佟单位的领导热情地款待了鲁露,并特意安排杜佟陪鲁露去景德镇游览。

我就是这个时候认识鲁露的。她在我居住的城市杜佟的单位宾馆里住了一个星期。

"她是为朗沙特去的。"杜佟再次低沉地说,但吐词已十分清晰。

"不,不会的。她只是想继续深造她的学业而已。"我替鲁露辩白,但话一出口,我就陷入了一种长时间的沉默中,我想起鲁露的答非所问。

"只有祝福她吧,选择已无从更改。"杜佟倏地伸开了他紧攥着的拳头,那枚戒指菊花盛开。

鲁露接受了朗沙特的邀请。杜佟回国后的那个冬天,鲁露觉得乌克兰的天气格外冷。一天傍晚,她穿过街市,不由自主地来到了空荡荡的项目工地。返回时,她遇到了麻烦——三个醉鬼纠缠她……

"我在乌克兰的医院里躺了十天,恰好朗沙特给我电话,他知道了一些情况后,仍坚持他最初的决定。我反问过他,需要怎样的回报?他很干脆,说爱上他。我当时笑了,心却真的很痛。这种痛使得我懂得我需要选择什么。我没有把这些告诉杜佟,因为面对他我无法启齿。请你在适当的时候,或者说他拿到戒指的时候,把真相告诉他吧。我接受了朗沙特的担保,但爱情于我已经上锁。你读过《下次的约会》吗?对于杜佟,我的心境只能如此了。"鲁露从电子邮箱里发了邮件给我。

我始终没有把鲁露的遭遇告诉杜佟。在鲁露走了后的第三年,杜佟给我送来了请柬。在他的婚礼上,我注意到新娘的纤纤秀指上戴着一枚精致的钻戒。我悄然退席,我想,被一个人美丽的误会着总比要让一个人面对曾经残酷的事实好吧?!

"当我死时/你的名字/如最后一瓣花/自我的唇上飘落。你的手指/是一串钥匙/玲玲珑珑/握在我手中/让我开启/让我豁然开启/哪一扇门?"夏日的一个傍晚,我坐在书柜下的地板上,轻声朗读

《下次的约会》。

　　我希望是爱情之门。仰望窗外,我喃喃自语。至今独身的鲁露在异国能否感应到呢?

打 道 回 府

县城里开了好几家医药超市和购物超市了,洪峰转了一下午,
了解到这几家超市的市场营销额和人员安置都不错。大力开发第
三产业,依托公司辐射周边生活服务领域。两年前他在公司总经理
办公会上曾提出融资办超市的可行性提案。但,被否决了。

眼下,又一轮改革方案正在意见征求中,尖锐批评与观望等待
两种观念并存。洪峰连夜翻看征询表,眉头蹙了起来,暗想:从人们
对公司如何走出困境过于悲观的态度可以看出,思想不解放,各种
意识和工作方法都会是桎梏。洪峰意识到一些异常。他挂通了办
公室主任的电话:"备车,去基层。"

办公室主任有些惶惑,拿不准该不该问秘书高要不要跟随。洪
峰在电话那端仿佛看见了主任的犹豫,说:"顺便通知小高一起走。"

汽车在夜幕下急驶。洪峰头仰在座椅的靠垫上,思维在合着的
眼皮下急速运转,想到超市的情况,他暗忖:看来公司一些职能部门
还仅仅在做机械的所谓调查统计工作。

秘书高始终在观察着洪峰的动静。白天他的小老乡来找他,说
工地上缺起重工,这是特殊工种,得安排有上岗证的人员作业。他
有,但过期了,一直在工地,没有人通知他到时间要换证。现在,建
设单位和监理都查得紧,没有证坚决不让干活。上午跑人事部,说

都是每年按期集中办理的,像他这样的得自己去补办。"你看,我只有两天时间,现在一天又快过去了,让我去找人,我连换证机关的门都还没有找到。你能不能帮忙,让人事部的人帮办一下?"小老乡在秘书高的面前,说话声音越来越小,卑微的姿态却越来越大。

秘书高沉吟了一阵子,还是当着小老乡的面挂通了人事部小赖的电话,闲扯了一通子话后,问:"你看,能不能特事特办一下?算帮我忙,晚上请你喝酒。"

"什么帮不帮的?不过你请客,还是要去的啊!你是领导身边的人,请喝酒是给面子呢。"小赖乐呵呵地在电话里说,"那你就让你小老乡来吧,我一个电话就'搞掂'的事。"

小老乡按小赖画的示意图,很快找到了门,果真像他说的二十分钟搞掂。小老乡为此特意又到了机关一趟,专意来谢过秘书高。正赶上他们一同喝酒,拘谨着坐了,讪讪地给桌上的人敬酒,不知不觉地就有了醉意,胆子放开了许多,说:"我感谢你们,真的,感谢,要不我明天回去了,不让干活,就保不住开工资呢。其实,我们当工人的,简单,就是想公司发展了,我们绝对不会差。学个技能什么的,也好有个岗位。可是,现在,你们看看、看看,想学习的人不让他去学习,等到需要了再叫他去学,人年龄偏大了不说,最主要的是热情也都被消磨掉了。就好比今天,二十分钟能办好的事,愣是让我跑了一整天,末了,还得秘书高出面。"小老乡一番话还没有说完,就趴在桌子上了,空留下满桌面面相觑。

秘书高正尴尬得不知所措,手机响了,他像捞着了救命稻草似的,看也没看,就接通了:"喂。""在哪呢?马上收拾一下,跟老板出差。"办公室主任火急火燎的话给了秘书高最美妙的一个台阶,他一边答应着主任:"好,我这就收拾东西。"一边收了线,故作苦笑,说,

"哎,真是的,又让跟着领导走。我就扶了我这说话不知深浅的小老乡先走一步。"

"哎,好,好,我们一会也就散了。"小赖首先站了起来,去搀扶小老乡。

小老乡使劲地摇着小赖的手,说:"没事,没事,我说错话了。我知道,你可千万别跟我这下面来的人计较。"

"不会,怎么会呢? 上车吧。以后有事直接找我。"小赖连推带搡地把小老乡弄进了车。

"唉,你可还真的别跟他一般见识,基层来的,就这素质。"秘书高钻进车之前,还是蛮真诚地跟小赖说,并拍了拍他的肩膀头,示意他千万别较真,"这顿饭又被搅局了,等我回来,一定补上。"

这会儿,洪峰却十万火急得要赶到基层去调研,真不知道他怎么想的。秘书高紧张地思索着。

洪峰突然睁开了眼睛,说:"停车,我们回去。"

"怎么了?"秘书高和司机完全愣住了。

"小高,出来的时候是不是正和人事部的人一起呢?"洪峰问,他甚而还露出了一丝笑容。就在车上这么短暂的行驶中,洪峰突然想起下午在超市碰见的一名基层员工来,他当公司副职的时候在一个工地见过这名员工,当时他正用两个起重器撬动陷进边沟的汽车。"回来休假?"洪峰主动和基层员工打招呼。这名员工就是秘书高的小老乡了,他略微紧张地说:"不是,不是,特种作业证到期了,特地回来补办。""哦,那直接去公司人事部让他们办理一下。基层工作辛苦,要谢谢你们啊。""领导客气,秘书高出面已经帮我办好了。"小老乡说着,惶恐地露出一丝笑容来。洪峰闻言,认真看了看他面前的员工,没再作声,先回了公司。

"治理得先从机关开始,这里才是指挥公司运转的神经中枢。"坐在车上的洪峰拿定了主意。

　　秘书高探究地看着并不回头的洪峰的背部,含混不清地应承了一声"嗯",汽车打出的两道强光,照亮了前方的路。

工　程

　　季成醉得脚步趔趄。

　　商务科助理温婧不动声色地用肩扛住了季成的失态,站在豪盛娱乐城的灯影里,恭送宴请的来宾。而后,才和营销科科长林明及司机小徐,搀扶了季成,回到他们登记的这个城市最低档次的街道招待所。

　　季成胃里的浊物坠得他不停地扭动脖颈,以求寻得最佳安置状态。孰料他越发扭动,浊物越发翻腾上升,在喉管里冲撞,最终呃的一声如泄洪般突破了牙齿的关隘,倾入床前的盆中,狭小潮湿的屋子里立时溢满了一抹沤臭的气味。但温婧三人都没有动,季成终于停止了呕吐。小徐将浊物端了出去,却不能将游走的气味带走。季成抽了抽鼻子,就冲守在沙发上的温婧和林明抱歉地一笑,问:"市政的贾处长表态了吗?"

　　林明拿眼示意温婧开口。温婧迟疑,十指交叉,紧了紧,说:"季总,今天我们办砸了一件事。"

　　"啥?"季成的声音陡地升高。

　　林明说:"饭局上有人提议唱歌,这里面有点名堂,得进包厢唱。没承想你就在饭桌上唱起来了。宴罢,我问工程的事,贾处长说了句有二十几家单位在争。"

"前一阵卡拉OK不都在饭桌上唱以助兴吗？咋又有新花招？"季成用劲摇了摇头，又问，"这进一次包厢得多少钱？"

"按今天这架势，起码这个数。"温婧竖起一根手指。

季成苦笑："权当今天给单位省下这一万块了。不过，明天还得去谈，这项目盯了一年多，工程拿不到手，回去无颜见江东父老。"

三个人就将次日的事宜做了一番估计。末了，林明还暗忖着要将及时了解掌握娱乐行情补充到营销工作手册中去。季成头疼欲裂，一夜辗转未眠。寂静中，他觉得屋子里的浊气愈来愈浓、愈来愈厚，眼睛都能看到了，然而鼻子的嗅觉作用反而迟钝，渐渐消失了。

设宴仍在豪盛娱乐城，贾处长将前日对饮的兴趣悉数转移到温婧身上，对着温婧频频举杯，说宴罢一定要与温助理共舞。温婧将酒杯放在唇边浅饮，借以掩饰她的窘迫。她听得共舞之言，莞尔一笑，说声"抱歉"，去了洗手间。贾处长倒也不在意，冲季成举了杯，看林明正给他的几个陪同人员布谜罚酒，就问："什么谜面？我也猜猜。"

林明立即将谜底标明了问："江是什么水？海是什么水？"

"江有工为公水，海有母为母水嘛。"贾处长大笑，"季总，此行无弱兵呀。你的两员干将得受重用才行。"

季成点头："当然，贾处长一句话。"

"哈哈。"贾处长自然明白季成的一语双关，大笑和季成又干了一杯。

温婧回来，主动邀贾处长跳了两曲舞，推辞不胜酒力，用手拂了拂额角。吧台前的一名女子走过来，邀贾处长共舞。

温婧看他们步入舞池，轻吁了一口气，这才朝坐在舞池旁的季成和林明走去，说："贾处长说他明天要和季总单独谈谈。"

"好消息。"林明兴奋地碰了碰季成，"季总，想想看他会谈什么?"

季成也为温婧带回的消息高兴,听到林明的话,就开了个玩笑:"深得甲方赏识的乙方营销科长指示:就和他谈工程。"想想,又说,"小温,你打个电话回去,问问职工筹资购设备的款子是否到位了。"

季成再见到贾处长时,后者还在看他们的标书。见到季成,贾处长展出一个疲惫但不失真诚的微笑:"季总,你们的标书编得很好啊。"

"谢谢。"季成一时拿捏不准眼前这个与酒桌和舞场上判若两人的官员的心思,就不多言,只等下文。

"喏,这一沓全是竞标书。季总,你能解释一下你们的标书中为何缺乏本次工程施工不可或缺的起重设备资料吗?"

季成抬起头,平静地直视贾处长:"坦率地讲,编标时,我们的设备款项正在筹措。目前,这笔资金已全部到位,若按本次工程开工而定,购置设备并不耽误。"

"好,季总这答复不失干工程人求真务实的本色。"贾处长颔首,"若换你在我这个位置,面对异议,该怎样定夺?"

季成没料到有此一问,愣了一下,很快直截了当地说:"靠实力竞标,输赢无话。"

"好。"贾处长再次赞同,合上标书,忽然就说出一句,"我也是干工程出身的,能看出你们的实力。"

季成回到招待所,温婧和林明正等得焦急。就和他们讲了谈话的情形,并吩咐温婧迅速致电单位和考察过的设备单位进行购置谈判。三人分析只要没有戏剧性的意外,参与竞标夺冠就不会受挫。

"但市场运作对于我们而言毕竟是个新领域,不规范的地方还挺多,得悠着点来。"

季成听林明这一讲,就觉得有事,问:"出啥事了?"

温婧接了腔,说:"N市的国防隧道项目竞标组刚才来电话,我们的标书出了线,但甲方单位意向坚持给他们的省内施工队。撤,还是攻,要请你定夺。"

季成瓮着嗓子问:"弄清楚受阻部位了吗?"

林明无可奈何地说:"季总,你今年到任,也许不太清楚个中原因。三年前,我们急着将队伍全部投入重点工程建设,就将N市已指定划给我们施工的市政工程给退了。按现在的说法称单方面撕毁合同也不为过。那个时候谁会想到市场瞬息万变,端着国企老大牌子的单位也有自己找工程的光景啊? 更没有谁能料到当时的退标举动会给我们眼下的经营埋下隐患,现在,N市的评标组有人将这事端出来对我们的施工信誉打了折扣。"

季成闻言,顿感鼻根发酸,并向他的心脏部位扩散。他清楚地感觉到市场经营并不亚于他干过的任何一个项目,这是他将边学边干的一项艰巨工程。

事实上,N市的国防隧道项目竞标并不需要季成定夺就已经公布了中标单位。季成听到温婧传来的讯息,也顾不上再揣摩自己的感受,而是加紧催促温婧盯牢设备购置谈判的事,他和林明要加急起草一份有关设备投入的标书补充合同,以便明天做标书陈述备用。

拂晓时分,季成和林明接到传真,设备购置谈判告一段落,他们按照最终确定的条款对补充合同里机械设备的费用摊销又做了一番微调,而后抓紧睡了两个小时。

再见到贾处长等人,已经是在开标会上了,季成和所有前来投标的人一样,面无表情而又热切万分地盯着摇号机,暗暗祈祷:中标,中标……

查　账

　　财务科例行查账到某单位。

　　按惯例,一番寒暄后,自然是先饱肚子,餐毕,或聊天,或小憩,只等下午上班开始工作。

　　偏这一次不同,新来的财务科长开始不胜邀请,和大伙一同入了饭局,饮得酒来,又不胜劝酒,脸色逐渐泛白,同席者纷曰:定有海量,饮酒面白者,半斤八两不醉。

　　这科长听了只笑。这会儿步出餐厅,即言归正传,要求立即开展工作。众人面有难色,但望其态度坚决,则开工,倒也不马虎敷衍了事,查与被查的都很认真。

　　忽然,这科长喟然长叹一声,扰得众人相望,只见他苍白的脸此刻焕然泛红,见众人相望,红色越发扩张深入。

　　我恐其有暗疾,遂上前轻声询问。

　　他摇头,又点头,只用手指敲打账本。我纳闷,望去,刹那间亦面红耳赤。账单上一发票收据赫然写着:工作组检查,混饭 800 元。我嗫嚅:"下面工点管理员文化不高,尤其是普通话不标准,误将'份饭'写成'混饭'。"

　　众人听了,无不都低了头。

　　一种让血液贲张的氛围说不清道不明地在凝重的空气中弥漫开去。

城市的记忆

　　阳光下的那间屋子因了它平顶屋梁上玻璃碎片折射出的光芒，引起了我长久的注意。原来文明是因为破碎才绽放出光芒来的，任何阴冷潮暗的东西都不能将它淹没。我站在全封闭的玻璃阳台上，并不能因为那间屋子位于一片泥泞之中而判断屋子的主人身份。但我揣测它的主人定然是一个热爱生活的人，因为他懂得以粘复碎片的形式——用多棱的玻璃闪烁七彩的阳光装帧他的居所。

　　入冬的季节，何风申请赴匈牙利的护照终于办下来了，他专程来向我报讯。这个被他神往已久的旅程充满了他对小提琴狂热的迷恋。他觉得他与生俱来的对小提琴曲的感悟只有到了这片他乡的土地上，才能够得到最充溢灵气的释放。何风把他手里拎着的纸袋递给我，我却怎么也没能让自己明白他用纸袋兜着的一地水晶碎片意味着什么。

　　"就是用来纪念一种心情，一种我喜欢上你的生存状态的感觉。"

　　"这跟你砸碎了水晶有什么关联？"我听何风说话，心底十分恐慌，但我当时并不知道这是我的潜意识试图唤醒我一味沉湎于疑惑中的讯号，恐慌——没有直截了当地告诉我这是何风在与我作最后的告别。

何风有过一段吸毒史。那时候,他刚刚来到这座城市,提着一把小提琴,独自在城市的夜间穿行,从他指间流淌出来的乐曲悉数被"乐吧"内外簌簌作响的钱币交易的磕碰声淹没。他日趋稠密的苦恼与忧伤被同台演奏的"黑管"递过来的劣质香烟袅袅燃烧而尽。"黑管"并不想害他,只是不愿过早地看到绝望吞噬了他天赋的灵性。我就在这时候,陪同两名重要的广告客户到"乐吧"消遣,看到了何风。

"黑管"后来通过何风认识了我,他在即将去另一座城市飘荡的时候,对我说:"何风是属于小提琴的。你如果够仗义,就劝他戒毒吧。"于是,何风在我转述了"黑管"的话后,把自己关在屋子里,静默得如同疯子一般待了一天,傍晚时,将他的小提琴郑重地交我保管,径直去了戒毒所。

我记得那也是一个快近年关的时节,何风清瘦得几近飘浮般地回到我的居所。他送我一副红色对联——为伊消得人憔悴,衣带渐宽终不悔。又从口袋里掏出一樽水晶小提琴,说:"都用来庆贺我的重生吧。"他告诉我他要申请办理护照,到匈牙利去演奏小提琴。

我在阳台上待的时间过于长了,若子走过来,说:"又在想何风么? 逝者已矣,不如去听听音乐吧,尽管也是一份忧伤的倾诉,但终归因为和鸣,会排解一些你不肯放下的内疚。"

我歉意地朝若子笑笑,指着远处的小屋,问:"你能看清楚那屋子门楣上红色的对联吗?"

何风坚持要到机场去订票,并邀我同行。他说:"试想想,我是与你一同作别这座城市呢,这样,或许到了那边我才不会孤独。"

我的确被他的情绪熏染着,但我的对面正坐着两名执意要听我讲述广告创意的大客户。我为此而深切地痛恨自己的生存状态——现实的清醒的生活，而忽略了生活还有更为值得维系的信任与依赖。我预支了做成眼前这两名大客户广告项目的佣金，在城市一个名叫"绿 e 缘"的茶室定了位，告诉何风静候他回来，为他饯行。

但对联上泼墨的是什么呢？此时此刻，我不能得知，它是那么远距我面前完整的精致的玻璃阳台。

若子建议我离开这座城市，她对我说："把这座城市和这座城市的记忆都寄存于你生活过的这个驿站吧，我能够理解它是一种不可忘却的情感，但它不应是你生活永远的伤痛。"

几个月后，我离开这座城市前，特意去了那小屋前查看门楣上的对联。墨汁下的字显然已开始褪色，但这丝毫不能掩去字里行间的祈愿：为伊消得人憔悴，衣带渐宽终不悔。

屋子是这座城市一户拾捡垃圾的居民栖息所，每日里他们嘱咐孩子揣上干粮到学校度过白日，夜晚随着他们一同回屋，屋子四周堆满了浊色的废旧回收物，并尽可能地向四周散发出由它们捂出的酽酽的城市的发酵的腐味。这气味至今仍令我几近窒息，尽管我现在根本嗅不到那些腐浊物的气味，但我确实看到这物质流动散发气味过程中的颗粒，又是那么执着与芬芳。

那日我前去看对联，恰逢屋子的主人在家。他告诉我：这筛选过的物品会透过这气息与城市，与他们交谈。我十分惊诧他至理至性的话语，这主人就笑了笑，说："我以前是文人经商的，后来染上了吸毒的恶习，才落魄如此。但上苍待我不薄，有贤妻孺子不弃。故而，辗转来此异地谋生。我计划着这么干上三五年，手头略有积蓄，就再寻一份事业。"

正说着，屋子的女主人从外面拎了一袋菜回来，我向她颔首致意，女主人有些纳闷，男主人赶忙做了一番介绍。当她听了我对小屋的感悟,她微微一笑,说:"人活着就要快乐。就好比这屋顶的玻璃片吧,当它们被敲碎在这屋门口时,它自身的价值会因其完整性的损坏而被打了折扣,但并不意味着它的美丽要被打折扣。"

或许,罹遇过苦难的人都有着不约而同的认知。女主人的话瞬间又将我拉回到与何风的对话中。

何风接到我预定茶室的电话时,说:"知道我为什么要砸碎了水晶吗? 就是我知道我到了那边,不会有似你这般的朋友了。套用一句鲁迅先生的话,人首先得生活着,音乐才有所附丽。等我回来。"

但他失约了。在他独自去往机场的路上,城市留给他一场突如其来的车祸。而他留给我无际的内疚——我与他同在另一个城市的四合院里长大。

城 市 爱 情

　　从办公楼的窗户往下看,夏冰和释林正仰着脸,夸张地伸长了他们的手臂在说话。或许正在说我也难保,只是,这两人凑到一块来找我,让我纳闷。但无论如何,还是高兴的,他两人与我都在这个城市里生存。生存? 有一瞬间,我直觉我干吗用了这么一个悲壮的"现在进行时"来演示我的生活方式。但现在不是我能安静下来思考这一瞬间感觉的时候,他们十万火急地叫我立即向小 K 请假,最少半天时间。"什么事?"我当时只说了三个字,就撂下电话开始向办公桌后面假装充耳不闻的小 K 请假了,并没有感觉到后来释林说我吐出的这三个字用了一种完全防御的语气。

　　我们缄默着,留下初夏的正午阳光下被涂抹成墨团的三个影子在街道里晃荡。影子的暗色在这样的晃动中就渐渐地爬上我的眼底。于是,在城市已有九百岁的古刹墙荫下,我站住了。

　　释林躬了身子望我,说:"累了? 累了就吭一声。"夏冰依然故我地往前走,只是明显地放慢了脚步。每次他有话要说,就是眼下这个踌躇的样子。意识到这一点,我拿眼望释林,他却恍然不见似的掉转了头。看来真的有事情发生了。古刹里的钟突然就"当当当"地响起来。一群鸽子从钟楼的尖顶惊起,扑满了我的视线,随之一阵悠扬的鸽哨划过城市的天空。

"若子,最近你见过海舸吗?"夏冰终于说话了。

"最近? 最近的记忆大抵也有一个月了。海舸怎么了?"一直忐忑的心几乎是踏着夏冰的问话顿时落地了。我瞪了释林一眼,还以为多重大的事呢,两个人古古怪怪神神秘秘地一起来找我。

海舸在作协上班,没有编制,每天只要给挂靠在文联管辖的办公室打个招呼就算上班了。"作协又不给我发工资,那他就管不着我想干啥就干啥。"海舸长串的口头禅加上漂浮在他眼底的忧郁曾经让我迷恋至极。"那就让我们恋爱吧,恋爱才能让生活精彩。"海舸喝醉了含混不清地对我说。噢噢噢,连海舸都要依靠恋爱来激荡如潭水般沉寂的生活了,这世道啊世道。若子你就答应了他,看看我们桀骜不驯的才子会如何应付现实。人们开始起哄。海舸晃晃地从沙发上站起来,又跌坐在我身旁的椅子上一言不发。窘迫越来越快地流窜到我的面颊上。"我原谅你了,海舸。"我鬼使神差地对海舸说完这句话后蹿离了酒场。城市里的另一重喧闹以更为开放的姿态包裹了行走在它的地面上的人,共同吞噬掉一个又一个瞬息陆离的日夜。

"海舸有家室。"第一个郑重告诉我这件事的是释林。"那跟我有什么关系?"不记得怎么认识海舸的了,但沉迷于他的忧郁在很长一段时间里使我不能自拔这也是事实。释林的好意显然被我曲解了,他有些讪然:"你看看你现在说话的方式都那么的海舸了,这让我担忧。"释林瘦长的身子微微躬起来,影子就全部罩住了我摊开摆在桌子上的手。"我知道自己在做什么。"说话间我的手指在释林的影子里轻微地动弹了一下。

海舸在那场醉酒后就失踪了,我会时常地想念他,但我不打听他的去向。"每一个人都是孤独的,而为了消弥这份孤独所带来的恐慌、寂寞、伤感、迟钝、闭塞或者其他任何遭到本能排斥的种种异常，人类创造了生活和生存，并在久远的变迁中逐渐模糊了两者的面目。生活只是一些存活更加浓缩的自然态而已。"海舸在聚会中说出他的观点，博得满堂彩。但转眼就在门前，他清晰地听到了刚刚参与聚会探讨生命意义的人群里有人嘲讽地笑谑："浓缩的自然态？那简直就是傻逼式的现代阿Q啊！"瞬间袭满我全身的愤怒让我真想朝着笑谑的人扇过去一记耳光。海舸却出奇的平静，扬手摸了摸自己的脸，说："你看你看，这就是孤独。"我一时意会不过来他是说自己还是说别人，只是不安地点了点头。

"你紧张，那证明你承认我说的话了？赶紧醒醒吧，即使海舸没有成家，他也不适合你。"释林拿他的手指敲了敲桌子，坐直了说话。释林是名中学老师，日常我不得不遵循他的思维逻辑看待问题。但这一刻我的心底猛地腾起一股邪火，抬起头定定地看着他，说："你是不是爱上我了？""若子你别误会。"释林显然措手不及，好一会镇定了慌乱，又说："若子你看，真要我们两个恋爱也不合适。"我想我这样对释林说话一定是疯了，夏冰要是知道了起码一个星期都不会搭理我。想到事情的后果，我把手从桌子上放下来了，对释林低低地说："其实我不适合任何人的恋爱。"

夏冰开始在城市的干部学院任教，后来市委从各大院校抽调人员组成讲师团在全市各单位巡回讲解发展谋略，夏冰去了。照章宣讲了两三次指定课题后，夏冰开始思考，尝试着在课题宣讲里加上一些个人认识和观点。当然，这些认识和观点更多地融合了他和各单位来听宣讲的人员的交流精髓，或者说是汲取了交谈中的吐沫养分也行。但无论如何，他思故他在，最终因其一堂以"城市发展'瓶颈'另解"为主题的大型宣讲，在市委市政府会议室博得城市领袖层的颔首称赞,被一纸命令调入政府部门工作。关于夏冰弃教从政的话题永远都是他母亲的骄傲。而纯属巧合的是他的母亲和我的母亲是初中同学,村庄般的地球在永不歇息地运转中,把她们从中学毕业后离别的时光里旋转到同一个城市来邂逅了。我和夏冰的认识也就顺理成章,或许是冥冥之中的注定,我总是在夏冰面前有犯忱的感觉,哪怕他结婚娶了我的堂姐。认识释林就是在夏冰的新办公室,他们是大学校友。而后再见过两三次面,夏冰十分认真地给了我一个建议:"如果择偶,释林是个极佳的人选。"

"这等事向来是可遇不可求的,夏大人不要成为夏大夫啊,横直多出一些标准框框来。"碰见海舸,他听我说夏冰的建议,望着城市略显阴霾的天空自言自语,又说:"恋爱这等事还是要听从自己内心的召唤,但肯定不会只是跟一个大家公认的好人谈恋爱就是正确的选择。"我总是在海舸说话的时候只顾着看他的眼睛去了,而往往没有太在意他说什么。我特别想知道他为什么忧郁。"夏天马上就要来了,作协自发组织去采风,给你发个邀请函,来吗?"海舸说话的分贝在上扬,把我分散的心神慑敛了回来,我拿微笑掩饰了,说:"来,一定来,正好跟你们学学写文章。""那就这么说定了,邀请函俗套透了也就免了,届时我告诉你具体启程的时间。"但最终海舸也没有告诉我他们采风的行程,只给我送来了一本文联刊印有采风活动的专辑。"临时想到你跟着我们去不太合适,师出无名啊。"我认真地听海舸对这件事的解释,也第一次被他这种坦然的样子激怒,双手紧紧地捏住专辑的书角,下了逐客令:"我还有一份报告要起草,一会小K来赶着拿。"

前些天,夏冰陪同市长进企业调研,见到我,特意问和释林的感情发展得怎样了,我摇着手里装订成册的汇报材料说:"一直忙,一

218

直忙,没去打扰释林。""你忙他就应该主动找你啊,这家伙回头我点他一下。"夏冰说完,又压低了嗓门说,"释林真是一个好人。""我从来也没否认释林不是个好人啊。"我笑。

作协有个女的,笔名夹竹桃,我跟着海舸见过一次。"长得十分精致,眼神跟她的散文一样清澈和暧昧交替起伏。这也正映照了她取夹竹桃这样笔名的心境,那朵朵鲜艳的花瓣里盛着幽幽散发毒素的粉蕊。"显然,海舸对着众人如此介绍她并没有惹来夹竹桃的反感,她微微笑着,反而接着海舸的话茬说:"文字从来就是一个意淫的东西,你抗拒不了它的蛊惑。"夹竹桃说话的时候,淡淡的烟雾弥漫在她美丽的颜面上,我不能很清楚地看到她的神情。夹竹桃的另一个身份是城市职业大学的讲师,她认识释林。"释林匿名帮扶我们职大的两个贫困生,听说他每个月大部分的工资都花在济学上了,所以到现在都没有女孩愿意嫁给他。换做你,会选择和他恋爱吗?"夹竹桃突然对我发问,令我陷入沉思。

海舸就是在我陷入沉思后的那天酒场上失态了,嚷嚷着要我和他恋爱。而正是同一天,释林告诉我海舸有家室。乱七八糟的事偶然地撞到一起来了,我觉得心口生疼,一个人安静地待着成为我止疼的良方。跟小K告假,他出人意料地没有同意,却安排我出差,说:"闷在办公室久了容易闹心,带着任务去基层单位看看,争取带回来好情况和好心情。"我顿时惭愧,答应了去出差,并在任务完成后仍然继续休了假,一个人去了山水如墨的风光小镇,隔绝了与城市的一切联系。

释林在我假期即将结束的那天找到我,他眯缝着眼睛打量我临时租住的房子,半晌,说:"看来我的担心真的多余,你优哉得有滋有味。还是夏冰懂得你,你只是需要换一个环境思考一下人生。他打探到你的行踪派我来接你。"我一边给释林斟从山上的泉眼里打来的水,一边说:"我喜欢一个人待着。""但我们大家都不喜欢你一个人待着。"释林咕咚咕咚地一口气喝完泉水清清楚楚地说。他的身子不由自主地又微微躬起来,不知道为什么我觉得他这个样子像极了殉难者。心底莫名地涌动一股要好生关爱他的冲动,接过他手里的杯子,说:"一路辛苦,再喝一点,解渴。"跟着释林回转城市,上班,小K揣着惯常的漠视并不问我去了哪里,同事间更是相安无事地打发着以薪水计量的时间。

直到夏冰和释林一同来找我。

海舸自杀了。他吞食了一整瓶安定,而后溯城市之江逆流而行,安眠于一片青草地,生活之轻生存之重连同他的生命之逝一并远去,怒放的青草是那么柔软又那么茁壮。海舸大学毕业后,幸运地进了政府部门工作。他热情善良又天真,深得一位领导喜爱,授意秘书去告诉海舸他家有女待字闺中。秘书窃以为是美差,约了海舸喝酒,席间,一通子趋利避害深入浅出地游说后,说:"你小子能做他们家的乘龙快婿,我担保前途无量。"微醺的海舸干脆利落地拒绝了,说:"我不能让别人以为我是仗着势力进部门做事情的。"秘书酒意顿醒,说:"你还没见到人呢,再考虑考虑。"海舸仍只摇头:"谢了你的美意,我当以更加出色的工作回报垂爱。"海舸的天真正在此,不能深谙搞好工作事小、驳了面子事大的残酷事实会给自己带来什么样的后果。果然半年未到,他就意识到工作的管道莫名地越来越窄,忍无可忍地递交了辞呈。幸得秘书从中斡旋,让文联出面力邀海舸到作协主编城市纯文学刊物,才使得海舸仃留下来,把个文学刊物办的墨香沁心,在城市里逐渐有了消费市场。一个读者兼作者的女子时常主动地跟海舸聊天。久了,两个人去民政所领了红彤彤的证结婚了。再久了,两个人习以为常地目睹日子流失得渐渐无趣起来,但都不肯挣脱藩篱,凑合着打发时光。

葬礼上,我见到了海舸的妻子,悲伤肆意地徜徉在她的周身,映衬得一身缟素的她愈加生动地缭绕在人们的视线里。"你不觉得她的眼泪里绽放着快乐的光芒吗?"夹竹桃站在我身边俯耳轻语。"我只看到一个伤痛欲绝的女人。"撇下夹竹桃,我径直走了。"我仍然原谅你了,海舸。"尽管我没有回头和海舸告别,但我想他一定听见我说的话了。

释林站在我住所的门口,他微微躬起来的身子被阳光照射投映在墙上,有些暗,又有些亮。

"这次不是夏冰让我来的……"

案

　　傍晚,铁子把铲运机开到了路基旁,顺手用抹布将驾驶室操作台全部擦拭了一遍后,他就跳下车来,满意地望了望铲运机平整过的这段路基,准备从路基旁的小道穿过去,抄近道回队里。这时候,他就听到了一阵扑腾声。

　　循声而去,扑腾声是从铲运机后轮旁的一个杂草丛生的沟洞里传上来的,要不要察看清楚,铁子犹豫不决。远远地见到队上的民警章,就朝他奔过去,打着手势,说:"有古怪。"

　　民警章就笑:"别吓自己了,看看去。"

　　铁子见到了声源,惊了一跳,拽着民警章几乎是一口气跑回了队上。大伙围过来,铁子气喘吁吁的,说:"是一个会跳动的骷髅头。不信,你们问他。"铁子伸出手指民警章。民警章就拍拍铁子的肩头,冲大伙笑笑,不置可否地去了队长办公室。

　　民警章和队长、铁子几个人再次来到沟洞旁时,声音仍在响着,民警章就用带来的铁钩子把骷髅头掏了上来。原来是一只小蛤蟆被困在了里面,大伙顿时松了一口气。民警章甚至嬉戏般将骷髅头转动着,要救了小蛤蟆出来。转着转着,他突然停止了,正在说笑的铁子第一个瞥见了民警章凝滞的神情,脱口就问:"又有古怪?"

　　民警章点头,指着骷髅头说:"你们看。"一根铁钉正镶嵌在头骨上。

"天,命案。"铁子的直言说破了民警章的疑惑。几个人一合计,连夜将骷髅头送到了距离队上三十多公里外的县公安局。回来的途中,队长和民警章嘀咕了一阵,说:"案子交给了县上,咱们不要随意散布消息,胡乱猜测。"

铁子每日里仍开铲运机,只是见到民警章时,就忍不住要悄悄地问:"案子破了没有?"民警章偶尔也会告诉他一些情况,铁子就知道了县公安局已找到了骷髅头的苦主,苦主家人自然是免不了哭闹于公安局,要求严惩凶手。"但会是谁呢?"铁子就问。

民警章拍拍铁子的肩,说:"或许真知道了,你反而不会着急了。"

铁子咂巴民警章的话,觉得话里有话,就缠着民警章要问清楚,民警章急了,说:"别让我犯纪律。回头案子破了,我详细跟你说。"

铁子就有些闷闷不乐,但尽管如此,却丝毫不敢耽误工作,经他平整过的路基如日子一般,一天天加长,不知不觉中就到了第二年开春。铁子为铲运机配件的事,去了一趟县上。在配件店,他看见几个警察正拥了一个衣着利落、满头银发的老太太,穿过街道,进了店铺对角处的公安局。

"也是作孽哟,这把年纪了回来伏法。"店老板叹息。

铁子闻言,心底咯噔一下,正待询问,被同来的材料员催促着走,就哑了口,揣着疑惑赶回队上,民警章却不在。

第三天,民警章回来了:"铁子,案子破了。"

"我见到那老太太了。是真的吗?"铁子这样说,心里暗暗期盼民警章否决掉他的推测,脸上就挂出了紧张。

民警章显然注意到了铁子的情绪,他再次拍拍铁子的肩,对他讲出一段往事来。四十年前了,邻县一余姓女子盈盈地嫁入本县欧家。次年,生得一女后,欧余氏的夫婿染上了抽大烟的恶习,家道日趋衰落,欧余氏只得抛头露面出外帮工讨生活。偏生她的夫婿多疑,但凡欧余氏略晚收工归家,便横加恶打。日子久了,众人皆恶。唯欧余氏仍为其护短,苦熬生计。一日,欧余氏兄长来探望妹妹,恰逢妹妹挨打卧床不起,顿然怒从心下起,恶向胆边生,入夜,竟往抽大烟抽得昏昏沉沉的妹婿头盖上嵌入一铁钉,致死。欧余氏晨起,依往常般去叫唤夫婿,才惊觉夫妇已是阴阳相隔,号哭不已,引来众人相帮着张罗了三日,只认为是抽大烟过量而逝,将已亡人入土为安。晃得二年,祭日这天,欧余氏在其夫婿墓前被娘家兄长带回邻县,并被告知详情。欧余氏惊恐不已,最终只能带了女儿泪水涟涟地远嫁他乡。

"那她这会儿回来干啥?"铁子越听越难过。

"也是县公安局把咱们送去的骷髅头作为悬案一直在追查,查到了欧余氏娘家。欧余氏的兄长十年前就去世了,但她的侄儿是知道老太太现况的,就打了电话给她,说公安局的人在问她的情况。欧余氏此时已是五个孩子的母亲,三个孙子的祖母。一个星期后,她给家里人留下一封信,就孑身一人回到了这里。"民警章讲着讲着,长吁了一口气。

铁子却觉得胸口越来越闷,人仿佛透不过气来……

碎　　片

文字于我是一张天幕，我在其中行走。

留一只眼睛看自己

秋天的时候,我无意间闲逛而入这家店铺,就被悬挂在墙体上的一张肖像画深深地吸引住了——这个满目沧桑的男子的脸上只有一只眼睛。但我分明感受到他的另一只眼睛在他的心底清澈地张开着。

是意大利画家莫迪里阿尼的肖像画了。这个桀骜的画家所画的肖像画有一个突出特点,就是许多成人只有一只眼睛,当别人问他是何用意时,画家的回答耐人深思:"这是因为我用一只眼睛观察周围的世界,用另一只眼睛审视自己。"

现在已经是初冬时节。

"人最大的劣根性是双眼都用来盯别人,而难以自检。留一只明亮清醒的眼睛看看自己,那该是清者更清,浊者也不浊了。"店铺的店员应了我的请求,把店铺的主人请了过来。这是一个给人以洁净感的男子,我们在相互的自我介绍后,面对肖像画,他这样感叹。

我微笑。

"你已经连着有三个多月到我的店铺里来了,我的店员告诉我,你并不购买任何的物品,只是静默地看一会肖像画,就走。我想,你是懂得了画。"

我们围着设在店铺深处的茶几落座。

店铺的主人从商已经十年了,他为了爱情舍弃了他自身的专业,因为他爱恋着的女子患上了红斑狼疮,女子的容颜在病变的吞噬下越来越丑陋,她在某一个夜晚,或者凌晨,从医院里出走。只留下一封信说:她会记住所有美好的日子,顽强地生活下去。但她并不希望他因了爱情而蒙蔽自己审美的眼光。

"我已经是丑陋的了,我承受不起人们在你搀扶着我行走过后留下的惋惜大过于祝福的目光的分量。不要找我,我会更加安宁一些。"女子信笺上的每一个字都已经烙在了他的心底。他没有去找她,因为他懂得女子做出这样的举动时,她已经在用另一种生存方式生活。

女子选择了阳澄湖的湖底做了她永久的睡床。

店铺的主人依然经营着店铺,在某一个初冬的午后,跟来逛店的另一名女子相识,并步入婚姻。

"我们生活得很好,尽管我的妻子知道我钟情于她是因为她与沉睡的她有着十分相似的眼神。但这并不影响我们婚姻的单纯性,我的妻子会常常对我感叹她相对于逝去的她要更加真实地触摸到幸福一些。"

店铺的主人侧过他的脸颊,看着我,说。

我闪过了他的注视,低了头,说:"我在办公室已经度过了较为漫长的一段寂寥的日子。我在婚姻的旋涡中挣扎。但今天看见莫迪里阿尼的肖像画,让我警醒。我应拿怎样的眼光审视婚姻? 审视自己?"

我过于把挑剔的目光放在爱人的身上,这让我失去平衡的度量。

"能够看到自己的失衡,本身就是一种公正了。我始终相信自己对你的第一感觉,你的心底闪烁着一只眼睛。"店铺的主人在我缄默了很长一段时间后,告诉我:"回转吧,保持良好的心态,也需要一只不断审视自己的眼睛。愿我们都能用一只眼睛观察周围的世界,用另一只眼睛审视自己。"

我抬了头,看着店铺主人的眼睛,我们的眼瞳里都将留下彼此的身影,但我更加愿意认为,我们彼此留下的是对自己更多的审视。

店铺外已是灯火阑珊。

心约就是家

看到宿营车的时候,我就会想起自己曾经生活过的那个小站和我的一个朋友艾禾。

一直觉得我是属于那个小站的女人,永远带着在它那里形成的很多东西,过去的某个片断常常占据着我的视线。

那个小站的前面就停靠着一列宿营车。晴朗的日子里,从窗口伸出的竹竿上,挂晾着的衣裳将宿营车圈成一个奇特的部落。夜晚,宿营车里浑厚的汉子的鼾声,则沿着车下黑黝黝的铁轨延伸,衍生出许多酸甜苦辣的期望。部落里的女人也一代代成长起来,大自然将她们沐浴得单纯清丽。她们会穿着蓝色的工装在油枕上跳跃,会端着饭盒嘻嘻哈哈地在户外就餐,也会平静地选择一位部落里的汉子,随着他去完成自己的命运。宿营车外壳的一些地方露出暗红色的斑驳。我和艾禾就踩着黑黝黝的铁轨,数着斑驳在宿营车下走过。

我喜欢攀上小站扩建后尚未验交的灯塔,远眺。那个和善精瘦的老邮差会在下午的时候给我送来爱人每日一封的信。灯塔下的山菊怒放,浓郁的花香透着一抹清幽。十月,我和艾禾就采下一些山菊,晒干,填在枕芯里,我带着这样的一个枕芯离开了小站。

宿营车依旧在那里停靠。艾禾是技术员,她和另外五个负责宿营车后勤的女子住在车的中部。

二十年前,宿营车开出大别山的一个山坳坳时,车上的一名汉子和山坳坳里的一名山姑为他们未出世的孩子起名艾禾。

有时,在铁轨上漫步,我问艾禾:"爱过男人吗?"

"哪些男人值呢?"艾禾反问我。

我低下头,想想:"总有一个吧!"

"慢慢碰吧。"艾禾这一碰就是十年,她有了一个爱她的丈夫。男人用身体表达爱,女人用心。很快地,她又孤独起来,她的眼里过往的忧虑重又泛起。

但我不敢问她过去的事情,和她同室的女子告诉我,艾禾的母亲是自缢身亡的。她为漂泊在外的丈夫守候着山坳坳里贫穷的家。一天深夜,一个村会计翻过她家的院墙,强奸了她。她第一次也是最后一次给丈夫写信,只有歪歪扭扭的九个字:把艾禾永远地带出去。

我一直不敢问艾禾这是不是真的。艾禾在宿营车里仿佛一瞬间就长大了,她的内心很复杂但她的行为却很简单,她和父亲一起漂泊,在宿营车上充分地展示了一个女人天生的善待生命的细腻和真诚。

真想像个孩子。艾禾同时也抗拒着长大。当她偶然地站在南来的一趟列车过道里,被拥挤踹得东倒西歪时,一个男人用手为她支起一片天空。她明白了自己需要什么。她恋爱了。那段日子轻盈如风。

我们在夜里说着女人的爱情。爱不同于婚姻甚至不需要婚姻,它只是两个人的概念,我为艾禾高兴。爱情让她明亮起来。

仅仅为爱情而爱的女人是动人的,但也是往往会被痴情灼伤的。

一个雪后的冬夜,艾禾突然疲惫地来到我现在居住的地方,她的眼底刻着被爱灼伤的泪痕。那个男人是宿营车总部的官员。富有成就感和离奇的婚姻——家庭的离婚大战弄得他心力交瘁。她给他写信,她去看他,她不在乎别人说什么,她只是要抓住那份爱与被爱的感觉。湖堤漫步,她渴望他能牵住她的手,但他没有。直到小坐咖啡厅,她幽幽地叹息她的失望时,他伸出了手:"现在还来得及吗?"但他从不给她写信,只打电话问候。直到有一天,她从他的口袋里看到一张他妻子的商调函……

"我不爱这样的男人,也不能爱。"我直视艾禾,说。我想起了她的孤独地守候她长大的双鬓过早地染上白发的父亲,想起她不肯活下去的母亲。

在人生的温暖又一次退去之后,我在寒春送着朋友。艾禾,好好照顾自己,你还需要什么?

需要爱。

我在这句不肯飘逝的话里流下泪。我的长大了的朋友还真的像孩子一般真诚地说着爱。年轮让我们正失去童年,失去浪漫,失去爱情,最后还会失去对自己的爱,而生命又让我们不停地渴望选择,理想与现实的碰撞让我们清醒,又让我们痛苦,我们很多的眼泪都为此而流。

我跑去看望朋友,宿营车外壳的斑驳越发多了,但它停靠的小站却总是新的。夜风吹动着艾禾的短发,她已是一个孩子的母亲,而我也不再是那个远眺老邮差的新嫁娘,我们会渐渐老去。

艾禾踏着鼾声依旧的枕木,平平淡淡地抖落一句:"心约就是家。"

茉 莉 生 香

五月的一个清晨,阳台上的茉莉轻舒枝叶,绽放出粒粒纯白的花骨,清香悠悠地迎面而来,沁入心扉,澄出我记忆深处零星的往事。

我随了修筑铁路的父母亲,从江南水乡迁徙到赣南山区的一所乡村中学寄读。高三的班级只有五名女生。

同桌的春子邀我:"艾菲,星期天你到我家茶园来呗?"

春子的家与其说是落在茶园里,莫如说是坐落于一片茉莉花丛中。尽管这些茉莉花是这么瘦弱地匍匐在红色的土地上,与相伴而生却是茁壮疯长的丛丛野草相形见绌,但它们顽强地透出一抹清香,飘荡在园子里。

这缕清香穿过时间的长河,历久不变地萦绕在五月的这一个清晨。

我就读的这所大学的室友莲香戏谑我偏爱茉莉的感觉就如恋爱:"艾菲,你的这份感觉大约只可与我家街巷里的楠姐交流交融。"

"楠姐?"我闻言心悸,"是叫叶楠吗?"

莲香诧异:"你认识?"

"也许是一种巧合。"我想起那个星期天的茶园。

"以前我家种茉莉给村上的茶场制茶用,可茶场去年关闭了,我爹爹也就懒得侍弄这些茉莉。"春子告诉我。

"茶场不是还留有人吗？如果茶制好了有得销路，茉莉花肯定还是要的。"我蹲下，用手轻轻地拢下一串盛开的花，用一枚别针串了，递给春子："别在衣衫上，很雅致的。"

春子的眼底掠过一丝笑意："叶楠姐也这样讲。"

叶楠姐是茶场制茶的"茶炉子"老叶头的女儿，胖墩墩的，头发却出奇的枯黄，因为小儿麻痹症，左脚微跛。她中学毕业后找不到工作，便从城里到了茶场跟他爹学制茶。

"她胆子蛮大哩，直通通地对王老师讲她暂时没工作，但她吃国家粮，以后有孩子就不是农村户口。王老师就同意了和她好，其实王老师并不喜爱她。"在某个月亮很亮的夜晚，我们班上的女生们窝在宿舍里如是说。

"那王老师总不尽然是和一个国家粮本谈恋爱吧？"我觉得她们对这段爱情有种不可言说的敌意。

"天知道。"一直缄默的爱如冷冷地说。

我欲反驳，春子用肘捣了我一下，我便哑了口。爱如在班上年龄最大，成绩也最好，但说话也最犀利。平日里我和她不太搭话。

春子第二天告诉我爱如喜欢王老师，王老师却拒绝了，并说："发愤读书跳出农门才能念及其他。"爱如就视这为爱情的承诺，不承想王老师会接受叶楠姐。

莲香打破了我的沉思，说："我家街巷里的楠姐嫁给一个乡村中学的老师，回来待产时仅捧了一盆茉莉花来，引得街巷里人言鼎沸。偏偏孩子生下来又夭折。"

"那她丈夫呢？"我急切地问。

"那个老师吗？我听说他辞职在外务工，孩子夭折了，他回来了一趟,要带楠姐走,可楠姐只盯着茉莉花香,沉默得如同影子。那个老师无奈,留得一张字条,走了。"

王老师成亲的那天,学校对面的山头突然失火,学校组织男生去救火,王老师撇下新娘子也跟了去。春子便提议:"我们去陪陪叶楠姐吧,她一个怪孤零的。"

叶楠姐的脸颊上浅辄着泪痕,端着果盘不停地让我们吃糖。爱如一直心神不宁,末了冲我们挤出一丝笑:"山下就是我们村了,我要回去看看。"叶楠姐挽留不住,便抓了两大把糖塞到爱如的衣袋里:"带点喜糖给你家里人。"

王老师回来时见到我们怔了一下,很快又平静了,说:"爱如的爹烧草灰,失了火,一个人惊慌得紧,扑火被烧没了。"

爱如十天后回来拾掇东西:"我兄嫂讲爹没了,少了个劳力,如果我继续读书,不回去搭帮手,他们就不管姆妈和奶奶。"爱如的姆妈双目失明已很多年了,奶奶亦是七十多岁的老人。

"辍学? 你对王老师讲了吗?"春子问。

爱如灰呛的脸一直掩在一片平静中:"没有。听人讲他自身都想外出务工,兴许管不过来我的事。"

"那以后你怎么办?"我问。

"不知道。先干了这季农活再说。"爱如笑笑,走了。

春子每周回去都给我带几串茉莉来,她告诉我茶场的厂房已租给一个制糖的外地人了,园子里的花草可能都一同要被铲掉。"改天我移几株花来,种在盆里。"

王老师暑假外出,归来递呈了一纸停职报告走了。

叶楠姐每天挺着肚子到传达室查收信件。

"爱如讲得对,王老师并不喜爱她。"春子移来了茉莉,给叶楠姐送了一株去后,回来却这样对我说:"叶楠姐要回城里生孩子了,王老师只来了一封信说城里条件好,又有娘家人照顾,他务工挺忙就不回来了。"

我只是望着茉莉无语。

日子对于念书的我们,是紧张忙碌而繁重的。春子指望能考上一所中专学校就行,偏这时传来高招并轨的消息。

这天,春子黯淡地对我说:"艾菲,高招并轨高中不许考中专,我这三年学习肯定就是白费了。我姆妈说我若考不上学,我爹替我应承下村主任家的婚事就得办了,也好有充足的理由安排我到糖厂上工。"

"但你根本不够年龄啊,"我激愤,"春子,求求你爹,今年真考不上就补习一年,明年一定行。"

"没用的,艾菲,我两个弟弟明年也都要进中学了,哪里供得起这么多钱?"春子冲我笑笑,泪却滑过了脸颊。春子的悟性一般,但她十分用功,满心指望能考上一所中专,就不必践诺婚约。

春子近来总是恍惚,一晃到四月,预考,就落选了。她在宿舍里捂着被子哭了一天,红肿着眼睛拾掇东西:"艾菲,这茉莉就留给你吧。叶楠姐回城也只带了我送她的茉莉,她说她就是在我家的茉莉园里见到王老师的。也不知她现在怎样了?等你考上了大学,也带了它去吧,我们这山旯旮里穷,但总算茉莉还生香。"

春子执拗地择了我们去县城参加会考的日子,循了风俗,哭喊着在欢天喜地的乐鼓声中踏进了她的新嫁屋。

莲香"啧"地叹息了一声,问我:"后来呢?"

"我不知道。"我摇头。

莲香改变了假期外出旅行的计划,同我一起去看叶楠姐。

叶楠姐开了一家小小的茶铺。她一眼即认出了我,热忱地拉我入屋,一缕茉莉花香扑鼻而来。叶楠姐喜滋滋地说:"艾菲,还记得春子家的茉莉园吗? 那茶场又要开了,你猜是谁包赁了茶场?"

我摇头,但我的心跳在加速。莫不是春子?

"是爱如。她和学校签约,以学校的名义包赁,每年给学校提成,外加固定助学金。"

"制茶销路怎么样?"我感觉有些意外,"爱如? 她好吗?"我再次想起几年前的那个星期天与春子的对话。

叶楠姐的笑意更深了:"挺好,有一个一岁多的儿子了。家仕和茶场签了单,包销。"家仕即是王老师的大名。

"王老师现在从商吗?"

"嗯。他在外务工这么多年,积攒了些钱,回来自己开了农产品公司,也是和学校联名的呢。"叶楠姐看着我纳闷的样子,笑了,定然间却又叹了口气,说:"他曾经给我留过一张字条,说他不可能为囿守一段茉莉园中偶遇的爱情和一个人的幸福而在一所学校纯粹地当一名教书匠,他懂得失学的滋味,那是穷在作怪,他最得意的学生爱如就是一个最好的佐证,他要探索改变现状的路子。"

在南方务工的王老师在街道制止行窃被人打伤,但仍不肯回来。"当时我以为他是书生意气,少年轻狂,但或许正是他的这般子诚意和韧劲,让他有了转折,他务工的公司老板提携他做商务助理。这样干了三年,他提出辞职,回来自己干。又找了爱如让她挑头包赁下茶场制茶。现在想想,还是春子懂得山里人的心,她送我茉莉时说,叶楠姐,我们这红土地贫了点,但茉莉生香。一方水土养一方人的,你对王老师得有信心。"

"春子呢,她现在怎样了?"我问。

"春子？艾菲,你不知道吗？春子婚后难产失血过多,没了。"叶楠姐的声音有些发颤。

"不,这不可能。"我失声,而泪就和着这声音滴落,砸在满屋的茉莉清香上,悠然荡起春子的一颦一笑,仿若朵朵茉莉。

茉莉生香啊……

忽 而 夏 至

忽而夏至。屋子里湿湿的,窗外凉爽的空气仿佛停滞了,不肯进得屋来。

夏至,在故乡小镇上,家家户户开始忙碌蒸糯米圆子了,馅多以芝麻砂糖,家境略微富余的,也会掐些五花肉拌小葱做馅。待到圆子在笼屉上袅袅飘香时,孩子们就开始迫不及待地围拢来,嚷着,笑着,闹着,吃着,当然,也抹着脸颊上成串的汗。

外婆站在笼屉前,嘴唇嚅动:"圆子圆,圆子圆,糯米粘糖稻谷长,艾叶蒲扇驱蚊虫……"我常常就在外婆的这般吟唱声中,用紫红色的竹筷子,挑了黏黏的圆子,一边吹,一边小心翼翼地咬上一小口。"细点,细点,莫要再被烫着了。"外婆见了,叮咛得细碎起来。去年夏至,一大口咬了,舌头被圆子里流淌的糖烫得燎起了泡。

故乡的小镇被涟水环绕,水面上有新老两座桥。镇子里是有学校的,但外公说乡下的学堂老师管得严,把我送到了河对面的立新小学读书。于是,每天我都要在老桥上来回四趟,桥是早些年间由镇子里的贡生捐钱修的,那巨大的青石被整块立在了河道里,支撑起青石板的桥身。桥面中央,还被祭有一块青石的龟,街坊邻舍从桥而过,从不踩踏它,偶尔间有细伢子踩了,多要被大人呵斥了,说:"祭神呢,要恭敬些。"小镇百年,风雨飘摇,青石的老桥两侧径自长出一些蔓延的藤枝来,茂密而翠绿。夏至时分,枝条上都挂上了一种被小镇人称为"槟榔"的果子。"青果子,只看得,吃不得啊。"街坊们叮嘱着打捞采摘果子的孩子们。夏至过后,就开始有人在河里游泳了。老桥的桥墩旁自然形成两个旋涡,常常有游泳的人打赌跃向它。直到有一天,镇上漆阿公的孙子蛮子被水涡卷了进去,再也没有上来之后,街坊们才看紧了孩子,嚷嚷着:"你去河里洗澡,莫去水涡里呀,闹水鬼呢。要是去了,看我不打断了你的脚呀。"

镇子里有一间药材公司,常常有从山里和乡下结队拖着板车来卖药材的人,我跟了六妹子她们会在上学的时候,拐到药材公司门口,打量着拖板车的人,或明或暗地从板车上抽几根甘草类可以嚼味的药材,塞在书包里,到学校以后和班级的好友分享。周末了,也会跟着六妹子进得药材公司,在仓库间乱窜,这时候,多是为拿一些滑石,以便于在街道口的石板上,或到学校的草坪上,画出清晰的"跳房子"的格子。暑假的时候,药材公司更成了我们的乐园。热狠了,就拥到药材公司操场边的水池里"打水"乘凉。那天,我就是在"打水"时,眼睁睁地看着我的凉鞋沉到池底去的。六妹子仗义地说:"莫哭,我喊我大姐夫来捞。"她的大姐夫是药材公司的经理。偏生她的大姐夫不在办公室,而从街巷里远远传来外婆"细妹,细妹,回来吃夜饭了"的喊叫声,令我只好赤了一只脚回转去。外婆拿了长竹竿,去捞了凉鞋回来。这年夏至,正是学校放"农忙假"的时候,外婆用瓷碗盛了几个圆子,让我送到药材公司,拿给六妹子的大姐夫尝尝,这可是特意掐了肉馅的呢。

我在小镇度过童年,还跟着外婆到乡下过了一个夏至节。那乡下的亲戚家在这一天嫁女儿。我看到来吃酒的人们拎了纸包的糕点,络绎不绝地送来祝福。他们比镇上的街坊要多一样点心:"是贺夏至。乡下人讲究些,指望着今年有个好收成。"亲戚家的一位长者一边和外婆说着话,一边在一个卷了边的本子上记录着来礼单。

　　一晃,夏至依然。童年却是早已站在了记忆的深处了。外婆也于十年前辞世。前两天,回母亲家,我惊喜地发现院子里的一株枯树,今年竟生出生机来了呢,且布满了枝藤,赫然就是故乡小镇上那老桥上的"槟榔果"。

　　母亲看着我,说:"过得两天是夏至了,你回来吗? 我买了些糯米粉,打算蒸圆子。"我望见母亲眼底的关切,应承道:"夏至夜里我回来吧,只要不出差。"母亲的笑意就爬上了她的脸颊,我依稀还看见外婆也是这般慈祥地笑。

父　亲

　　父亲在上周六摔了一跤。当时，他正骑了电动摩托车来小区，空旷的马路上横刺里蹿出一条狗来，父亲为了避让它，猛捏了一把刹车……

　　此时，我陪着一群客人正在城市郊区的森林公园游逛，连日来的雨水使得森林里的百丈瀑布如练飞泻，浓密的雾仿佛乱云飞渡，丝缕飘落。

　　"还是先不要跟你姐说吧，她陪人在外面。听到消息定然着急，坏了大家的游兴也不好。"母亲对我的两个弟媳妇说。傍晚，小弟媳还是说漏了，我顿时惊出一身汗。一边给家里打电话，一边拦车要赶回去。父亲接的电话，他和往常一样笑着说："不要紧的，只是脸上擦破了点皮。"他断然不肯让我回去，说："早上已经在附近医院看过了，明天会到单位医院再去看看。"但我还是回了。父亲的门牙摔断了四颗，一笑，露出一个空洞。我觉得自己正跌入其中。有若父亲当时庞大的身躯，从摩托车上飞出，惊恐瞬息间，疼痛就钻了心。

　　父亲在凉台上静默地点燃了一支烟。他的背影映在我的眼底，渐渐浮动起来。

　　"你爷爷有一身好功夫，只传了你大伯一个人。当时，你二伯正

242

考取了省城的机械技工学校,家里的几块大洋只够他的报名费。你爷爷想了一个晚上,决定让我辍学去当了学徒工。"父亲十八岁时,因为会打铁,被工程队派去招工的技术员董相中了,说:"铁路单位正缺这样的锻工。""那这活我会干。"父亲英俊的面庞上洋溢着喜悦的笑容。那是1964年的某一天。第二年,父亲就开始带徒弟了。锻工房里叮当叮当的声音清脆响亮。张娃是山西人,二十二岁,比父亲还要大一岁,队上安排他学电工,张娃意外地拒绝了,请求学锻工。张娃平时缄默,抢铁锤时,劲使得也沉闷。"嗨,又过了。工地上还等着要用铁锹呢。"徒弟秦海"嗵"地把火红的一块铁扔进水桶,铁锹的雏形"嗞"的一响,沉入桶底。张娃不吭不哈,用铁钳把铁锹夹了出来,放进锅炉里。"嗨。"秦海忍不住喊,被父亲摇手拦下了。他抢起大锤,冲张娃说:"我来锤,你夹好铁。"下班后,父亲和张娃聊天,才知道张娃的娘害眼病,看不见东西了。刚过门的媳妇闹着一个人在家伺候不了,要他回去。"我可以不上班,但总得学门手艺回去吧。我娘眼瞎了,要钱诊呢。"张娃说,"我学电工,回去用不上。家里还没有通上电。师傅,我就是想把打铁的手艺学会了,回去好给我娘挣钱看病。"张娃的山西腔特浓,一板一眼的。父亲也不知要怎么劝慰,只点了点头。这以后,他更尽了心地教,甚至把淬火的诀窍都全数抖了出来。

张娃最终没有回山西。他媳妇年底挽了两个大包袱来单位了,见到张娃,大哭:"娘眼睛瞅不见,掉沟里,殒了。不让我跟你说,大伙帮衬着把娘葬了。大爷就打发我投奔你来了。"张娃脸色铁青,抬手给了她媳妇两记耳光,说:"滚。"他媳妇捂着脸瘫倒在地。那天傍晚,队里开会,父亲被点名批评,说是放任徒弟,管教不严。他没有理辩,只说:"张娃学打铁,浪费了。有机会,就还是让他学技术,或材料员什么的。"

若干年后,张娃已经当了材料室主任。他的媳妇也生了两个娃。但他们还是举家回山西了。临走,张娃特地绕了两座山,到父亲所在的队上辞行,说:"师傅,我还是调转回去了。我大爷腿脚已经迈不动了,兄弟几个就数我没有在跟前尽过孝。这些年,我媳妇跟着我转悠,还养了娃,但我心里憋屈着的那口气,始终没有吐出来啊。我就是想亲眼看看她是怎么替我伺候老人的。"父亲为张娃的心思震惊,说:"你要是抱着这样的疙瘩调转回去,那不把好端端个家拆散了才怪。我们都是单位上的人,可不兴记仇。就好比打铁,坏兴致打不出好铁来,过日子也一样。"张娃低着头喏喏地应了,说:"回去,会常写信来。"他们之间的通信就一直持续到二十世纪九十年代初期,家里安装了电话,信息沟通就更明晰快捷了。有一天,父亲接到了张娃媳妇的电话:"李师傅,他爹今早殒了,脑溢血。我特地给你报个信。"张娃的媳妇在电话里抽泣不止。那天,父亲还收到了张娃的最后一封来信,信上说:"师傅,我这辈子说话少。但我记住了你说过的话,好兴致才能活出个好模样来。近来,我感觉自己的血压越来越高,时常眩晕。怕是好日子要到头了。很多年没有给你写过信了,今天想起来,就提笔写写……"张娃调转回去进了县里的物资公司,直到在那里离休,赋闲在家。他的家没有散,两个娃都上了大学,又遵循了张娃的意见,回转山西工作。

"你父亲打得一手好铁。工程队里的斧头、铁钳、钢钎,谁用谁夸,说上手,用起来带劲。"三十多年后的一天,我坐在盘旋于贵州山区载满了前往工地观摩的人们的大巴车上,听当年的技术员董现在的高级工程师董乐呵呵地讲述他们年轻时候的故事。

父亲打铁的技艺获得了人们的啧啧称赞,但也影响到他转行。

"他这一转,只怕没有更好的人代替。先放放再说吧。"这一放,父亲在锻工岗位眨眼过了二十多年。其后,随着单位管理模式的渐变,锻工岗位自然淘汰。父亲开始从事一些具体的管理工作,及至退休。记得某一天,我和父亲聊天,曾问过他,工作中有没有什么遗憾。他想了想,说:"有。虽说打铁二十多年带出了一拨拨徒弟,但应该和大家一样再多学点技能会充实些。"父亲决然没提在他的锻工生涯里,曾对锅炉改造了三次,在那个还设有"节能办"的时代里,被统计的节约用煤数据达到年均一吨。

一介工人的父亲很长一段时间也难以适应退休后的生活。其间,他和母亲回湘中故里居住了一些时日,但仍是牵挂在单位的同事和日子。每月初父亲定时打了电话给对门的李叔请他代缴党费。回来后,父亲被大伙选任片区的党小组长。日常,父亲还把在故里跟大伯学会的太极拳一招一式地教了大家,倒也忙得不亦乐乎。

"工作上有什么不顺心的吗?"父亲推了门进来,看见我怔怔的样子,轻声问。"没有,想起以前的一些事情。"我窘迫地笑了一下,说,"你还是尽量少抽烟吧,对心脏不好。再说,让母亲看见了,你又要说她絮叨了。"

"呵呵,这几天特殊情况,你妈肯定不会责怪我不听医嘱的。"父亲顿了顿,又说,"你们也不要为我担心,过两天,我去把摩托车的转向灯换了,以后骑慢些就是了。"

我摇头要甩掉猛地蹿上鼻子的酸楚,泪就跌了下来。再过一些日子,父亲就六十五岁了。原本是颐养天年的年岁,却为了我们,仍然劳碌着……

母　亲

　　小时候,几乎每个星期天我都要踏着外婆家门口长长的青石板路,穿过一座长满青苔的石桥,到河对岸的嵋山顶上,巴望云烟淹没的大山脚下,母亲会和她的铁路一齐踏进外婆的家园。而每一次,都几乎是循着外婆的唤声,怏怏地归来。外婆就轻轻地抚着我的头:"傻囡囡,好好念书吧! 你妈妈修的铁路离这儿还很远呢——"我也就懵懵懂懂地点头,于外婆的叮咛中感觉到母亲了。

　　有一年暑假,母亲写信来,说想接我到单位过个假期。我那时已上初一了,仍然抑制不住兴奋,一夜辗转未眠。第二天,随了大舅踏上去看望母亲和她的铁路的行程。

　　那是一个荒凉的山冈,我踩在地上的鞋早已被厚厚的尘土覆盖,几排竹篱笆房子被烈日炙烤着,蔫蔫地站着,一个单瘦的身影被暴日夸张地浓缩成团,立在一棵蝉鸣不已的树下。大舅推着我:"囡囡,你妈妈在张望你呢。"我却不肯挪动脚。母亲两年多未回去,就是留恋这个穷困、闭塞、荒凉的地方吗?

　　母亲终于看到我们,惊喜地跑过来,一把拽了我的手,生怕我飞了似的:"让妈妈好好看看。"

　　我被看得窘迫起来,便移了视线看远方。一瞬间,竟觉得我又站在嵋山顶上,母亲离我很远很远,她和她的铁路仍掩在山那边,没

246

有蜿蜒到外婆的家园。我说:"这么个穷沟地,铁路有什么修的?"

母亲一怔,继而平静地一笑:"不修不就更穷么?"

我惊讶于母亲的回答,将困惑与探究写在眼里,定定地望着她。母亲倏地红了脸:"妹子,妈讲得不对吗?"

很多年以后,我依然记得母亲红脸那一刹那间的美丽。那其实就是一个平凡的人对她所从事的职业的挚爱的自然流露,就如同她对于生活的认同一样,表达得平平淡淡,真真切切。母亲读书不多,但极勤劳,因连续多年被评为先进,队里要安排她当材料员,母亲推辞了。面对我不得其解的诘问,母亲替我掖了掖被角说:"妹子,妈都三十五六的人啦,修铁路修了十八个年头,习惯了在工地劳作,那材料员的空缺留给书读得多的青年更合适。"

在和母亲共处的日子里,我又真实地感到母亲通达自然、不失幽默的一面。她说我酣睡如泥,只一个"泥"字便入木三分地刻画出一个小女子不谙世事、清清爽爽无忧无虑状。她又说我擦润肤霜,犹如粉墙,食指一钩,挑一团面霜,敷于脸,涂之,遮了瑕疵,也掩了自然。

及至我亦加入筑路大军的时候,也就早已从母亲那儿学会了乐观勤勉,也习惯了筑路工以苦为乐的生涯。

然而,有一天,我再一次被母亲的红脸而震撼。

母亲按规定递了退休报告,心情一直不好。一种欲语还休的失落与寂寞在她的心底滋生,猛劲要往外蹿,我约了小弟一同回家,陪母亲聊天。

小弟海剌剌地侃他的书社,末了,说:"妈,你退休吧,帮我照看照看门面。这铁路是平行线,没个尽头,你修铁路总得有个交叉点,歇息歇息吧……"母亲抬了胳膊,仿佛不经意地揩了一下眼角,她忽然发觉我一如那个站在峨山顶上,巴望她和她的铁路开进外婆的家园的妹子,定定地望着她,倏地就红了脸:"咳,人不堪老啊,我退了休,还能跟着你爸在这单位飘几年呢?"

母亲与铁路同修出一份挚情。

生　日

　　傍晚,母亲打来电话,说过两天她和父亲想到我家来,一起祝贺一下我的生日。

　　"不行,妈,我很忙,恐怕没有时间招待你们啊。贺不贺生日,都没关系的。"我慌忙地就答了。

　　"哦,这么忙啊——"母亲有一瞬间的停顿,又说,"那你自己要记得煎两个荷包蛋吃了。我和你爸就不给你添乱了。挂了啊?!"

　　"知道了。"我分明听出了母亲浓浓的挂念和丝丝的惆怅,但我还是坚持己见——我最近手头至少有五项工作要赶,这份忙碌和紧张让我内心充满了沮丧,我并不希望父母亲看见我的这种工作状态。

　　夜就随着我回味母亲打来的电话而漫过来了。我没有开灯,任黑暗吞噬了我所在办公室里的角角落落。

　　我在思绪的绵延中看到了一缕霞光。"生你的那天,已是傍晚呢,但天际仍有霞光。"从我记事起,每每生日,母亲都要这般讲述,而我随着年龄的增长,往往是要感叹母亲的陈词何以年复一年不曾有半个字的变换。"或许正是那缕霞光保佑了你们母女呢。"父亲在某一个我的生日,面对我的感叹,告诉我生我的那天,母亲在单位医院的病房里足足已经发作了两天两夜,疼痛使得她紧抿的嘴唇有些扭曲,但母亲决然不肯喊叫以减轻痛楚,倒是要进产房的那一刻,母亲拉住了父亲的手,说她是过敏性体质,如果有不幸,恳请一定要尽量保留住孩子的生命。"不要胡思乱想吧,你看——"父亲扭转头原本是想抹去泛在眼底的泪花,但他看见了什么啊?过道窗户外的天边霞光满天。

而今夜,我在黑暗里再次面对那抹鲜亮的霞光,突然感悟到,我的生日,不也正是母亲的生日吗?岁月的张力与流程是在人收获了喜悦或体验了失败的痛苦、成功的欢乐才感知的。在那一天同时诞生的其实是两个生命:一个是有形的鲜活与无知期待启蒙的我的出生,另一个是无形的情感与灵魂交融的母亲的新生。

每个人都记得住自己出生的日子,但有多少人能记住母亲在这一天生产时所承受的心灵和身体上的痛苦与欢乐、幸福与震撼呢?

母亲六十岁了,从她保存的连续十五年参加单位职工代表大会的合影照上看见她的身影,可以得见年轻时的母亲曾很努力地工作,很先进很优秀过。退休以后,她和父亲在家门口开了一爿小店,经营日常的生活。但现在她老了。记得去年有段日子,总听她念叨昨儿梦见我的外公外婆了,她想和父亲四月的时候,回老家去给仙逝多年的他们做清明。我不置可否,但我私下里跟弟弟和弟媳妇说,母亲届时真要回老家去,切不可以种种理由推拒,只管和老家的亲戚们商量安排好他们的行程就好。

但直到六月,母亲和父亲仍未起程。有一天,我就问了母亲:"要在外公的忌日回去吗?"母亲深切地看了我一眼,摇摇头,说:"还是算了吧,眼下你小弟刚买了房子,生活就显得不宽裕了,我和你爸爸每天守着这小店,每个月也能省下些青菜钱,多少能帮衬补贴他们一点。等到明年再看看吧。"

而今年的四月不是忽而即至吗？年年我生日，母亲都是做好了一桌子我爱吃的菜，叫我回家过的。今年她却以商量的口吻与我说，我长大了，她想到我家来为我过生日。想起前些日子，我出差回来到家里打了一个转，依稀听母亲说她又梦见了我的外公外婆，当时我的心猛地还惊悸了一下。

　　是了，母亲老了，尽管她和父亲一同厮守，但他们仍然还是有了厚重的寂寞感，这全然要责怪我们这些做子女的，只顾了忙碌充实自己的日子啊。

　　黑暗并不能掩盖我的愧疚。我听见自己的心说："妈，今年过生日，我要和你们一起过，我有很多话要跟您说。"

　　我期待着生日那天，依然霞光满天。

陌生的城市

　　这个城市所有的媒体约好似的,突如其来地开始怀旧。怀念深藏在城市中的小巷和街道。那些散发着质朴气息的过去像一幅民俗画,悬在纸上,供人观瞻。总是被炫目的高楼、光怪陆离的酒吧、现代化的厂房包围的视线,一下子落到了生活的凡俗上。这些凡俗带着晾衣竿上五颜六色的"万国旗"、摇着蒲扇的大妈、方凳子一搭、黄酒过小菜的大爷……就都一齐向你扑过来,搅动了沉沉的过去。只是怀旧的人本身也是这个城市的新移民,与这个城市没有纠葛不清的过去。这样的怀旧不免带着一些旅游者的目光,好奇多过记忆,终不能触到生活的底子。

　　我是经历过这样的弄堂生活的。那种气息让人感动,叫我想起年少时,牵着外婆的手,在花布店里一尺一尺地量花布。老裁缝脖子里挂着软卷尺,透过滑在鼻尖上的老花镜打量着花布,用一块淡蓝的画粉画出衣服样子来。窗外的阳光穿过梧桐树浓绿的叶子漏进来,洒在红漆斑驳的木地板上,淡淡的,似一杯清茶。缓慢而心安的日子,又像泡在井水里的西瓜,可口而妥帖。那时候街上的人没有现在多,那时候走在马路上很自由,过往车辆是要避让的,可绝对没有多到让你心慌的地步。那时候的人和事,其实我也已经模糊不清了。只是牢牢地记着一种感觉,满足地,毫不怀疑地认为这是属于我的城市。但我最终离开了我的城市,漂泊到这个城市。今天,走在喧嚣的马路上,眼前晃过的都是一张张疲惫的脸,你不知道他们从哪里来,也不知道他们会到哪里去……我们都是陌生人。没有一个人会有把握地说这是我的城市,它无边无际地延伸,无边无际地长高,变得陌生,像一头庞然大物。而我们所有的人,不过是寄居其间的过客。我开始变得像个老人一般爱回忆往事,絮絮叨叨地向着与这个城市一起老去的人抱怨。

这是一个高速发展的时代,来不及辨别什么,过去就被改造得面目全非。我们必须最快地做出选择。要么拿来,要么舍弃。满街都充斥着"时间就是金钱"的气息,迫使着你做出这样或那样的选择,我们似乎被一股不知名的外力推着向前,不容停歇。我知道,我们会跟着时代前行,虽然会有一些迷惘、疼痛,甚至是失重。但毕竟没有人会永远处于失重的状态,我们总会在城市里抓住点什么来固定自己。比如我在这个城市开一间不大的读书屋,每天自我感觉最好的时刻是昨夜我贪婪地捧读完一本新书后,将我的读书心得用五颜六色的水粉画出来,制成一张新书推介广告,今晨悬挂于屋前,引得读书的人驻足观望,而后进得屋来翻阅新书,此时此刻,书买与卖否,对我而言都已经不重要了。重要的是我握住了在城市生存的感觉。

于是,在这个开始集体地怀旧与留恋的季节,尽管我们自己也不知道那些散发着知根知底气息的小巷能告诉我们什么,只是本能地向着自己的过去求救,但我相信无论什么样的追求都不能是无根的追求。

真怀念那些细密绵长、简单质朴的日子。

桑　儿

　　认识桑儿,很特别。那年,男友在桥墩上绑扎梁座钢筋,被弧光"打"了眼。充血、泪流不止。班长说讨点人奶,敷敷就好。我便端了茶杯,在村子口向一位婆婆打听谁家的媳妇正奶孩子。婆婆立即指了村西头:"你到桑儿家看看。"

　　桑儿眼珠黑漆漆的,听我说明来意,利落地接过杯子,扭身坐到一把吱哑吱哑乱响的竹椅上,撩了衣襟。用手挤压略瘪的奶子。好半天,才滴了小半杯发黄的奶汁。桑儿涨红了脸:"早晨刚奶了孩子,这会儿先对付着用,晚上我给你留着。"

　　我和男友在工地举行了婚礼。桑儿把正房租给了我,自己扯巴着孩子住进正房旁搭盖的棚屋。我们慢慢熟稔起来。桑儿的男人在外地打工,过年时才回来住上十天半月的,留下桑儿和桑儿又将挺起的肚皮儿。桑儿嫁过来五年多,始终被挨着长的四个女儿纠缠着。时常拖了一把锄头,双肩略略前倾,用劲地耸了耸绑在背上的小女儿,招呼着捉了她衣襟的另三个女儿:"牵着手走,莫扯着妈妈的衣服哟——"嘹了长音,下地去。村子里的媳妇嘀咕:桑儿命苦哩,躲计划生育养了四个女丫,硬是不生男儿,遭罪哟——

　　桑儿话不多,偶尔,也会和我聊上几句:"大妹,你给小三子吃的药灵着呢,身上的疙瘩消多了。"我告诉她房子太潮湿,得经常晒被褥,孩子才不会生疥疮。

有时,我逗她那放在摇窝里的小女儿:"喂,三千七,笑一笑,长大跟阿姨修铁路,多长见识呢。"桑儿每每听我喊她的女儿"三千七",黑漆漆的眼睛立时着了雾,茫然盯着不谙世事的孩子叹息:"不知这孩子的命哩……可别再遭我一样的罪。"

我就极认真地说:"桑儿,可以的。把那念头断了,罚款的钱攒起来,供孩子读书考学……"

桑儿总是不等我说完,就笑,搂了孩子横在臂上,撩开衣襟,将奶子塞进孩子的嘴里:"我怕孩子他爹不肯呢。"听我说得多了,亦只是闷苦一笑,不肯接话茬。

桑儿每天从地里回来,人整个虚脱了一般,窝在椅子上歇好一阵,才回过劲来去淘米。孩子嚷着饿,就拿出蒸熟的凉土豆、红薯或萝卜之类的给孩子:"吃去吧,别吵吵了。"

这年春节,桑儿的丈夫胡子拉碴神情麻木地回来了。桑儿喜滋滋地站在正房的门槛边告诉我:"他今年挣了三千多块钱呢。"

我直愣愣地问:"还准备要孩子吗?"桑儿立时霜打了般:"要看他啦。"恍惚笑笑,听到她丈夫喊她,就进屋了。

我从老家过了年回来,见到桑儿。桑儿越发地憔悴,头上还扎着手绢,她表情极自然地告诉我是磕门柱上了。村子里的一个媳妇却说是桑儿的丈夫打的……

有一天,桑儿忽然问我:"你说超生犯法,当真? 乡里的干部也这么说来着,但没见着谁多生孩子坐牢去呢。"

我哭笑不得,拣了浅显的道理摆给她听:"桑儿,这地球好比庄稼地,吃喝拉撒全靠它滋润呢,不断地往这地里挤对人,能不膨胀、毁了吗?"

桑儿歪了头,眼睛直直地瞪着天空,冷不丁冒出一句:"你说,我那四个女丫能出息吗?"

我点点头:"能,多读书,"意犹未尽,又说,"准能出息。"

桑儿不再言语,径直下地去间锄棉花。一天晚上,桑儿早早安顿好四个孩子,喊我:"大妹,明天你休息,帮我照看一下小三、小四,我去趟医院,中午回来。"

"病了吗?"我答应着,也没顾及桑儿的静默。

第二天傍晚,桑儿拖着两个大孩子回来,脸蜡黄,直喘气。

"什么病,拿药了吗?"桑儿没吭声,从裤袋里摸出一张诊断书给我,竟是结扎证明。我惊得瞪圆了眼睛:"桑儿!"

她笑笑,仍是那闷苦的笑:"江那边的医院挺严的,我拿着结婚证和我两个大孩子出生证,央求了半日才肯做手术呢。没碰见熟人。"

"孩子他爹知道吗?"

桑儿摇摇头,黑漆漆的眼睛立时着了雾:"先瞒着他,慢慢地磨理儿吧。我就指望这四个女儿读书。有一个出息,也好对他爹有个交代。"桑儿的眼睛透过雾憧憬一种未来。一顿,抬头直视我:"大妹,你可得替我保守秘密。"

我望着桑儿,心底没有一丝喜悦,唯有重重地点头。

金秋,我们要开拔新工点。我买了四个书包和文具盒送给桑儿。桑儿没推辞,收下了。搬家那天,桑儿蒸了十多个嫩玉米连同一个信封儿塞给我:"大妹,别忘了我们。"

信封里是一张黑白照片,桑儿搂了她的四个女儿在笑,黑漆漆的眼睛透过雾,憧憬着未来。

老　柯

老柯三十五岁以前是小柯。

三十五岁以前的小柯扛花秆,打标桩,干测量十年,磨就一副好眼神。单位上的小年轻承包涵洞,请小柯去"把模",小柯站着闭了左眼眨了眨,说中线右跑 1 分。有小年轻哂笑:"玄吧,小柯,不用尺?"小柯就把尺头撂给他说:"拽直了。"软耷耷的皮尺腾地一绷直,任谁一瞅就看到尺与模板的间隙,正好 1 分。

小柯渴望能有机会定职测量员,这是干技术工作最低的"衔"了。但果真接到单位通知职称考评时,他正躺在故乡的县医院里,被睁眼闭眼翻滚而来的灼黄的麦穗子纠缠得动弹不得。灰呛呛的他按着阵阵作痛的肾。"丢。"他恶狠狠地吐出这么一个字,诅咒这个必定与之失之交臂的机会。

小柯被借调入京,给日本技术员林桑当测量助工。一日飓风,皮尺丈量二十几米直径的圆形地柱,测中位,数据多变。林桑懊丧掷尺,小柯不声不响地拿来弹簧尺,以力度衡,不理林桑嗤笑,折腾二时,回返工棚,报讯中位已测定。林桑摆手言休。次日风住,林桑执尺亲躬,桩位与前日打下标桩无隙吻合,不由得伸直了拇指喊:"柯工,柯工。"小柯不领这虚名,言:"林桑你诚心喊,就叫我老柯。'老'也是干我们这一行的衔。"这一年,小柯三十五岁。三十五岁的小柯就由日本人虔诚地叫喊着成了老柯。

技术员小衔除了眼睛近视到摘了眼镜得趴到图纸上找数据的遗憾外,宛如一块玉,温温亮亮地总漾在单位小年轻们的憧憬里。但小衔近视,看不到这些。她只独独纳闷办公室对桌的老柯三十五岁何以单身。

老柯玩笑:廉颇老矣,尚能饭否?

小衔扶着镜框兀自点头。周末,大大方方地走进老柯的宿舍玩猜谜。谜面必须是此时此刻各自心中最强烈的愿望,写在掌心里捏着。老柯避开小衔的笑颜,心底里的慌乱与兴奋交织,由心室喷发沿血液涌向周身。他莫名地哼了两句故乡的小调,在双手的掌心里画了几笔。这以后很长一段时间,老柯都在咀嚼当时小衔的美丽是被他的理念击得溃不成军,还是被她自己的真诚涣散又集结成悲哀?

那天,小衔等老柯猜谜数次不着其边时,就伸过她的手,一枚精致的心静静地躺在了老柯的视线里。"老柯让我看你的。""算了,我没谜。"老柯被这枚图案戳得心疼,隐隐地看到自己的陋性。"骗人,看你写的。"老柯拗不过小衔,平摊两手,左手捧着"我爱",右手握着"工作"。其实,这并没有错,但不合时宜。小衔绯红生动的五官霎时间苍白地隐没于模糊之中。

老柯在心底祈求小衔的谅解。他躺在故乡的县医院里,被告知肾有功能性障碍时,他承受住了这生命之轻,全然是因为父亲的痛斥:"丢,人活着不单是得有'后'这一件事。"由此而来,他必须首先承受爱情之轻。

脏乎乎的黑娃被摁在水龙头下冲洗,捯饬利落了冲老柯张口就叫爸。老柯一时别扭,瞪眼:"小子,捡你回来,我可没这意思。"黑娃不管,腾腾地跟了老柯"爸爸爸"地叫。大伙哄笑:"老柯,你捡了个傻孩。"

"谁说不是？一条命哩。"老柯站住了,牵过黑娃的手。

单位计划生育办的女主任找老柯,说不符合收养的条件。老柯挠头:"那咋办?"女主任和善地笑:"交给我吧,联系好了送儿童福利院。"老柯唤黑娃:"小子,你跟大姨走吧,我常去看你。"黑娃扯着老柯的衣角"爸爸爸"地叫不撒手。老柯看看女主任,拍黑娃的头,应了他一声叫,黑娃这才腾腾地跟了女主任走。老柯哑巴着这一声应诺,忽然又想起父亲的痛斥和远嫁的小衍。

于是,三十五岁以后的老柯在自觉经历过爱情、拥有过儿子之后,仍扛花秆,打标桩,挂着"老"字衔,细致地干测量这一行。

铁　路　人

　　月儿浮上了中天,晃晃地澄出一个墨蓝墨蓝的云池,池畔的光晕轻轻荡漾,细粼粼的,仿佛离家时的那个傍晚,和阿妈在海滩上漫步看到的小浪花。夕萌越看越觉得像。"这些年,阿妈老了,没能去看看你阿爸。萌,你到铁路上报了到,先去看看你阿爸。"阿妈花白的鬓丝轻颤,让夕萌感到平静的海面上,海风正从遥远的天涯赶来,步履急促而踉跄。

　　整整七年了。接到阿爸的遗物,唯一珍贵的莫过于几本打隧道的工作日记了。夕萌认定那歪歪扭扭的字就是峒子里塌落的山石。她拥着阿妈,把日记本留在了阿爸生前所在的工程队上,只捧着一缕硝烟般飘散的生命的追忆,走了。阿妈神志混沌了很长一段时间,稍微清醒就念叨:"萌,你阿爸真走啦?"听得夕萌直往嘴角抿泪。悠悠两年,夕萌就在流泪的时候转移阿妈的话题:"阿妈,我填报师专了,以后可以挨你近近的。"阿妈怔了怔,抓紧了她的手:"萌,改铁路学校吧,你阿爸肯定喜欢……"

　　"阿妈,明天我去看阿爸。"夕萌依稀觉得云池里的月光拍打了一下池畔,发出海浪抚岸的沙沙声。

　　秦端坐窗前,轻抚一本粗糙的日记本。仰头,月光若水,泛起沉寂的记忆。"在想海班长?"亦璇轻倚丈夫肩膀细语:"过两天又是海班长的祭日了。你要去签工程中标合同,就让我替你去看看他吧。"秦回过头:"记得地方吗?""能忘了吗? 恋爱的感觉就是在你带我去看海班长的日子里找到的呢。"亦璇的嗔怪飘在三年前的夏季。穿过皖南一座狭长的隧道,登上山腰,一座坟茔静卧。"这是海班长,我入路时的班头。"秦不看满脸惊愕的亦璇,自顾自说:"他这人,每天都要从他那口破旧的木箱里掏出个日记本,画上歪歪扭扭的几笔。问他干啥呢,他嘿嘿一笑:记工作日记。常引得工友们善意地戏谑说他是给老婆写亲热话。他涨红了脸,举起本子喊你们可以看,可以看。我当时很不以为然,整天就是简单机械地施工,不定哪天还会留在峒子里,费那神。海班长顿时不吭气,半晌才说出一句也是,但等退休回家了,翻着看看,离铁路近点。不承想,第二年夏天,他却被留在了这座山中的隧道里。"亦璇听得入神,催问:"那他的家人来了吗?""来了。海班长的妻子当时就蒙了,他的女儿,有十四五岁吧。"秦感到眼睛刺得慌,很涩。海班长的女儿将日记本全部留在队上:"这是我阿爸最珍贵的东西,像峒子里的石头,就一并都留在这里吧。"秦发愣,不明白女孩为啥会说日记是石头,但他在女孩和她的阿妈回家后,征得队上同意,珍藏了海班长的日记。翻读久了,那个石头的感觉就浮了出来,并且越来越沉,沉得好像要塌落。他突然明白了海班长的女儿,她是认定了她阿爸就是隧道,日记是隧道的一部分。"每年海班长的祭日,我都来,一则是祭奠,一则也是希望能碰上海班长的家人,聊聊。其实能聊点什么,我又很模糊。"亦璇沉吟:"我也许明白。你只是想让她们知道你和她们一样读懂了海班长。你后来碰上过她们吗?""没。"秦迷惘地摇摇头。

七月的皖南，群山苍郁。

夕萌在隧道口默立了很久才缓缓穿过峒子。登上山腰。一名素装的女子正将三炷清香插在阿爸的坟前。听到响动，亦璇站起来，看到夕萌手中纯白色的海贝壳祭花，鼻子倏地发酸："是海班长的女儿吧，你来了。"夕萌点点头，快步上前将海贝壳立于坟前："阿爸，我来看你了。阿妈说这几年她老了，没能来看你。其实是自你走后，她神志一直不太清爽，可她坚持让我考了铁路学校，说让我离你近点，阿爸。"

亦璇流泪，挽起哽咽的夕萌。

山脚岔路口，一辆长途汽车徐徐驶来。夕萌握着亦璇的手："璇姐，回去一定向秦工致谢。七年了，我阿爸一直承蒙你们关照。"亦璇微笑："夕萌，秦一直想跟你和你阿妈说，海班长的日记让他明白了真正的铁路人本身就是隧道，就是桥梁。"

她们不约而同地回首，眺望远山……

艾

秋日的黄昏,是我今生里最爱的时刻。常常骑了车子,一个人跑到城墙上去。在一片衰草斜阳的寂静里,闲闲地走,闲闲地看。远处是略显轮廓的山,丰盈的湖,近处是枯黄的连连秋草。到这样的地方,你什么也带不去,昨天不存在了,明天也不会来忧烦你。你只记住的是那一瞬间,你站在城墙的最高处,和天和地在一起,你站成了一棵没有年轮的树。

这感觉我不可告诉先生。他会认真地说:"我倒更喜欢端午时节,那丛丛艾草,总使我想到另一个字——爱。"

先生实在不是一个浪漫主义者。但这话从他的口里一旦说出来,就给了我无比的震撼。

因此,我在今年初夏的一个黄昏,独自跑到城墙上去了。

墙外,有一丛艾。

有一枝,因为高,被风刮倒了。在那儿来回扭动着,像一个受伤者在抽搐。我几乎听到了它的呻吟。然而,不! 我看清楚了。它的痛苦显然已被一种强大的力量所代替。它咬着牙,用它碧绿的叶子,一寸一寸地清扫着土地,它所能触及的全部土地。那地面被扫得干干净净,留下一道优美的弧线,似一座美丽的拱桥,更像是一个饱含了爱的长吻。

我想,这枝艾虽然倒下了,但它用下巴走路。

先生定然是禅悟到这枝艾给予人的启示了。他无微不至地照料着女儿。笨拙地给她扎辫子,精细地为她缝扣子,用朗诵般的语言给她读童话,推瘪着轮子的单车载她看夕阳……而这一切,全然因为女儿的生母在 N 年前罹难车祸。先生把失去爱妻的悲痛都化作了爱,雨露般滋润到女儿的心田。

亦滋润着我们这个新家。

荷　　舞

荷舞于水上。

我看见的荷,避开了午后的炎热,散散地站立在水中,她的绿漫过了夏天幻想里生命深处的颜色;她的花朵在一种无意识的美丽中照亮了潜藏在水里的静夜。天光滑过倾斜的荷叶在水底折射成一团迷人的幻影,那些精致灵巧的小鸟,在此刻安然地接收着荷青翠的荫下面那丝丝缕缕的芬芳,享受着没有一丝人迹的天籁里面那水晶般的福泽。

荷,如企盼中沉迷不语的情人,在明丽的阳光里长久地保持着表达的欲望和陶醉的深情。

风吹过去了。或者还有一缕风吹过去。如神话中轻轻的笛音,穿过了在梦幻中遐思的生灵,水面伏起了一条一条的纹饰,仿佛水在向着一个方向奔流,而荷就站在那中央,身子瑟瑟地抖动,像抗拒着谁的吸引,像抵挡着世上的拥挤,又像贴着水面飞舞的翅膀,我看见的荷,在愈来愈尖锐的风中,开始扭来扭去,巨大的叶片击向水面,发出啪啪的响声,那声音在辽远的天空下显得空洞无物,动人心弦。像空剧场里孤独的掌声,带着一种灵魂的重量。她的花朵和叶子开始破碎、剥落。我看见那水面上的花和叶的绿影和残红,我的眼睛几乎无法承受那种破坏在水面上,在风中变成另一种美丽的持

265

续的打击,现在,只有荷箭在风中一味地坚持着,扭曲、摇动,像被扯碎了旗帜的旗杆,固执地插在那里,我注意到她的灰暗和残破比她与生俱来的绿更深重!

　　我不知道风是何时停息的,我注意到水面,那光秃秃的箭秆,铁一样刺向苍穹;我注意到那水中的锋芒,在经历劫掠之后,仍然不停止对天空的仰望和等待。

山　韵

这山仿佛是一日间从远方向我们走过来的,跋涉千里,在此小憩。轻云淡泊,晨曦宁静,霞光弥漫于若隐若现的绿荫丛里,掩映出风蚀雨冲后的岩层,只以静默陈述着远古的演绎——沧海变桑田。而就在这一刻里,我读懂了这山的气韵,以一种空灵、含蓄的侠骨柔情滋润着绿的林、白的岩,生命由此而赋生机,生命的律动由此而雄壮与柔美。只要看一看这山的挺拔直线、平缓水平线和柔和的弧线就可以感知它使人振奋、使人宁静、使人舒畅的内涵。

这山是从远方走过来的。这山深谙其髓。于是,它伴着晨曦而来,只将黛色影投在远古的年岁,留下网蚀的斑驳;于是,它穿过薄云而来,只将幽静的心存在深远的峡谷,默读瞬迁的沧桑;于是,它载着翠绿的林而来,只将流逝的血海化作水,孜孜地浸润它的霞帔;于是,它迎着光芒而来,只将裸露的岩层展现它的雄壮,源源承受大自然的辐射……

这山是从远方走过来的。或崇峻,或蜿蜒,或有名,或无名,或实,或虚……都以神存而形在。

都说写山水要得山水之性情;山水之性情其实就是一种积淀,而人在看山看水之时,也需要依赖于积淀,人自身思想的积淀和感情的积淀,才能悟到山之韵——旷兮其若谷。

夜访赤栏桥

春末的城市,夜晚渐渐喧哗起来,料峭的寒意和阴霾,也随着最后的一场雪,骤至,又顿然消融。踏着夜色,寻访赤栏桥,凭吊白石知音,成为我近日合肥差行记忆。以往,曾 N 次出差合肥,得空皆流连于市井商贾之地。今次差使,听从友人建议,打的直奔市内桐城路,感怀南宋姜夔"夜长争得薄情知,春初早被相思染""肥水东流无尽期,当初不合种相思"的情深意笃。

夜晚的桐城路别有一番风韵。虽不见树荫遮云,柳枝婀娜,但倒映在护城河里的灯红酒绿,伴随着沿街赁铺传出的丝丝弦乐,倒也晃晃地折出些南宋遗风来。

数百年前,大宋和金人隔淮而治已经多年,连年战事,使得合肥城邑荒凉冷僻,了无生气。尽管如此,寄情山水的姜夔还是从鄱阳湖家中出来,取道合肥。他挑选了城南赤栏桥边的一处空宅小住。

"白石兄,夜来宴请,敬请光临。"城中府邑送来书帖,姜夔看着书帖上遒劲的字迹,问:"却是何事宴会?"府邑答曰:"为稼轩居士接风。"

"辛兄今日已经抵达了吗?你回禀主人,姜夔准时赴会。"前些时日,为金军滋事骚扰,他曾接到辛弃疾书信,言不日将抵合肥城内。不想,来得这般迅疾。

一阵寒暄之后，自是饮酒啖肉，口诛金人。姜夔生性不谙官场习气，只喜布衣情结，眼见得稼轩兄闻听衙门官人诛伐无序，也是一派渐蹙眉头的光景，不由喟叹。幸得府邑解窘，呼入一名琵琶歌伎。一时间，只见其挥弹时玉指能拨春风，只闻其浅唱时音如雁啼秋水。精通音律的姜夔忍不住离席而和，演绎出一段才子佳人一见倾心的曼妙佳话。

姜夔陪伴女子漫步赤栏桥，知她名柳依依，家有小妹柳萧萧，擅古筝。合肥人氏，父母亡故，姊妹沦落风尘，卖艺谋生。更为巧合的是柳氏姐妹居住的房屋和姜夔客居的院宅都在赤栏桥畔。如此，姜夔前往柳氏姐妹居所，弹词抚琴，情瑟音和。

辛弃疾在合肥城内停留数日，与姜夔别。怅然之中，行走惯了的姜夔也辞别柳氏姐妹，前往南京、江阴等地周游。但此番相别，合肥成为姜夔梦牵魂绕的地方。

据友人介绍，姜夔曾五次客居合肥。我行走在桐城路上，看夜色里赤栏桥畔垂杨划水，遥想当年"合肥巷陌皆种柳，秋风夕起搔搔然"的景象，不敢妄自揣测荡起姜夔一生怀念的心情。且以姜夔《凄凉犯》聊寄幽思："绿杨巷陌秋风起，边城一片离索。马嘶渐远，人归甚处？戍楼吹角。情怀正恶，更蓑草寒烟淡薄。似当时、将军部曲，迤逦度沙漠。　　追念西湖上，小舫携歌，晚花行乐。旧游在否，想如今、翠凋红落。漫写羊裙，等新雁来时系着。怕匆匆，不肯寄与误后约。"

不断有逃亡的人群要涌进城来，合肥全城不日即将被金兀术所破的传言，跟着人群奔走，恐慌弥漫。鄱阳湖上一叶渔舟渐至长江岸边，姜夔匆匆跳下踏板，上了另一只船。

"船家，回返吧。"渔舟上一位妇人面颊清清的，淌下两行泪，看着姜夔的背影消失在船只的乌篷里后,轻声吩咐。她是姜夔的妻子,合肥城不日沦陷的消息传到家中,夫君姜夔焦虑攻心,在书房里握笔难墨。她知道夫君是担忧合肥城里的那两名风尘女子。晓星时分,她送姜夔登上了渔舟,只愿他此行前去,能安然归来。

姜夔被人群夹裹着,进了合肥城。城内已被金军占领,街巷寂寥。远远看到赤栏桥畔人家,姜夔放缓了步履,从容而入。柳依依如往常般轻抚琵琶,站在妹妹柳萧萧的古筝旁,两个人低吟浅唱,哀伤袅袅。姜夔上前一揖,说:"兵荒马乱,城恐难保。某人特前来探望,不知两位有何打算?"

孰料,柳依依顿时反诘:"山河破碎,大敌当前,堂堂七尺男儿,自应投军,精忠报国。何为跑来只看我一歌伎?!"

姜夔哑然,羞愧难当。只凝望依依片刻,说:"惭愧。告辞。"他出得门来,径直前往城外军营驻地,递过门贴,被差编刘琦大将军帐。

金兀朮的人马夜晚开始攻击城隅东南,遭到南宋抗金大军的奋力抵抗。一月后,金军粮草供给不足,军心涣散。姜夔跟随刘琦左右,一路收复失地,再抵城中。

赤栏桥畔,柳萧萧盈立门前,单薄的身影宛如窗花。东南城隅激战,金军节节败退,柳依依被掠金人军帐,不堪屈辱,跳河自尽。姜夔闻讯,黯然落泪,问:"不知萧萧今后作何打算?"

柳萧萧朱唇微启:"女子生若柳絮,漂泊无依。还只愿寄居赤栏桥下,守望君归。"

姜夔沉吟,颔首而唱:"人间离别易多时啊。"和柳萧萧作别,返回家中。

伫步河上石桥,不见当年赤栏风光,却依稀能让人遐思万里,抚栏而叹:姜夔随同大败金人的宋军进入收复后的合肥城,再回到赤栏桥,眼见桥残楼空,柳依依杳如黄鹤,不知去向。就此,那没有结局的情缘却成就了现在的美好。

姜夫人得知合肥收复的消息后,遂带了三两从人,逆江而上,抵达合肥城。她探听到夫君姜夔痴迷爱恋的柳氏姐妹居所,前往探看。只有柳萧萧抚筝在台,神情离索,却掩不住天生丽质、诗书气韵。

姜夫人夸赞之余,心生爱怜,牵住柳萧萧纤细柔弱的手,问:"世事难料,且又逢战火连天。如若妹妹不嫌弃,还请随同我一并返回鄱阳湖畔,伴随白石左右,如何?"

柳萧萧眼眸含泪,仰脸轻言:"女子沦落风尘,遭白石先生厚爱,今又蒙夫人抬爱,当不胜感激。但还请容得女子细细思量。"

姜夫人点头,就此别过。

柳萧萧一夜长泪。妻妾成群自是纲常,但谁人能知她的心意?只愿为姜夔一人守候啊,哪怕是姜夔客居,来去匆匆,也都只留下两个人卿卿我我真真切切的记忆。但姜夫人的一片好心,又怎能断然拒绝?

柳萧萧出得门来,面倚赤栏桥,静静地看着护城河里,微风吹皱一池春水。或许,那是姊姊柳依依的笑靥吧;或许那是姜夔词牌的旋律吧,她似乎听见了姜夔研磨挥毫,落笔行文:"我家曾住赤阑桥,邻里相过不寂寥。君若到时秋已半,西风门巷柳萧萧",她跃入河中,宛如柳絮,悄然而去。

自西向东穿越桐城路,右转,临街一处小阜岗边,栩栩如生的"白石知音"的雕塑长廊跃然入目。"空城晓角,吹入垂杨陌。马上单衣寒恻恻,看尽鹅黄嫩绿,都是江南旧相识。正岑寂,明朝又寒食。强携酒,小桥宅,怕梨花落尽成秋色。燕燕飞来,问春何在,唯有池塘自碧。"雕塑长廊上,无论是《淡黄柳》,还是《踏莎行》,抑或《暗香》《疏影》《江梅引》……读罢,莫不一首首悲情相思,一曲曲荡气回肠。

想那姜夔,自失去柳氏姐妹后的二十余年岁月里,他的思念该是何等刻骨铭心! 研究姜夔专家夏承焘先生曾撰文,姜夔年逾四十,其相思相恋更为情深意笃。诉诸笔端,为诗为词,字里行间,一次又一次咀嚼短暂而美好的合肥情缘。

"淮南皓月冷千山,冥冥归去无人管",徜徉在桐城路,昔日的赤栏桥早已在岁月的风雨中剥蚀坍塌了,只留得一块石碑在街巷,默默见证前来踏寻一段琴瑟绝唱之人的感怀。

凤 凰 风 姿

边城凤凰,只有一条东西大街。街两旁全是梧桐树。春夏天,梧桐树在微风中一片娇嫩的绿,枝繁叶茂,遮蔽了天空,像一条长长的绿色走廊。走进去,绿色让人赏心悦目,身上没一丝燥热,心里倒盛满了热烈。当空的太阳是只能漏几点或圆或长或大或小的光斑于洁净的街面上,如开放的朵朵灿烂的花儿,淡淡的,仿佛飘散来一缕清香。

梧桐树下,就摆着好些酸萝卜摊了。守摊的多是五六十岁的老妪,终日在家闲着觉得寡味,便花上三四块钱的成本,买那么一桶红萝卜,洗净后切成薄薄均匀的片儿,泡一两天工夫,那萝卜片已经艳艳的仿若鲜桃,发出一种好闻的酸味。再撒上白糖,拌上辣椒粉,望着已令人舌下生津,嘴唇就一下一下地抿动。食之,甜酸而辣,且脆生生,极能开胃。于是城里小至三五岁的伢儿,大到六七十岁的老翁,有事无事都要围拢来,吃那么几片,咀嚼得一街脆响。最有趣的还有那些漂亮的妹仔,斯斯文文的模样,却也偏爱吃这玩意儿,翘着的兰花指,在摊上一片一片地拈了,放进嘴里,咬一口,眼睛就眯成了一条缝,酒窝跟着旋了出来,两三片后,那可爱的鼻尖上已有了细汗,更有咝咝音响从嘴里呵出,嘴唇如涂了红艳的唇膏,耳下脸颊却是越发地变白。这情形,常要惹得那些后生驻足呆看,看着看着就

273

生出许多感触，末了摇摇头，遗憾自己不能有那酸萝卜的运气。

走完这条长街，尽头是一座横跨沱江的石拱桥，名叫虹桥。立足桥上，把眼光抛出去，马上就让景色吸住了。那是沈从文先生笔下无数次呈现的吊脚楼，可现在大抵是水泥建筑了。屋檐上依然雕刻着许许多多栩栩如生的飞禽。楼影就映在清澈的沱江里。白天，沱江里纤柔的水草，与屋上晾晒的各色衣裙，合着水的流韵，依依柔柔地飘。晚上的景色更加曼妙，两岸灯火与莹莹月光，把吊脚楼弄得扑朔迷离，映在沱江里，江里就有了另一个世界。这时，不知从哪座楼里传出欢快的现代舞曲，踏着节拍扭动腰身的自然是那几个漂亮的妹仔了。这情景，常逗了对面那家楼里弹吉他的后生。后生隔河而望，不由自主地随心弹奏出一长串"咚咚"的声音，落到沱江上，弄皱了已然从江面上升起的新月……这样的夜晚，这样的月色，是不能没有歌声的，果然，就有低沉浑厚的歌声升起。

从桥头踩着石阶而下，来到一条幽长的小巷，这小巷与大街并行，靠临沱江边，即是边街了。边街的屋连着屋，门对着门，把个街巷挤得十分地窄小，又因为一律青石板铺路，走过去便嗒嗒传韵。乍进街时，似有人跟着，便要不断回过头张望。街两边的门面，大多是砖墙，也有两三栋高大的木楼夹在其中。再往前走，就到了北门。北门是一座城楼，一色细纹石垒砌，高五丈余，一个个四方的空洞枪眼，使得人骤然想到那些早已消失的零落枪声。然而历史的风雨尽管销蚀了它却不能使其坍塌，它挺立而结实，在沉默里述说自己丰富的阅历。

穿过城门，伫立台阶，蜿蜒蠕动的沱江及江边那整齐的码头，现于眼前。若逢星期日，这码头就成了边城最繁忙热闹的去处。人们纷纷来洗菜、洗衣，洗一切要洗的东西。嬉笑声、说话声、捣衣声，此起彼伏,翻起一河声响。不晓得从何时起,洗衣已不光是女人的事了,而是男的挑担、女的背篓,双双出动,到了河边,双双蹲下,面对面地搓洗,面对面地说话,目光和双手无数次地碰撞与交织。看情形已然忘却了世上的一切,使人猜不透他们是恋人,还是夫妻。

每每这时,码头身后城墙上便有了站着或歪着的人,穿休闲裤,扎马尾辫,挂相机或捧画夹,一边看,一边手脚不停地忙碌。无意间有窈窕妹子抬头掠顺耳际的头发,看见了,就锐声叫起来:"哎呀呀,我们又当模特了呢。"此刻,便有好多脸从水面浮上来,齐齐向后望去。一时间,城墙上的人就有些尴尬,又有些得意,稳了脚下,把手拢在嘴上大声喊:你们很美、很美啊,哟嗬嗬……

谁剪轻琼作物华

纷纷扬扬的大雪漫天而来,今日浔城银装素裹,分外妖娆。烟水亭上虽不见"窗含西岭千秋雪,门泊东吴万里船"的酣畅,锁江楼里也关不住"孤舟蓑笠翁,独钓寒江雪"的寂寥。生活在浔城,行走在浔城,你只要确定自己在这个以水泽蕴历史的城市,心灵的某一处就会诗意地伫立。我任由剪剪寒风渺渺雪花轻盈地落在因欣喜而澄澈的瞳仁里。

久违了,"画堂晨起,来报雪花飞坠";久违了,"江南江北雪漫漫,遥知易水寒";久违了,"妆点万家清景,普绽琼花鲜丽"。城市被雪轻抚着,少了些许喧嚣躁动,沉淀在时光里的笃定就浮了上来,散发于逐渐堆积而厚的雪地上,没有往没有生。环绕城市的坡地越发显露出她的妩媚来,仿佛一个饱蘸了苦难的妇人,棱角分明,却又极度柔和地包容了一切肮脏的存在。

上班一族也放慢了节奏,于清新的雪花里呼吸吐纳着新一年的"盘算",成人世界里的童话决然不会因一场雪而发生奇迹,上演诸如浪漫邂逅、把酒论"见"、畅意渲墨的情景话剧,但走出机关、走出部室,为单位、为街巷、为社区清扫出一条畅通的道路来的现实景象,映入眼帘,倒也不失为另一番美景。

最欢乐的要数孩子们了,一旦从屋子里奔出来,那欢喜瞬间就洒满在院落里的每一处,滚雪球、打雪仗、堆雪人……恍然不闻老人们高声的呼唤——回啊,回啊,看凉着了。声音透彻的慈爱酽酽地盛载了忽远忽近的岁月。

雪夜潜来,我开始了一次城市间的短途穿行。列车有着明确的目的地,但我却不能也不想知道自己要去往哪里。一个人的行走让思绪孤立,熙熙攘攘的全是过往的时光。窗外的灯光时而密集时而零星,列车的速度明显地慢下来,播音员温柔地把列车即将晚点的消息通过冰冷的广播,散布给车厢里行色各异的人们。但显然没有能够搅动车厢里拥挤得有些浑浊的空气,没有几个人关注这个,列车晚点如灰尘存在一样实属正常。

我百无聊赖地打开手机看远方来的讯息,并通过手指的语言交谈。"入夜,三两共享雪夜。正在韩店临窗吃酒赏雪,店内饮食男女营造节日生活。酒至半酣,人犹半醒,收亦可,放亦可。在情景中看百态人生,不亦乐乎。""酒醒何处? 他乡故乡。依稀梦里,雪是花非。醉酒夜归,奈若何? 雪镜无台,即为圆满,哪堪冷暖?"想来那醉酒夜归的人在清冽的大雪里,虽不至于踉跄呕吐,但要论禅悟道恐非易事。

天亮时分,我回到居住的城市。正是腊八节,瑞雪兆吉。这一天,释迦牟尼端坐在菩提树下,入定成道。坐落在浔城中心的能仁寺和守望着浔城的铁佛寺,更兼那集佛、道、儒三家之大成于白莲净土的东林寺内,阵阵经诵,众生普度。

办公室同仁说网络间流动的关于雪的信息,多是把一代伟人《沁园春·雪》之词窜改了。闻言,不免暗叹信息时代的"快餐文化"之"鸡肋"。手机猝响,附耳接听,电线那端,友人惬意大笑,朗朗之声,弥漫周遭:"北国风光,千里冰封,万里雪飘。望长城内外,惟余莽莽;大河上下,顿失滔滔。山舞银蛇,原驰蜡象,欲与天公试比高。须晴日,看红装素裹,分外妖娆……"末了,友人仍笑,说:"想不到至今我还能一气呵成把这首词背诵出来吧?漫天大雪着实令人豪情顿生。"

谁剪轻琼作物华,春绕天涯,水绕天涯。我亦笑,雪之精灵,直抵心扉。

唯有春风独自扶

一早，推开窗户，微绵春雨中，粉嫩的花朵迎面而来，轻盈地落在眼底了。樱花，院落里的樱花，盛开了。"婀娜拔香拂酒壶，向阳疑是不融酥。晚来嵬峨浑如醉，唯有春风独自扶。"我欣喜地朗诵起唐代诗人皮日休的七绝。

院落里樱花树并不多，记得去年盛开的时候，我跟网络上的朋友们说我们这里的桃花早早地开了，只是少了一分艳丽，没有寻常我们得见的那种桃之灼灼的粉红，只透着一抹素雅的白。朋友们诧异，问我都知道白居易大诗人把你们那里的桃花盛景吟唱得千古流传——人间四月芳菲尽，山寺桃花始盛开。何以院落里这么早就桃花儿开了呢？由此，我特地去树下拍了照片发给她们看，天啊，我的窘迫让我"面如桃花"了——误把樱花比桃花。

"到我们学院来吧，满树的樱花已经开了，昨夜一场悄然无声的春雨把它们装扮得越发纯净了。"大乾发来信息，他两年前带职考研进了楚地的高等学院，专修数学。看着他诗意的邀请，想着他整日里跟数字交谈，我总是不能很好地把这两件事物融合在同一个人身上。秋天的时候，开往厦门去的火车在鹰福线上缓慢地爬行，车厢里有些闷热。一个孩子津津有味地在手提电脑上看动画片《苍蝇的故事》，他显然被那个痴迷的科学家爷爷逗乐了，善意的嗤笑声响亮

279

地飘荡在车厢里。坐在孩子身边的青年男子叹出一口气，说小朋友，痴迷是做学问的基本功呢，尽管这学问的研究方向有时候可能会是错误的，但它为我们的研究提供思考的方式。男子说话带有浓烈的方言，是我的家乡语——我因此看了他一眼，并因为碰撞上他望过来的眼神，而对他微笑了一下。这是一个戴着眼镜的斯文人，如果他行走在人群里，丝毫不会引人注目。

列车仍在前行。"我是大乾，在职读博。"斯文的青年男子主动打起招呼。"我是沃若，职员。"我用了家乡语回答他。如此，我就知道了他一些近况：大乾大学毕业后，回到湘中一所中等学院教书，四年后，他放弃了学校的提拔当教导主任，而是选择了攻读博士生。行政管理和研究学问，他更喜欢后者。此番是去厦门大学参加一个学术研讨会。大乾说他最大的希望是能够把学问做好："我们的数学研究，在陈景润、华罗庚之后，需要有更多的人来潜心做一些事情。"

我很少言。列车在穿过若干的盘山隧道后，把夜晚带了回来。大乾突然问了句："老乡，你最喜欢什么花？"又不等我回答，说："我是最爱樱花的。在欧洲，它的花语是善良的教育。在国内，它的花语是向你微笑、精神美。"

这倒是第一次听说呢，我有些赧然。在记忆的最初印象里，樱花只盛开在异国。它的花语是生命。它的画面是成群结队的游人在花树下徜徉，感受它的热烈、纯洁、高尚，严冬过后是它最先把春天的气息带给人们。

次日上午，列车到达终点站时，大乾十分礼貌地问我能否留下联系方式，我点点头。日常是少有联系的，大乾的这个信息提醒了我，要去拍樱花。

细绵的春雨仍然在飘落,我举着相机,手总是在抖。心里对比着李煜的词:"晓妆初过,沈檀轻注些儿个。向人微露丁香颗,一曲清歌,暂引樱桃破。"跟皮大诗人的七绝到底哪个的意境要更美些呢? 及至到了这会,请了博客里的博友帮我把图片做了 PS 处理,才恍然明白自己的内心是偏重于"唯有春风独自扶"的。

在这个春雨绵绵的日子里,请让我谨将此文字和图片送给所有得见它们的人们吧,祝福2007,快乐幸福!

我道牡丹不及茶

连绵的几日春雨后，阳光豁然跃出了云端，从窗外钻了进来，洒在人们的心底，映得人不由得欣喜起来，多么美好的春天啊。视线跟着洒落大地的阳光行走，就被办公大楼下跳跃着的一团团锦簇的"火花"粘住了——茶花，满树的茶花酽酽地开了。

于是，在这个心底洒满阳光的日子，我与茶花做了一次和煦的交谈，手中的相机记录了茶花的言语。

茶花，高贵而不张扬，这大抵是被人们认可的最好的赞扬了。你听，郭沫若先生都情不自禁地挥毫和鸣："人人都道牡丹好，我道牡丹不及茶。"先生当时面对的是国家稀有茶花品种——金花茶。"金子般的光芒在她们的眉宇笑靥中，在她们的举手投足中闪烁着。金花茶的外表像蜡一样光亮，宛若一位晶莹剔透的仙子，她们的金瓣玉蕊，鲜润俏丽，点缀于绿叶之间，风姿绰约"——这就是金花茶。

而存留在我生命里的茶花，还要算安徽祁门大山里的山茶了。一群十一二岁的少年，挎了清一色的军黄色书包，成群结队地行走在读书的路上。书包柔软的帆布盖子上印着一枚闪闪红星，下面写着"为人民服务"五个鲜红的大字，把毛泽东主席和雷锋叔叔联系起来看待，给予我的最初概念就是跟着这题字而生的。这群孩子是跟随了修筑铁路的父母飘荡惯了的，他们在铁路驻地附近的学校借读。我是他们中间的一个。

祁门大山里的茶花开了，漫山遍野，洁白如雪。清晨，我们会早早到学校，为的是可以钻进土路两旁的树林里，摘了正怒放的茶花，小心翼翼地把花蒂旋开，花儿就被放到了唇间，轻轻一嘬嘴，一丝浓浓的花蜜就浸润到了舌间，真甜啊，年少的我们并不更事，吸着花蜜，手又伸向了眼睛里早已瞄准的另一朵茶花。"莫采了，莫采了呢，没了花，不打果，就没有得茶油吃啊。"有当地的老乡站在远处大声地吆喝，我们冲着他，做一个鬼脸，嘻嘻哈哈地跑出林子，上学去。

有一天，我们突然发现林子里堆了一座坟茔。"是大桥下老薛家的女儿，她在河里打鱼草，被水淹没了。造孽啊。"老乡叹息地摇头告诉我们。

老薛家的女儿？是那个美丽的女子吗？我们每天上学都要从她家门前经过，她只是倚在青石条的门槛上，看着我们。直到一天，我的书包带子断了，掖着书包匆匆地从她面前过，她喊住了我："我帮你缝起带子吧？"声音有些怯怯的味道，但十分轻柔。我看着她，立即把书全倒了出来，把书包交给了她。"好了呢，"老薛家的女儿把线放在唇间一抿，书包就递到了我手里，又说，"我爹只肯送我读三年书，说会记账就好了。你读几年级？""三年级，但我肯定还要读书的。"我当时并不能体会到她的心境，大大咧咧地说，装好了书，冲她笑笑，说了谢谢就往学校跑，其实学校就离她家四五百米。这以后，她会偶尔跟我们打招呼，春天的时候，一场流脑席卷而来，我们在学校交了两角钱后，每人得到一颗咖啡色的糖，说是可以预防流脑，防止传染。老薛家的女儿照例又和我们打招呼，五年级的张建怪怪地看着她，问她吃了预防药没有。她摇头，说："没有，两毛钱可以买上一袋盐回来了。"张建就冲我们使了眼色，让我们不要再和她说话，"她不吃药，也许会染上流脑，我们不能跟她在一起。"张建说。

记忆里，从那时候起，我们就不再和她说话了，却不知道她就被水淹没了。

在南方一个开满茶花的地方，还流传着一个美丽的故事。她是一名护士，一直告诉人们白色是生命的底色，医生是与生命打交道的职业。她爱好文学，和网络上的一名写手成了恋人，鸿雁传书也传情。她跟写手探讨：生命的价值是否用时间长短来衡量？失恋是否会让人更珍惜未来的爱情？没有事业的爱情是空虚的，没有爱情的事业是不完整的吗？等等，等等。她生长在北方，却希望她的爱情能在漫山遍野的茶花下得到见证，因为那茶花的洁白和高贵。春天，写手计划北上。她说：别来，我要上前线了，等过了"非典"时期吧！我给你先寄一张照片。一个月后，在为抗击"非典"而献身的医护人员名单中，写手见到了那个熟悉的名字和那张照片——北方雪后的背景，洁白的护士服，柔情的双眸，洋溢的微笑。这就是她？写手仿佛看见她变成了一位天使，飘进了南国的茶树林，瞬时间，茶花如雪般开放……

写手整理出她寄来的 52 封书信，埋在茶树下。每到漫山茶花盛开时，思念如雪，纷纷扬扬。

这让我想起茶花又名曼陀罗，是佛教中的吉祥花。相传佛祖传法时手拈曼陀罗，漫天下起曼陀罗花雨，盛世泰来。茶花据此被赋予宁静安详、吉祥如意、佛光普照的象征。

而在日常生活里，每年农历九月间，已完成一年茶叶采摘任务的茶树开花了。南宋陈与义吟唱《初识茶花》"青裙玉面初相识，九月茶花满路开"。他眼底的茶花大多白色，也杂有红、黄色。在常绿的茶树丛中,白色的茶花格外皎洁朴素;北宋苏辙写《茶花》"只疑残冬阳和尽,尚有幽花霰雪初。"无一不颂扬了茶花的纯洁无私,她留芬芳在人间,施健康予世人,赠利益予茶农。

我与茶花交谈的这天,看到绿叶间那一朵朵茶花,犹如一个个热烈的希望,向人们昭示着高贵与富有。

一泓秋水尽剪寒

秋日的明媚,在这个寂静的午后尽染,微风拂过,一泓秋水漾起万物霜天竞自由的遐思。这里是城市一隅的一处农庄,金桂、红叶、野花、山果姿态万千,鱼塘垂钓的人三三两两,或坐,或立,鱼线在阳光下一闪,划过轻微的一声,落入水面,漾起的水纹一扫前两日气温骤降带来的肃杀寒凉。很久没有这般惬意地出门走动了,镜头里的每一帧画面都是那么的安宁。境由心生,大抵如此。

城市扩张蚕食的速度在加快,棚户区改迁成为最大的惠民工程。新大道一侧的建材市场铺面装饰得风格各异,显然,新兴市场的生意还十分冷清。"但很快就会热起来的,只要看看周边的住宅楼封顶的数量在不断增加就可以预测。"笑模笑样的辛老板眯缝了眼睛,看着路边树冠上盛开的一片花海,和身旁的人说着话。

若干年前,这里还是一片荒山,山洼里有一对老年夫妇,夹杂着一些江浙口音,种植了一地葡萄,人们可以在有木头支架的地垄里悠闲地采摘葡萄。有一年,我偶尔和友人踏进了葡萄园,花白鬓角的妇人和善地招呼我们坐下,开始讲述他们的故事。四十多年前,他们上山下乡从浙江来到江西。"当时'自愿到条件艰苦的农村去锻炼自己',就是这么一句最高指示让我们热血沸腾,义无反顾地来到这里。前些年,也回到浙江老家,发现每天都在思念知青生活的农垦师,就又回来了。"

友人是《新闻壹周刊》的采编,他的选题是老人怎么会选择了从农垦师基地共青城来到九江二次创业。"这也不奇怪,两地距离不过百里,共青城那边种植、加工已经完全产业化了,我们同来的知识青年也基本都返城,回到家乡安享晚年。我们就听从了儿子的意见,就近开辟农庄,恰巧了这边有开发招商的合适项目,我们就来了。这几年,葡萄园和橘园的收成特别好,加上还种了金桂,都是经济作物,就有了一些积累。原本在义乌做生意的儿子正规划着也来这里呢。"戴着一副宽边眼镜的男主人公,说话儒雅,端了小筐他刚从园子里摘下来的葡萄,让我们品尝。

葡萄园在两年前就先行拆除了,如今地面上俨然是规模宏大的建材市场。辛老板有三个铺面,他打算让入股的父母打理其中的一间,"我是从父母做农庄挣钱得到的启发,老人的生意经念得只有一个,真。只可惜了这满山的金桂和鱼塘,前几天来了正式通知,农庄就要征拆了。"

"哪有那么多可惜呢,城市发展只会越来越好,金桂的香,鱼塘的静能在这里安身,也就能生活在别处。随遇而安的心境十分重要。"说话间,辛老板的父亲,那个儒雅的葡萄园主从铺面里走了出来,竟一眼认出了友人,招呼了屋里看座。

我心下十分感慨,平时,"随遇而安"常常被引为自嘲,以至使其成了满足现状、不思进取的同义词。在这样的一个秋日,细细品味这四个字,突然觉得不但含义颇深,而且包含着两层意思。"随遇"者,顺随境遇也,"安"者,一可理解为听天由命,安于现状;二可理解为心灵不为不如意之境遇所扰,无论于何种处境,均能保持一种平和安然的心态,并继续坚持自己的追求。前者之"安",或许可以称之为"消极处世",而后者之"安",则需要一种良好的心理调节能力,甚至需要一种超脱、豁达的胸襟,不是人人都能做到的。

苏轼的友人王定国有一名歌女,名叫柔奴,眉目娟丽,善于应对,其家世代居住京师,后王定国迁官岭南,柔奴随之,多年后,复随王定国还京。苏轼拜访王定国时见到柔奴,问她:"岭南的风土应该不好吧?"不料柔奴却答道:"此心安处,便是吾乡。"苏轼闻之,心有所感,遂填词一首,这首词的后半阕是:"万里归来年愈少,微笑,笑时犹带岭梅香。试问岭南应不好? 却道:此心安处是吾乡。"在苏轼看来,偏远荒凉的岭南不是一个好地方,但柔奴却能像生活在故乡京城一样处之安然。从岭南归来的柔奴,看上去似乎比以前更加年轻,笑容仿佛带着岭南梅花的馨香,这便是随遇而安,并且是心灵之安的结果了。倘若柔奴到了岭南,时觉自己身处异乡,对那里的环境处处感到不适应,当她万里归来之后,恐怕就不会是"年愈少",她的笑容,也可能带着漂泊的风霜,而不是岭南的梅香了。

想这眼前的两代人,莫不也是客居他乡,只为了一个时代的召唤就虔心来了这里,又何处不见风景? 倒是自己久居城市,行走在城市,看一处风景,最为怀念的是与故土相似的细节,始终挥不去漂泊的感觉,便是一个少了些许"此心安处是吾乡"的最好佐证。

恍悟,安之若素,才能得见万物竞霜。

濯足沙海万里流

　　若干年前,曾到过甘肃武威的沙漠,细沙如水,从赤脚上流淌。一望无垠的黄沙,波浪般逶迤千里。一方沙海,只是一方沙海,足以令我流连忘返,至今梦回百转。倏尔今夏。我再次见到了沙漠。但这一片沙漠已依稀不是梦里风情,车沿着一道既有的车辙行驶,窗外是新疆哈密风区的沙漠戈壁上疾速后退的荒原。我的面容沉浸在车窗外时隐时现,渐至湮没了时空。

　　此刻,我在去往哈密五堡境内魔鬼城的路上。百度注解魔鬼城地处风口,四季多风。每当风起,飞沙走石,天昏地暗,怪影迷离。如箭的气流在怪石山匠间穿梭回旋,发出尖厉的声音,如虎啸、鬼哭、狼嚎,若在月光惨淡的夜晚,四周萧索,情形更为恐怖。

　　但,我们见到的魔鬼城,却是另一番景象。迎面一只硕大的海龟为我们开启了探访之门。它匍匐在车轮旁,身子多半被埋入瀚海。据说这是东海龙王九太子,犯事后被佛祖牢牢定在了这里,只能借着高昂的头,向遥远的东方述说无尽的眷念。

　　城内,依旧荒凉。青黑的砾石是戈壁的"植被",而偶尔附着在砾石上的骆驼刺已干涸,更添一丝萧索。一骑"双头马"犹如魑魅,斜刺里奔腾过来。"笑傲双头镇胡天",隐隐约约地,你仿佛看见披坚执锐的勇士,听见凌厉急促的号角。一场万马奔腾的厮杀,一种人仰马翻的惨烈从屹立的双头马面前翻涌而至。但，都在瞬息消亡了，连同充满了"辉煌的诗意"的一切——那驼铃叮咚的商队、往返西域的旅人、西天取经的高僧和光怪陆离的传说，空留下犀利的风掠过支离破碎的砂岩的痕迹，在后人的考证中，被掀开一页页灰飞烟灭的沧海桑田，重新汇入浩瀚无垠的戈壁。

路旁三三两两的有一些石堆，是阿拉伯石堆了。古阿拉伯人在沙漠中行走时，就用石头堆作为路标。一堆石堆表示探险的路线，两堆表示探险路线的前方有岔路，两堆石堆周围摆放着一圈小石头表示探险路线的前方有危险。

陆续有恐龙的白骨和西欧人的干尸从风沙掩埋的古城堡里被发掘，陈列到展馆里。"我们的女孩很多都叫古丽，'花朵'的意思。"展馆讲解员维吾尔族姑娘热娜帕里说自己的名字是"天使"的意思，每周从哈密市区的家里来这里值两天班，旅游旺季的时候，展馆门票每天收入会超过两万元。"城里那些有陡壁的小山包，就是雅丹地貌，是被大风吹蚀出来的形状。你们可以尽量多拍摄一些照片，说不定多少年以后，它们又会变成别的模样呢。"

一座古欧洲城堡风格的遗址巍峨耸立在崖壁之上，那里居高临下，雄奇险要，有垛口，有城楼，有射孔，甚至有一队奇形怪状的武士。整个城堡用黄土巧妙地修建于雅丹地貌之上，宽厚的土坯与山色完全融为一体，浑然天成。这是古人的驿站，现在，也是我们的驿站。

行走在这片戈壁沙漠，探险的冲动激发了人无尽的想象，而想象是令人和戈壁浑然一体的"天眼"。

四周寂静无风，热气升腾，想象不出夜幕下城堡鬼哭狼嚎的恐怖。坐于古堡之上，只看见雅丹武士，青铜佩剑，流沙漫浮。古堡的主人侧身睡着了,端详他高高的鼻梁和深凹的眼睛,考古专家说:无疑,这是一个白色人种高加索型。他们是城堡最早的主人——艾斯开霞尔人在这里过着自给自足的悠然生活——但不知他们可曾预言这个城堡越过沧桑,会在汉唐时期一直沿用,成为"丝绸之路"大海道的一个重要驿站?又可曾预知城堡经过岁月的轮回交替,最终还是回归寂寞的荒野?艾斯开霞尔人的城堡今犹在,述说着一夜之间踪影皆无的古楼兰——"鄯善国,本名楼兰,王治扦泥城,去阳关千六百里,去长安六千一百里。户千五百七十,口四万四千一百。"显然,最具有说服力的想象是在缺水和瘟疫的灾难面前,楼兰人举国迁涉,人们盲目地逆塔里木河而上,哪里有树有水,就往哪里去,哪里能活命,就往哪里去。但造物弄人,楼兰人最终罹难于前所未有的风沙……如今,他们会在城堡的黄沙下吗?天似苍穹,笼罩四野。城堡之上,极目舒张,"天方地圆"的感觉迎面而来,城堡似一个卑微的圆点,在广袤的荒野之上,孤独地向大地的尽头伸展……历史的真实就这么赤裸裸地呈现在面前,除了接受,还是接受。

但意外的一幕却又令荒废的古驿站鲜活起来。又一群旅游者来了,他们并不急于爬上城堡,而是在道路旁的砾石空地上,开始了半场足球赛。

远远地,我在城堡上眺望,想那世界杯足球赛的激情魅力倒是被眼下的游客演绎得淋漓尽致了。这等洒脱写意可比魏晋风度,高贵、自然、生趣。毕竟一介十三亿人的泱泱大国缔造不出十一名矫健绿茵场上的运动员,难免让人堵心浊神。若是国人对足球运动的狂热犹如魏晋名士对自由境界的向往,不知该是怎样的一幅情景?!当然,我不懂足球,更不愿意做"伪球迷",看到戈壁上游客们的足球举动,也只是这么一声叹息罢了。思绪被风蚀了一般,继续支离破碎。

从城堡出发,再往西,一座微型的西藏拉萨布达拉宫突显。没有酥油茶香,没有青稞酒味,更没有络绎不绝朝拜的信众和不绝于耳的诵经声,宛如飞来神物,它端坐于戈壁俯视前来观光的人们,脚踏漫沙遍野的七彩石,浑然不知谁接受了它的福佑。这一个矗立于眼前的规模宏大的宫堡,令人不得不惊叹大自然的鬼斧神工,不得不惊呼雅丹的神奇,不得不揣想松赞干布为迎娶文成公主而兴建布达拉宫的美谈,是不是早已被丝绸之路上的商贾们预见?

"布达拉宫"前的砾石"植被"里掺杂了更多的七彩石,它们静静地卧在地上,不同于丹霞地貌里的彩石,神秘妖娆,美轮美奂,但给荒蛮的原野添加了几许喜悦。恍惚间,我似乎回到很多年前从青海、西藏采访归来,路过甘肃张掖地区的一个县,当地的出租车司机以一种俯冲的姿态,把我们从盘旋的山道"飞抵"一个省道旁,指着两边的山说:"这就是丹霞地貌了,停半个小时,你们上去看看吧。"那时的丹霞山上的七彩石俨然少了几分眼前戈壁滩上七彩石的淡定和静默。

赤脚站于戈壁上,砾石生烫,武威细沙如水的浪漫、青藏茶酒飘香的清幽、甘肃丹霞赤烈的妖娆都倏然消退,心底越来越通透的感觉翻卷而来——"振衣千仞冈,濯足万里流。"就这般决然高亢、俯视千古地活着,当是一种何等快意的人生?!

被悬挂的悲情

　　一直雨雪霏霏，她在窗前踟蹰了很久，直到鼻息之间跌落一声叹息，缓慢地转过了身子，从沙发上拎起大衣，开门走向街道。城市笼罩在如亭子名字一样的烟水中，却恍然不见狄花秋瑟。她站在拐角，看着疾驶的汽车溅起的雨帘，和行人仓促脚步带起的雨滴，眯缝了眼睛望向高处，一幅巨大的海报映入眼帘，她决定穿过斑马线，去影院看场电影。

　　是那种弥漫着忧伤的旧胶片基色，爱情和情爱使得忧伤愈加阴霾。她懒得理会被伤感逗引而落下来的眼泪，想着李安和张爱玲在各自领域里独领风骚的两个人，有着不同的成长背景、不同的人生哲学，对同一个故事有着不同感触、不同视角的两个人，是怎样在笔下和镜头中演绎这段乱世情缘的不同。《色戒》已经上映一些日子了，似乎伴随着它的上映，批评之声就没有停止过。关于王佳芝，关于易先生，意识流里对情爱或性爱的纠结斥责，一直混浊不堪，喧嚣不止。她始终觉得这样的批评，既无趣又无聊。

　　家道中落，幼年多难的张爱玲，早早看透了红尘俗世，一副冷眼旁观的态度。"生活是一袭华美的袍，爬满了虱子。"还有著名的白玫瑰、红玫瑰，饭粒子和蚊子血的比喻，入木三分，透彻到极致。但对生活的热情、积极、进取、热血，这些东西似乎没有一丝跟张爱玲沾上边。在国内,她嫁了胡兰成,也罢了,偏生那薄情人,还喜新厌旧,朝秦暮楚,即便她"把自己放得很低很低,低到尘埃里",也没能换来她所期待的"静世安好",最终黯然分手。到了国外,反倒嫁了个共产主义者,逆流而行的日子,想必也好不到哪里。所以,在她的笔下,多是冷酷的嘲弄,自嘲也嘲笑别人。尽管心在滴血,却依然可以置身事外,轻描淡写地讲故事,嘴角挂着刻薄的微笑,把人们眼中华丽炫目的东西一层层剥开来,直到露出最里面的那些不堪。于此,王佳芝一如她一贯的风格:是个来路不明、爱恨不清的虚荣女生,美人计不过是一出舞台下的演出,她贪恋的是女主角的光环。易先生阴险毒辣,一个爱他而死的女人极大地满足了男人的虚荣心和占有欲。毫不迟疑地处决她,他没有一丝怜惜和痛苦,反倒觉得"她生是他的人,死是他的鬼"。

电影中的王佳芝——不像小说结尾——最后是不会恨易先生的。她是爱他的,也认为是被他爱的。从她吐出"快走"两个字的时候,就预料到结局了。当易先生从这梦一般的场景中醒悟过来,他又做回了汉奸,并掩藏起他的人性。杀不杀王佳芝已变得不重要,重要的是,这样美丽的爱情和情爱都只能是梦。他只有回家看看王佳芝曾住过的房间、睡过的床,遥想一下在这样的苟活的岁月,那曾经短暂的真情。李安对整个事件的来龙去脉给了个合理的交代。王佳芝自幼丧母,父亲远在英伦,带走了弟弟,而且很快再娶,根本无暇顾及她。清纯的大学女生流落到香港,加入话剧社。几个热血青年不满足于在舞台上表演爱国热情,幼稚地计划了台下的行动。王佳芝的加入,除了爱国热情,更多的是因为邝裕民,那种朦胧的爱慕足以让一个情窦初开的孤单女子冲动行事。但事情的变化出乎意料,任务无疾而终,而她牺牲了自己的童贞,那层直至今天仍

294

然会令许多中国男人耿耿于怀的膜,蒙蔽不了她的失落、懊悔、屈辱和心理压力。如此,三年后,王佳芝重拾任务,就成为她难以推脱的出路,只是不再有当初的热情和朦胧心动。此时的王佳芝,没有血海深仇,没有亲人,也没有爱情,她可能也明白自己只是一个棋子。跟易先生假戏真做,陷入情网也就有了不足为怪的合理性。男女之爱,很难用善恶忠奸来评判。电影中的易先生——与小说中有很大不同——他不再仅仅是个毒辣自负的影子。而是一个自知即将成为丧家之犬的人,心底充满了一种疯狂挣扎却又无可奈何的绝望。

倨傲的张爱玲,固然是不屑于描写赤裸的性爱的,但她低调简约处理的内容,在电影中却必须浓墨重彩,因为事关影片主题。一个是色诱的诱饵,一个是好色的猎物,于情于理,绕不开男欢女爱。两个孤独彷徨的人在性爱中脱去了伪装,表现了真实的一面,由性的真实,进而扩展到心的真实;由性的亲近,进而深入心的亲近。尽管注定这样的欢乐是短暂的,尽管这样的温暖是绝望的。那种眼睁睁看着美好一点点走向灭亡的绝望,挥之不去,而且越来越浓,直至令人齿冷的境地。十点的钟声敲响时,刑场上的王佳芝安然镇定,坦然面对同学怨恨的目光,无怨无悔;家里的易先生呆坐在伊人床边,抚摸着余温尚存的皱褶,心中的无奈痛惜又与何人说?

出得影院,她不知不觉来到了城市中央的古亭旁,抬眼间,怔怔地望见王佳芝和易先生被悬挂在拐角高楼上,散发着酽酽的悲情。李安的电影完全改变了小说的基调,将张爱玲对冷酷世情的嘲弄,变成对于特定历史条件下人物命运的关注,没有冷嘲热讽,只有悲天悯人,这使得平淡的故事发人深省,也赋予了电影史诗般的气质。故事中可恨的人也好,可怜的人也好,悲剧也好,人性也好,都是被那段历史推到那个位置上的,他们本来可以不,可是他们不得不,因为他们不能控制,没有选择。

　　或许,就跟这霏霏的雨雪一样,承受随它而来的一切,才是人生罢。

集结号 VS 投名状

　　年末,贺岁大片纷纷登场,自然要演绎出一番火拼的景象来。在笔记本上下载了官方电影网站,得见新片《集结号》和《投名状》。同为战争题材,"集结号"给予了我一个或一群战士关乎人性、关乎恐惧、关乎牺牲和价值的震撼;"投名状"上浸透了悲情主义的三个人物亦让我在混沌的价值取向间深深为他们叹息。两部影片都力求突破单纯反映战争本身的残酷性,从而引领观众达到叩问人道、诚信、秩序、爱情、兄弟情谊等不同角度的正面价值观念,同时还原出生活原有的复杂性彼此冲突,该以怎样的情感投射、价值承载来甄别价值的导向性境地。

　　如此,集结号 VS 投名状,在所难免。

　　解放战争期间,九连连长谷子地接到三团团长的命令,带领四十七名士兵火速赶往阵地完成一项狙击任务,以便让大部队安全转移。他们约好,听到集结号之后,谷子地就可以率领战士们突围撤走。但全连战士始终没有听到集结号吹响,除了谷子地为了防止被发现,他甚至穿上了敌军的衣服,在死人堆里扒食物,一人意外存活外,其他的战士全部阵亡。

　　九连焦排长是最勇猛的战士,他在挺身投掷燃烧瓶被抢救回工事里,临死微弱地说他听到了集结号。其时,阵地上仅存四人,另外四十三名战士已经静静地被摆放在地窖里。谷子地的耳朵已经被炮弹震聋。指导员王金存坚定地说他没有听到集结号,老战士哽咽着吼叫焦排长之所以那么说是不想全连阵亡,因为他们已经把几个小时的狙击战拖延到十二个小时以上。黑压压的敌人再次扑过来,谷子地和他的战士们开始又一轮殊死的反击。

那么,集结号到底有没有吹响? 一身敌军下等士兵着装的谷子地在经历了被解放军俘虏的尴尬、舍身排雷救下抗美援朝炮兵营长的传奇和后方统计以牺牲与失踪定论的战士家属领取政府补贴的小米七百斤和两百斤相差的非公正待遇后,谷子地展开了艰辛、漫长寻找真相的过程,要为死去的战友们讨一个说法。

然而,下达命令的三团团长早就牺牲在了朝鲜战场上。几十年后,团长的警卫员道出了秘密:当年大部队转移的时候,团长根本没让号手吹号,当时已经决定用他们连的牺牲去换取大部队的安全转移。但直到生命的最后一刻,团长仍然为自己的决定内疚忏悔。谷子地不可掩饰地在陵园失控,他为他的四十七个战士和兄弟怨怼团长,但最终因对战争的残酷性潜在的同一认识,他原谅了团长。团长的警卫员在矗立的三团九连烈士碑前,吹响了集结号。

影片至此,一种穿越真实的力量瞬时洞穿历史:十多年的跨度穿越淮海战场、朝鲜战场、新中国建设几个关乎中国命运的阶段,一个人去寻找部队、寻找他死去的四十七名战友的遗骸。我们不能用形而上的意识去解读他行为中的集体意识,但作为个体来说,他的人生意义却散发着璀璨的光芒,也许这就是一个普通的军人,一个普通的中国百姓!

《集结号》把战争还原到人,关乎牺牲的价值、战争的残酷都不是纸面的意思,而是真实的血肉横飞,是人就都会害怕,这才是人性。但是,害怕的战士不见得不是忠诚的战士,粗糙的普通人一样可以创造历史。影片更多的视角放在人性展现的过程,而非人性价值的讨论,这大概应是冯小刚的成功之处了。

时间回溯到清朝,阴雨连绵、烟火熏天、真刀实枪的战场,那些蓬发乱须、灰头土脸、服装破旧的人物,烘托出三个悲剧性的人物。大哥庞青云身上固然存在一定的正面价值,例如对待百姓的人道主义、治军的严格纪律、对女人的理解和关怀等,但这些价值并没有大过他身上所具备的道德缺陷,包括对生命的漠视、对诚信的背叛、损人利己以至杀害兄弟的自私和冷酷。庞青云身上有悲剧性,但只是个可悲的人物,绝非悲剧英雄,他无法让观众接受和认同。二弟赵二虎作为草莽英雄,一介武夫,重义守信而又惨遭毒手,他身上蕴含了最多的悲剧性,赢得了观众的同情但却难堪大任。三弟姜午阳只是个鲁莽小子,但他维护投名状,替兄报仇,是影片表现价值观"兄弟情"的主要体现者,而且承担了画外音叙事评论这个通常被认为是导演传声筒的任务。导演似乎要通过他来传达一种"纳了投名状的兄弟结义不可违逆"的正面价值观,这使得观众困惑了:权且不论"投名状"这种杀人结盟的方式本就违背人道,即便是光明正大的私人情谊,一旦面对公共秩序和大众民生,其正义性和合法性同样受到质疑。而这也正是庞青云每一件"背信弃义"的举动背后都有道义支撑,从而不能使人对他爱憎分明的真正原因。

香港导演陈可辛执导的古装动作战争片《投名状》,尽管力求在美学上返璞归真、洗练扎实但仍然没有能够走出在观看的过程中,更多的观众被影片场面上的真实宏大、细节处理上的精雕细刻,而不是被主题意蕴的悠远深沉、道德情感的冲击所震撼。

鲁迅说悲剧就是将人生有价值的东西毁灭了给人看,对一个悲剧来说,这个有价值的东西只能也必须体现在主人公身上,并随着主人公即悲剧人物的毁灭而毁灭,从而给观众留下无尽的感喟。执掌了《集结号》与《投名状》的两位导演有义务也有必要对混沌生活和复杂人物做出或明或暗的价值甄别。尤其需要把人类共同的主流道德价值观通过艺术形象,通过电影叙事显现出来。究其实质,生活在混沌世界里常常陷入困惑的观众需要知道谁对谁错!

乡　愁

　　桃源明先生每年清明时节都会回到福州,陪母亲小住一些日子。他在网上曾经告诉我:"怀旧"的英语是 nostalgia,他去了旧金山才记住这个单词,方法是把它音译成两个中文短语,一个是"那是他舅",另一个是"那是太久"。前一个讲情感,从母系血统追根溯源,想起故乡就像看见舅舅一样;后一个讲理智,离别太久,逝者如斯,往事热乎,现实冰凉。当时,我笑,言他多是受到节气的蛊惑,伤感了些。他不语,只说:"总有一天你会深切地想起我的话。"眼下,我躺在病房里,接了一通子故乡亲人的电话后,心底就亮亮地浮现出桃源明先生的话来了,恍悟——他说的怀旧,却是乡愁。

　　姨在电话里说:"人在生病的时候,最是脆弱。知你喜爱魔芋豆腐,我们特地在扈三娘家定制了两版,已经火车托运了。估计明天中午就能到。"故乡的魔芋豆腐,带着暗暗的浅紫色,我最是喜爱。

　　童年在故乡小镇,放学回来,见到外婆在一个石板上搓魔芋,偶尔会蹲在一旁,在水桶里捞出一个来,学样。"莫沾手啊,等会手痒得厉害,止不住。"外婆的话音还留有余温,我的手指已经麻麻地奇痒无比起来。那一刻,心底是十分痛恨了魔芋的,却又奇怪外婆的手不会痒吗?"哪能不痒呢? 只是外婆这手皮枯筋老的,耐得住。你千万莫拿手碰别的地方啊,小心'巴'了痒去。"外婆一边慌忙地

301

拿肥皂给我洗手,一边说。'巴'是故乡的方言,"传染"的意思。如今,斯人已逝,音容宛在。

想起工作后的第一年,回故乡。姨事先没有告知我她在出站口接我,结果,我径直从车站后门出站,去了扈三娘的店铺,热辣辣地吃了两碗魔芋豆腐。而姨父在家已经做好了一桌菜,自然少不了魔芋豆腐,但就是少了一点童年时外婆从扈三娘那里学来的辣味。后来我尽量不要这样夸张,每回到故乡之后,一般先到姨家吃饭,等待消夜或者独处时,再去光顾扈三娘的店铺。一碗又热又辣的魔芋豆腐,连同扈三娘大声地招呼——"魔芋来了!"以及店铺里熟悉的气息挟裹而来的旧时记忆,美美地一并吃了下去。不过,几乎每一次,我都要在扈三娘这临街的店铺里吸上几口浮尘过多的空气,顿时,从唐诗宋词里搜括来的乡愁,就会变成一桩尴尬的事情。

我小时候,姨在离故乡小镇二十多千米的沙溪供销社上班。暑假,我就迫不及待地奔向她那里。因为供销社是代售图书的。我读着货架上的图书,最大的理想是开一间书店。幸运的是,至今仍然是一个理想的书店,随着我工作和生活阅历的积累,依旧能够深刻地停留在我的心底,得到构思和充实。并使得我越来越清晰地认识到支持这个理想的信念,是四海为家。对于过多的乡愁,无论是游子如何想念老家,还是本地人如何自吹自擂,我都有些不耐烦。直到很久以后,才逐渐地从异乡辨别出故乡的滋味来。

有一次,在办公室翻阅报纸,一帧照片即刻吸引了我的目光,想看看别人怎样用另外一种视角观望我熟悉的景象——那是一支庞大的送葬队伍,外婆出殡即是如此,小镇上每一个逝者都是如此。图片是作为一个负面曝光稿件的佐证被刊登的,更偶然的是事件就发生在我生长的故乡小镇。一个异乡人偶尔到小镇过年,看到了这一幕,在了解小镇至今还遵循了土葬的风俗,他觉得这是一件有伤水土的事情。很显然,这个报道的声音十分大,只要看看刊登它的报纸名字就知道——国内第一大报。我只能是呆呆地看着那一帧图片,很久很久。故乡的那些"白喜"啊,殡葬的结果可以改变,但人们凭吊的过程大约还在一种悲伤着的热闹中进行吧? 这一刻,我才知,乡愁的滋味不仅仅是莫名的牵挂,还有那浓浓的惆怅啊!

于是,身在外地的我越来越挑剔饮食卫生,但是每一次回故乡仍要去那店铺打牙祭,美美地吃上一碗魔芋豆腐,即使仍然会被灰呛上几口。童年的伙伴多年没有联系,却会在偶然间相逢网络,彼此在各自的博客溜达。他们多数也在外地工作、生活,有很长一段时间,不约而同地集体怀旧起来,说起故乡的小镇,说起小镇的青石板街巷,说起在街巷里经营的人生……

除了品尝记忆,我对故乡的怀念到底是什么呢? 我以为,大抵是同溯于"辣不怕和怕不辣"之间的某种联系吧,故乡最大的特点,可以和蜀川的"休闲"相媲美。传说中,这是一种生活态度,也是一种人生观。不紧不慢,有张有弛,随心所欲,自由自在。不过我总觉得,这不过是古风留存的一点遗韵而已。在各地城市随处可见洗脚、按摩房统统被叫作"休闲中心"之后,"休闲"这个词也显得有些诡异了。

在某种意义上,"休闲"可以和"自由"通用。至少,留滞在故乡谋求发展的朋友们这般认为。龙梦辉是外婆的嫡亲侄子,只大我四岁。他打来电话,说:"你这生病,估计是长年累月拖成的了。不如回来小住,品评一下故乡人休闲工作、自由生活的滋味。"他原本在工商部门工作,攒得一些经验和关系后,变身为商人了。当时蜕变时,他的母亲竭力反对,他对母亲下跪,说:"娘,你晓得其中的奥妙。

莫添乱了,横直我们的日子只会越来越好过。怎么跟您老人家说呢？就好比在单位上班,人是休闲了,但不自由。现在,我打了些基础,经商,做起事来就会既休闲又自由。把它们两个之间的关系彻底打通了。"他的母亲眼泪巴巴着,望着他,良久,说:"不会是要付出很大的代价吧?""您想到哪里去了啊,都是正当做事,正直做人的。要不,您送我读那么多书,不是白读了嘛?"龙梦辉爽朗地笑着,将他的母亲端端正正地扶到椅子上坐下。

我听了龙梦辉辞职经商的事后,再次想起桃源明先生向我推荐的《身份与暴力——命运的幻觉》一书中的说法。作者阿玛蒂亚·森认为人生的意义是理性思考和自由选择,但是很多人在身份认同的幻觉里迷失了方向,变成了情绪动物,从而也失去了自由。

我希望行走在乡愁里的自己,仍然拥有那个开一间书店的理想。

体 味 独 处

世间向往繁华和喧闹的人到处都是,但我知道,渴望独处的人也不在少数。

我上班的办公大楼,离我居住的地方并不远。下班后人走楼空,偌大的一座楼顷刻间变得过于寂静起来。过分的寂静使人平添一种孤独感。以前的我,常常独自一个人在人走楼空的办公室里呆坐。为了适应这种环境,我开始了有意识的自我调整。站在六楼的办公室的窗口,远眺,郊区平阔的公路径直伸向远方,行驶的汽车一辆辆消失在视野中。楼外的田野随着季节的更替,绿了又黄,黄了又绿。大野广漠,高天无语。我被大自然这种厚实、宏大和有序深深地吸引和抚慰,我不再感到孤独。开始阅读自己计划中阅读的书本。有时累了闭上眼睛,什么都不去想,让脑子一片空白;有时我任由思想徜徉在梦的世界。渐渐地,我发现自己变得安详、平和、充实和自足。及至现在,我仍然喜欢这种环境,并在这种环境中体味独处的魅力。

独处是一种境界。这里没有喧哗,没有客套,没有是非,没有烦恼,仿佛置身于世外桃源,那份神圣和高贵、宁静和安详、自由和甜美是难以言说的。相对于紧张、忙碌、驳杂无序的现实生活,独处是宁静温馨、轻松和谐的港湾。我在这个港湾调节自己的浮躁心态,我在这里寻找本真的自我,我在这里反省自己,努力使自己活得更加真诚无饰。我的精神之舟在这个港湾停泊,又从这里起航。

独处是一种感觉,一种超越。真正的独处要靠自己去体味,去把握。这里需要的是思想和自省,在这个意义上,独处是一种思想状态。世界会因为你的思想与自省变得丰富而充满情趣,你自己也会因为独处变得充实和大度。每当我为现实的诸多事务所困扰时,我总是有意识地寻找和体味独处,以一种平静的心态,面对自己,面对世界,审视曾经身处其中的那种工作、情绪状态,包括曾经有过的纷扰和困惑,一切都显得那么微不足道。我信奉真诚做人、认真做事的原则,周围的朋友们都说,我这个人的长处和短处都在于此。太醉心于追求完善,对己对人不免过于峻急、较真了。独处中平静的、博大的、自由的气氛和思想空间,使我获得了超越,变得豁达、宽厚、平淡。

独处不是消极的逃避,而是一种积极的精神修炼。尽管它会让我们明白,生活的残酷性总是在我们成长的过程中不经意地存在了,失望、迷惘,甚而自戕,都会是一种再正常不过的选择。但,这一刻,对独处自身的审视会清晰地告诉我们,我们无法停止思想,所有的苦难和记忆都是我们经历过,并拥有着的财富,我们绝不仅仅一无所有。诚如爱,因爱的许多理由,爱的许多方式,我们的生活才刚刚开始,永远需要爱的另一面同在,于此,我可以站在空旷的楼顶大喊:"So many reasons in so many ways ,My life has just begun. Need you forever I need you to stay !"

避开繁华和喧闹,避开推杯换盏的应酬,留给自己更多的学习和思想的空间。独处犹如阳光雨露,使思想的荒原草木葱茏。

寻常日子里的成品女人

假日,和几个久未谋面的同学加朋友小聚,言谈中莫不感慨寻常日子里做女人的种种难处,更何况做成品女人。开始,可能还只是一种女人的自艾自怜的情绪的扩张,渐渐地,这份扩张已经不仅仅只是一种情绪。

成品女人是什么样的呢? 对未婚者而言,只有一种可能性,既有娇美的面容和身材,又拥有较充实的知识以及较丰富的生活经验,就可以算得上是成品女人了。

对已婚的女人来说,却有了两种存在形式:其一是做一个单纯的贤妻良母,育儿有方,相夫有道,夫妻和睦,此为男人眼里的成品女人了。大多家庭都是男主外女主内的,只听到有人说这家男人没本事,挣不来钱,从未听有人议论这家女人只会靠男人吃饭。不少女人甚至还心甘情愿,一百个希望夫君让自己辞了工,只管理家,这会有更多的时间把自己的安乐窝打点得有条有理,于无声处显示出自己选中的夫君是人中强龙。夫贵妻荣不再是一种需要遮遮掩掩的得意,而是可以炫耀的客观实在。但这至多是在男人眼里的成品女人了。

现实状况下更多的是第二种结了婚的女人,既要有一份体面的工作,又要回到家里极尽"妇道",才是真正意义上被大众认可的成

307

品女人。但这种成品女人的魅力多表现在她们的思想,而很少有人看见掩藏在她们成品后面的疲惫。有温情、关爱以及呵护,女人的天性,是很容易靠拢这欢快、舒畅、惬意的港湾;为生活而思想,为思想而生存的跋涉,的确容易使女人心力交瘁。历史并没有强求她把那严峻的思想使命承担过来,更多的人在劝说醒世的人放弃也是一种美丽。然而一个清晨醒来,这类成品女人终究会感到俗务袭满周身,臃赘不堪,再无法像以往那样总在警醒的思想。她显得松懈而潦草,俗世而琐屑,再没有凝聚的上升感和灵气。靠拢港湾的身体温热有加,却没有了清玄之冷意的拂动。她能仅仅满足于做一个女人吗?已有多少女人把自己的性别角色扮演得如此尽善尽美?她发觉这样的事实:她重于玄思,不知疲惫地向深处开掘,却令人们望而生畏,她在被远离。一个人禅定默想的时候自以为在超越人们,殊不知人们早已掉头而去。这样的遭际加速了思想的进程,女人干吗要进行思想呢?一生如此短促,光阴如此迅急,女人的明媚连同骄傲一下子就会被收走。一个不再美丽的女人沉于暗夜,从此受难的体验自觉不自觉地开始。是的,严格意义上说来,现实无论如何不会是一个女人的天堂,思想才是一个女人成品的标志。

然而进入思想的女人在思想尚未真正走向澄明,只在跋涉过程之际,就开始有东西吞噬她体内植物性的养料和精华,从外观看,神情肃穆严峻,正使她不再具有光彩照人的神情,她一落千丈的黯淡,也使她不再成为宜人悦目美轮美奂的风景。但她仍然迷恋思想,这是一种坚定的召唤。灵魂怎么可能停止振翮高飞而栖息某处呢?一个这样的成品女人一旦停止了思想,她从此就再也无法窥见到人类精神的深刻本质了。

品 味 加 班

办公室外面已经有零星的鞭炮声了,我知道,要到今天晚些时候迎春的爆竹声才会逐渐浓密起来。今天是除夕,我知道,但我还在办公室加班。

我喜欢加班,当我说出这句话,唯恐普天下的老板都来与我拍手称快,而普天下的职员不免怒火中烧,对我嗤之以鼻。其实我这样说完全基于自己——一个普通职员的立场,其中自有一番道理。

加班固然会痛失赖在被窝里看 VCD 的慵懒,且多数也是不会因此额外能够得到加班费的,但我还是没必要摆出一副苦瓜状,因为没有任何压力的加班才是我梦寐以求的"快乐工作"。此刻的办公室只我一人,我是可以把脚跷到办公桌上,边听着不知歌手名的缠绵悱恻的情歌,品着可口的点心,边和 QQ 里的不曾谋面的朋友热乎地聊着。中午的时候,还可以心安理得地叫"外卖",到了下午五点,距离日常下班时间还有半个钟点的样子,我不用请示,就可以百米冲刺般的速度飞出办公室。或者到了晚上十点,我仍可以安然地坐在这个被叫作电脑的机器面前,不用担心同事在我的身后来回踱步,他们的脚步声让我感觉他们的事情远远地比我手头的文案重要。

我以为这是我加班的快乐之源。

在加班的时光里，我可以处理那些被一再推迟的琐碎小事。"细小事物致命论"可是现在崭新的工作压力理论，这个理论声称，巨大的压力缘自琐碎的小事从来没有被完成过。我不是一个乐天派，常常感叹无论男人还是女人，人前得意的工作往往并不意味着好心情。现实中，勤奋和一丝不苟难免与轻松结缘，而出色的业绩又常常和巨大的压力如影随形。工作眼看着就要与生活等同起来了，读书就被再次从封存的旧习里提出来，以缓解压力。往往这时候，我就会再次生出诸多的感慨，免不了用笔记录下来，待到加班的时候，忙里抽闲把它敲打成文字，给自己一份真正的安宁。

加班还可以从打扰中被解脱，充分利用此时的宁静时刻，捕捉新鲜的灵感。原来我一直在做至少两份的工作，意识形态领域的理论和办公室内所有烦琐杂陈的事务，整天忙忙碌碌，但就是找不到让自己对工作有一丝快乐的感觉。及至在一个宁静的假日加班，突然猛醒，兼两份以上的工作，让我变得机械和麻木，我决定放弃其中的一个。这是一个勇敢的决定，我让自己从事务性工作中解脱出来，集中全力去做我真正感兴趣的工作。

在办公室的氛围里为将来打算，或者制订工作计划和下决心，远比坐在咖啡桌前空想要现实得多。当全家人都沉浸在休闲的快乐中时，我却格外疲惫不堪。我不知道是哪里不对劲，于是我冲进办公室，一头扎进工作里寻求答案，在重复摆弄我存在电脑里的文字时，我认识到我的疲惫来自对文字的才思枯竭。我得寻求另一种途径来释放自己的压力，我开始尝试着在加班的时候，正如前面描述的那样，轻松地工作。我会整理文件夹里凌乱的文档，我会在"网"上向日常面对面坐着的同事说道歉，而他或她都会告诉我他们已经不记得我昨天言语间携带了太多的"火药"味。

加班,在我还有倍觉温情的一面,不要不相信,现在自愿留下来加班可以为你的将来储存信用。那天,同事家有急事,而手头的"活"也是急件,我轻轻地说要不你把"活"交给我吧,我加个班就好了。同事挺感动的,第二天上班还特意带来了点心,办公室里充满了香甜的气息。因为加班,我找到被善待的感觉,我喜欢。

阳 光 不 锈

　　一辆客车停在小镇上,车上坐着一位诗人,诗人向窗外看了一眼,他看见一间店铺的门楣上写着几个大字:"阳光不锈。"这是这个店铺的名了,诗人心里一阵惊喜,想,这名字多富有诗意啊! 在这样的小地方居然也有诗! 客车停了多久,充满诗人心头的阳光就明媚了多久。直到汽车开动,阻挡诗人视线的障碍物往后退去,让人看到了店铺的全称:"阳光不锈钢厨具。"

　　唉,诗人听见自己的心底落下的声音。

　　类似诗人的故事大概每个人或多或少地都经历过。前些日子,我外出办事,车上人不多,整洁的车厢里,窗帘洁白,卧铺的床单和枕套都是新换的,还不时传来话务员亲切的问候和提示。一路上看景听歌,吃着可口的零食,好不惬意。为了不让自己吃过的果皮破坏了这赏心悦目的环境,我一路上小心翼翼,生怕有果皮遗落在地上。中午时分,车上开始打扫卫生了,到我面前时,话务员漫不经心地拿起我攒下的果皮顺手扔出了窗外!

　　果皮像散落的树叶顺着风的方向飞舞……

　　奇怪,她手里明明有簸箕的! 车厢里又恢复了整洁,但我的心里却有了不洁净的感觉,我听见一声叹息跌落在地。

　　生活往往就是这样,识别真相的前面,会有很多错觉,错觉使人

312

误入歧途。"阳光不锈"只是令诗人丢失了美好的心境,可车上的经历,于我看来,丢失的就不只是一种诗意的心境了,而是一种职业道德和人的基本素质。

大时代的小时光

  大时代落到眼底,其实是具体的小时光。码出这行字的时候,一缕阳光正斜斜地打过来,使得我眯缝了眼睛望向窗外;那是一个不可辜负的暖冬季节,几片白云悬浮在微蓝的空中,离城市林林总总的楼房这么近,又那么远。就像一年的光景在一片树叶上舞蹈,踏着渐变的色彩没入市井,倏尔笃定,倏尔飘忽。我在这片冬阳的笼罩下,温暖地把自己置身于大时代的小时光里,看记忆的梗上划过的痕迹。

  变化,并不断地调整适应变化,约莫是我这一年最醒目的标记了。元月六号,在公司做部门工作述职,不是第一次,但,是最后一次。会场一如既往地十分安静,站在报告席上,面对和善、亲切的一张张面孔,看着温暖、熟稔的一双双眼睛,难抑汹涌而来的离情别绪,哽咽不已,大伙以热烈的掌声,鼓励我把一年来的得失陈述下去。工作调动得十分突然,百感交集。既有对过去的恋恋不舍,也有对未来的隐隐担忧。公司总经理给予我临别赠言:感谢在公司的辛勤付出,期望在新的岗位工作出色,祝愿生活像工作一样快乐幸福。而此前一天,公司董事长、党委书记因公需出差,特地召集了相关部门人员与我话别,大家对我的殷切叮嘱和诚挚祝福,让我不禁潸然泪下。载我去新单位报到的车班司长,一路上也是静默多于以往,不断有同事们的短信翩跹而来,每每一读,泪水总是模糊了视线,以至于我不得不把头轻轻地扭向了窗外。

新单位其实不新,是集团公司电视新闻中心,以前就有业务往来。宣传部领导与我做了岗前谈话,他对任何一个领域的工作抱守的"归零"心态,令我肃然起敬,也由此全盘接受他对我的工作要求及希望。部里的同人在寒冷的雨地里奔波,热忱地将我安顿下来。一切都是温暖的,没有炎凉。在某种程度上,我的成长与电视工作不无关系,它让我更为便捷快速地掌握了与人们有效沟通的方式方法及换位思考的职业素养。到电视中心工作两月有余的某一天,我突然意识到电视新闻宣传作为一个业务板块,自己对它的系统性思考相对薄弱了。在一次部门工作碰头会上,我抛出了我的困惑,也渴望新的同事、新的团队一起思考电视新闻宣传在企业的定位。大家也因此而行动,中心原创新闻充实起来,企业的重要工作部署、重点工程建设、重大科研应用等陆续有了深度报道;QQ 工作群活跃起来,在线的骨干们十分乐意参与电视新闻内容整合、风格形成及多渠道传播等等的分析互动;专题制作规范起来,视频素材共享和剪辑创意共商的氛围渐浓……点点滴滴的收获支撑起我的快乐。时近岁末,应企业全面深化改革之形势和企业管理之要求,电视中心机构撤销,划为两个部门,工作将又有一个新的起点,对此,我充满信心,因为一路走来,多有新老领导、同事、朋友关注、关心和关怀。

近乎癫狂地迷上了微博,一百四十个字俨然成为一册手卷,泼墨临摹形态各异的喜怒哀乐。但总体基调保持了"素言半盏,奔赴温暖"。以原创为主,但也不排斥转发触动心灵、引发思考的博文,两厢布局约为九比一。一天,叔父家的杰截图告知,我的微博在腾讯网时有推荐,希望能多加参悟佛学,禅意生活。我突然发现自己沉溺于网络,丢失了梦想而不自知。若干年前首次触媒网络文学,自乐趣园而始,越91文学、红袖添香且听风吟、天涯社区、大旗网,及至精英博客,文字的通透、练达和诗意逐渐萎缩、浑沌。那时节,网络于我,是一个容器,文字让时间在这里凝固,无法吞噬光阴。又是什么时候换了微博的新装呢?我想起来了,仓促地到了中年,凝重、空旷成为一个盖上了中年印戳的心境,这个心境其实更为直接的名字叫成熟。换言之,就是真实而近乎刻板地活着,并由此呵护个人的生存底线。仍然会被梦想硌疼生活,工作出错十分沮丧,手头拮据望房兴叹……但终归沉寂,放肆与克制,充盈于我的微博,行走。

以清净心看世界,用欢喜心过生活,大抵是我想要的痴迷。一段时间,有朋友调侃,我的微博散发浓烈的“我也是醉了”的气息,千万别把自己整成了“冷无缺”。正所谓一语惊醒梦中人,固然工作之单调是对生命的一种损耗,却也并非它导致了生活的枯燥和无聊,而是人的枯竭,会把气撒在日子的单调上。

微博还作为一种光速传播通道,被各种抢滩。2014年的最后一个月,多数换了微博罩衣的纸媒,寄语时光:且行且珍惜。虽图文并茂传递正能量,却因了款式雷同而乏善可陈。阅读周小平的旧文《请不要辜负这个时代》:“这世间上没有容易获得的东西,历史和政治常识也不例外。如果你不读书,没有人能帮得了你。如果你以为微博、杂志、畅销书上那些夸张的、惊悚的、匪夷所思的或者让你拍案惊奇的东西,就是这个世界的真相,那么你永远都无法真正地认识这个世界。……”我更喜爱这样的旧文,有一些观点在生活中因为得到印证而产生共鸣,也有一些结论在现实里因为触摸不到而不敢苟同。

大时代会对群体烙上印记,并溅落到碎片式的个体小时光中。"中国就像一个饱受指责但自强不息的农村孩子,他通过自己的努力一点一滴地改变着人们对他的印象。一开始人们嫌他土、脏、穷,他自己也因此自卑过、犹豫过、哭过、闹过、愤怒过,但最后他安静下来,埋头做自己的事,不再关心别人说什么。"一夜火爆的《请不要辜负这个时代》,以大量的案例为柴,炙烤网上一些不负责任的言论、一些违背基本常识的谣言,点燃生活在当下的人们应有的责任和担当。

想那跋山涉水舟车劳顿的古时学子,对"风声雨声读书声声声入耳,家事国事天下事事事关心"与"两耳不闻窗外事,一心只读圣贤书"的执意与辩驳从来没有偃息过,争的无非也是处世观。在实现中国梦的征程里,作为社会一分子的人们尤为需要辨析的能力。生活需要我们抬起头来做人,而不是鼠目寸光地只盯着一处肮脏。

夜晚,浓烈的卷烟味弥漫过来,呛鼻难耐。又有蚊虫叮咬,奇痒无比。吸卷烟的工人友善地递给我一小瓶花露水,说抹抹就好。果然,清凉一片。"上等的烟叶呢,自家土制的。带着来吸,不想家。"看上去,吸烟的工人五十开外了,话音落地后就保持了缄默。仿佛每一次思念席卷而来,都裹挟着一抹深重沉寂而去。我调用了积攒的采访技巧,陆续得知,他有三个孩子,老大已成家立业,老二去年考上了公务员,老三在读研,他不顾孩子们的反对,出来打工,是为了把乡下的老屋翻新。"其实,也没人回去住。但屋子总不能就此破败不管了吧。"说完,猛抽了一口烟后,他再度沉默了。

很难说,这不是一个群体的符号。也很难断定,这就是一个个体的特例。一边含辛茹苦把孩子们送到了城里读书就业,一边牵挂的仍是人去楼空的旧土故居,如果说这样的现象还能理解,那么,另一种情形则令人兴叹——若干年前人们还在为跳槽遮遮掩掩安抚内心的不安,如今比比皆是稍不如意拔脚走人的理直气壮。更多的人善意地说生活在当下,多元是时代的标签,选择也是时光的无奈,别无他解。细究,我以为这种选择,只看到了时代的光鲜,却忘了时光的打磨。这与懦弱十分相似,因为懦弱,我们把他人都想象得十分善良,却不肯直面现实的种种不如意,丢弃它,鄙视它,改变它,强大自己。

　　小时光还散发着油盐酱醋的味道,并由此渲染了时代的五味杂陈。我的生命周期规律为满十完结一个年轮。譬如"我想你了,可不能对你说,怕只怕,说了,对你,也是一种折磨!"这样的十年叫恋爱;譬如"一晃,岁月晾成了一盏夜灯,照得见眼前的崎岖,穿不透远方的迷惘。"这样的十年叫婚姻;还譬如当下行进中的十年,当是沉浸在自我的世界中,"着三分清冷洞彻,染七分桀骜疏离,看多少的温暖与情意,独不见软弱。"远足海外方知我近况的朋友,打来电话嘘寒问暖,免不了喟叹世事无常。这倒使我站到壁上观的角度,将顺了抽抽巴巴的日子。很多事就像手机停电一样,在节骨眼上应接未接的电话,错过了就错过了。毕竟"世界太大,生命太短。一定要把它过得像自己想要的那个样子,才不辜负这段锦绣年华。"我们无须拿一个人的往事,去怀疑一个人的本质。人们周而复始地在探寻自我、自在和自省的世界里突围,有人成功,就有人失败;有人欢笑,就有人哭泣……它们有必然对立的交错,也有决然相守的背离,方向和道路,都铺在眼前,但请记得"不要因为走得太远,忘了我们为什么出发"。

后　记

　　整理旧作,无异于在匆匆复匆匆的日子里,做一次短暂的停留,我又重新回到那些与文字交谈的岁月里了。但又因为整理旧作,才越发清晰地知道流窜于我字里行间的尘埃,也是不轻的。这对于我今后的写作定然是一个极大的警醒。

　　曾经把网络当作巨大的容器,用来储存因情绪、事情种种缘由发酵而生的文字。它们被阅读过的人们定义为散文、小说、影评等,于我,并没有明显的界限。我就是一个记录者,当然,是一个免不了要掺杂个人观点的记录者。为此,我也特别喜欢曾混迹于网络文学而得以认识,但至今不曾谋面的一些姐妹们对我的鼓励,一个叫胡杨的编辑看了我的文字,说:"你的思想就像花一样,开成了你生命中的事件。"我丝毫不敢以此窃喜,因为我清楚地知道,这个评价仅仅是指流淌在我文字里的人和物的命和运。

　　有很长一段时间堕入世俗的奔波中,把文字搁浅到了一个干涸的岸边。近来,周边同事和朋友们的鼓励,我再一次兴起了握笔撰文的念头,并将旧作从网上搬下来,挑选部分文字,集结成册,取名《夏至》。

　　在此,要特别感谢安徽省文联主席、省作协主席季宇先生在百忙之中给予指正,并为书作序;也要感谢中铁四局党委宣传部、企业文化部部长许国先生,他的教诲犹如清泉,总能洗濯我迷失的方向;还要感谢我身边的同事和朋友们,没有他们的鼓励和支持,我不能做到把这些"小蝌蚪"刻印出来,于一种惴惴不安中又坦然接受大家的审视。《夏至》付印,还将作为给父母亲的礼物,以回报他们对我无私的爱和透彻的理解。

无论如何,文字的张力,于我,就是一个人的远足,带着真实的心和灵魂。

2017 年 12 月